VENCEDOR

✦ ✦ ✦

Vencedor

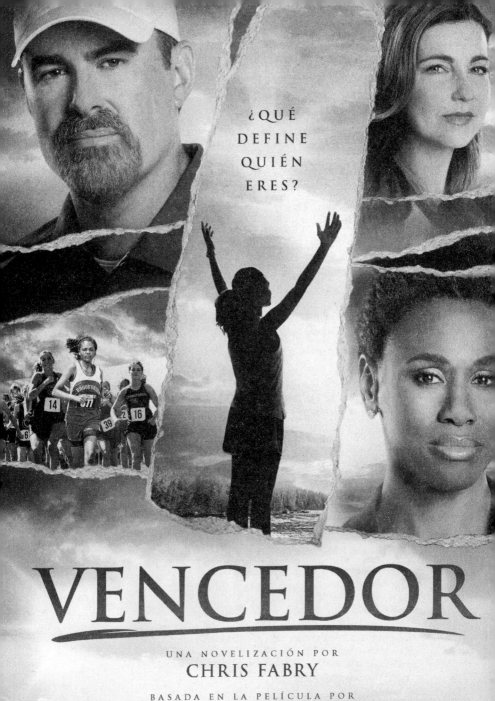

¿QUÉ
DEFINE
QUIÉN
ERES?

VENCEDOR

UNA NOVELIZACIÓN POR
CHRIS FABRY

BASADA EN LA PELÍCULA POR
ALEX KENDRICK & STEPHEN KENDRICK

TYNDALE HOUSE PUBLISHERS, INC., CAROL STREAM, ILLINOIS

Visite Tyndale en Internet: www.tyndaleespanol.com y www.BibliaNTV.com.

Visite el sitio web de Chris Fabry: www.chrisfabry.com.

Para más información sobre *Vencedor*, visite www.overcomermovie.com y www.kendrickbrothers.com.

TYNDALE y el logotipo de la pluma son marcas registradas de Tyndale House Publishers, Inc.

Vencedor

© 2019 por Kendrick Bros., LLC. Todos los derechos reservados.

Originalmente publicado en inglés como *Overcomer* por Tyndale House Publishers, Inc., con ISBN 978-1-4964-3861-4.

Las fotografías de la portada y del interior son cortesía de AFFIRM Films A Sony Company © 2019 Columbia TriStar Marketing Group, Inc. Todos los derechos reservados.

El arte de la película © CTMG 2019. Todos los derechos reservados.

Edición en inglés: Caleb Sjogren

Traducción al español: Adriana Powell Traducciones

Edición en español: Christine Kindberg

Publicado en asociación con la agencia literaria WTA Services, LLC, Franklin, TN.

Las citas bíblicas sin otra indicación han sido tomadas de la *Santa Biblia*, Nueva Traducción Viviente, © 2010 Tyndale House Foundation. Usada con permiso de Tyndale House Publishers, Inc., 351 Executive Dr., Carol Stream, IL 60188, Estados Unidos de América. Todos los derechos reservados.

Las citas bíblicas indicadas con RVR60 han sido tomadas de la versión Reina-Valera 1960® © Sociedades Bíblicas en América Latina, 1960. Renovado © Sociedades Bíblicas Unidas, 1988. Usada con permiso. Reina-Valera 1960® es una marca registrada de las Sociedades Bíblicas Unidas y puede ser usada solo bajo licencia.

Vencedor es una obra de ficción. Donde aparezcan personas, eventos, establecimientos, organizaciones o escenarios reales, son usados de manera ficticia. Todos los otros elementos de la novela son producto de la imaginación de los autores.

Para información acerca de descuentos especiales para compras al por mayor, por favor contacte a Tyndale House Publishers a través de espanol@tyndale.com.

Library of Congress Cataloging-in-Publication Data
Names: Fabry, Chris, date- author.
Title: Vencedor / Chris Fabry.
Other titles: Overcomer. Spanish | Overcomer (Motion picture)
Description: Carol Stream, Illinois : Tyndale House Publishers, Inc., 2019.
Identifiers: LCCN 2019019884 | ISBN 9781496438669 (sc)
Subjects: LCSH: Sports stories. | Film novelizations. | GSAFD: Christian fiction.
Classification: LCC PS3556.A26 O9417 2019 | DDC 813/.54—dc23 LC record
    available at https://lccn.loc.gov/2019019884

Impreso en Estados Unidos de América
Printed in the United States of America

25   24   23   22   21   20   19
7   6   5   4   3   2   1

Para Ryan: Tú eres un vencedor.

—CHRIS FABRY

Dedicado a mis seis hijos: Joshua, Anna, Catherine, Joy, Caleb y Julia, quienes han aprendido muchas lecciones de vida en el deporte de campo traviesa. Ustedes son campeones en las carreras y en la vida. ¡Sigan buscando al Señor! ¡Los amo y estoy orgulloso de ustedes!

—ALEX KENDRICK

Pronto concluirá tu misión
  en esta tierra;
raudos pasarán tus días de
  peregrino;
la esperanza se transformará
  en frutos de alegría,
¡La fe por lo que se ve, y la
  oración por alabanzas!

«JESUS, I MY CROSS HAVE TAKEN», HENRY F. LYTE

PRÓLOGO

✦ ✦ ✦

Barbara Scott se detuvo frente a la puerta principal de su casa y escuchó, con esperanzas de oír algún sonido desde el interior. Ruidos del televisor. El llanto de su nieta. Ansiaba oír cualquier cosa menos el silencio. Esa mañana, se había despertado con la sensación de que sería un día en el que sucedería algo bueno, en el que llegaría la respuesta a sus oraciones. Cuando volviera a casa después del trabajo, todos sus temores se aliviarían. Sintió una punzada de expectación, una agitación indescriptible, tan dolorosa como esperanzadora. Dolorosa por lo que había perdido en la vida. Esperanzadora porque quizás hoy, por fin, las cosas podrían cambiar. Tenían que mejorar, ¿no? No podían empeorar.

1

La sorprendió su propio reflejo en la ventana. A sus cuarenta y cinco años, Barbara parecía haber estado frente a muchas puertas. Algunas estaban cerradas con llave. Otras, abiertas de par en par e invitándola a entrar. Sabía que no debía cruzar ciertas puertas, y había otras para las que no sentía la confianza suficiente como para entrar. La vida era una sucesión de puertas y de remordimientos.

Un viento tibio de verano silbó entre los árboles, pero ella sintió un frío inesperado cuando tomó la manija endeble. Algunos escalofríos llegaban y seguían de largo. Este lo sintió hasta la médula. ¿Estaría por enfermarse de algo?

Su hija, Janet, siempre hablaba de enfermarse de algo. Eso tenía un nombre: *hipo-* algo... pero la palabra que se le ocurría a Barbara era *drama*. Había tanto dramatismo en la vida de esa muchacha. El suficiente para el resto de sus días. ¿Cuándo terminaría el drama? ¿Cuándo podría Barbara seguir adelante sin todas las preocupaciones y las luchas que le causaba Janet con sus malas decisiones?

Por favor, Dios. Que esté aquí. Es lo único que pido. Que esté sentada en el sofá. Permíteme escuchar el llanto de esa bebé. Lo único que deseo es que hayan vuelto. ¿Es mucho pedir? Aceptaré el dramatismo. Simplemente tráelas a casa otra vez. Que hoy tenga novedades de ella, Señor.

Empujó la puerta para abrirla y esta osciló sobre bisagras chirriantes. Tenía que rociarlas con aceite. Esas bisagras habían soportado el peso de la puerta, como el que ella acarreaba: sus decisiones y las decisiones de los demás. Sobrellevaba la vida como una cruz. Tenía la espalda cansada, le dolían las rodillas y sus tobillos estaban hinchados por una jornada entera de trabajo. Estaba en la plenitud de la vida, pero se sentía como si le hubieran arrancado todo hasta dejarla como un trapo estrujado, y sus esperanzas y sueños se hubieran derramado sobre el piso, y no había nadie más que ella para limpiar el desastre. ¿Por qué tenía que ser siempre ella quien debía poner las cosas en orden?

Es una soledad peculiar, cuando la vida se desparrama por el suelo y uno es el único que está para limpiarla. Ella no tenía la energía para hacerlo. Se le había ido con su marido. Simplemente había volado como un pájaro arrastrado por un viento fuerte.

Cuando la puerta golpeó contra el armario vacío, Barbara dio un paso adentro y echó un vistazo a la sala de estar. Quizás la maleta de Janet estaría allí. Su chaqueta, en el respaldo del sillón. Janet cargando a la bebé y acercándose por el pasillo desde el cuarto de atrás. No vio nada de eso. No escuchó el llanto de ningún bebé. La sala no estaba distinta de como la dejó cuando se fue: fría, vacía y silenciosa.

Dejó el bolso y las llaves y cerró la puerta, luego revisó el cuarto de Janet. La cama estaba tal como Barbara la había dejado esa mañana: hecha pero vacía. La cuna de su nieta en el rincón, también vacía. Al verla, sintió un dolor profundo y punzante en el alma. ¿Dónde habían ido Janet y Hannah?

Desde luego, Barbara lo sabía. No la ubicación exacta,

pero sabía con quién estaban. Barbara había ido al antiguo apartamento del hombre, pero el auto de él no estaba y nadie atendió cuando llamó a la puerta. Llamó a su trabajo, pero le dijeron que había renunciado. Nadie sabía dónde estaba.

Otra puerta cerrada. Otro callejón sin salida.

Después del nacimiento de Hannah, hubo un período de luna de miel en el que Janet pareció tener nuevas energías debido a esta nueva vida. Había algo especial en el hecho de tener una bebé en la casa, a pesar de los llantos a las tres de la mañana, que le indicaba a Barbara que las cosas iban a estar bien; que, aunque el mundo pareciera estar fuera de control, siempre había una oportunidad para la vida. Alguna vez había escuchado que el llanto de un bebé era la manera que tenía Dios de decirle al mundo que Él seguía teniendo un plan. Ahora, parada en ese cuarto vacío, Barbara se preguntó si el plan de Dios se había desviado. Tal vez, Él había olvidado sus oraciones o nunca las había escuchado. Y, entonces, apareció el pensamiento aterrador. Quizás, Dios no estaba ahí en absoluto.

Meses antes, Janet había vuelto a su casa arrepentida, lamentando profundamente sus errores y el lío que le había causado a su madre. Barbara se alegró de que Janet no hubiera tomado la decisión de acabar con la vida del bebé que llevaba en su vientre. Le había inculcado a su hija que la vida era sagrada y que ningún niño era un error. De esa manera, transitaron juntas los últimos meses del embarazo, acercándose un poco más cada día, y arreglaron juntas el cuarto de atrás con una cuna que Barbara había conseguido en una venta de segunda mano. También reparó la tablilla rota de la mecedora que su propia madre había usado cuando Barbara era bebé. Ah, los apoyabrazos desgastados de esa silla y los recuerdos que le trajeron cuando posó sus manos en ellos.

Luego, dos meses atrás, Janet y Hannah se habían marchado cuando Barbara estaba en el trabajo. Ni una nota. Ni una llamada. Nada. Sin más, desaparecieron sin rastro. Y, día tras día, Barbara volvía a casa con la esperanza de oír el sonido de esa criatura.

Barbara caminó hacia la cocina y vio la luz roja intermitente. El contestador automático. Su corazón se agitó cuando apretó la tecla y escuchó la voz computarizada: «Tiene un mensaje». ¿Por qué la máquina no lo reproducía directamente, en lugar de decirle cuántos mensajes había y a qué hora habían ingresado? Lo único que quería era escucharlo.

Volvió a sentir esa punzada de dolor en su interior. Si pudiera escuchar la voz de Janet y saber que la pequeña Hannah estaba bien, sería suficiente. Sería la respuesta a sus oraciones. Como si la esperanza entrara por la puerta de su casa. Eso le diría que no le había pedido demasiado a Dios.

«Señora Scott, habla Cindy Burgess del hospital».

El hospital. ¿Por qué la llamaban desde el hospital?

«Tenemos una emergencia y necesitamos que venga de inmediato. Cuando escuche este mensaje, por favor, llámeme. Mi número es...».

¿Una emergencia?

Sonó el timbre de la puerta y Barbara no pudo procesar el sonido. Levantó su brazo como si, con ese gesto, pudiera hacer que la persona se fuera. Buscó algo donde escribir mientras la voz del mensaje repetía el número de teléfono.

El timbre volvió a sonar. Luego, un golpe fuerte.

«¡Un momento!», gritó Barbara, tomando una factura sin pagar de la mesa de la cocina. Le dio vuelta y anotó el número en el reverso.

«Por favor, llámeme lo antes posible, señora Scott —dijo la mujer en el contestador—. Mejor aún, venga aquí ni bien pueda».

Esta vez, golpearon la puerta con fuerza. Alguien gritó:

—¡Abra!

—¡Espere un minuto! —gritó Barbara, intentando garabatear los últimos cuatro números. Tratando de pensar quién podría estar hospitalizado y por qué le llamaban a ella al respecto. Esperando que no fuera quien ella pensaba.

La puerta delantera se abrió de repente y golpeó con fuerza el armario. Barbara vio el rostro del demonio en persona. Ese al que todos llamaban El Tigre. Por qué lo llamaban así era algo que ella ignoraba y que no le importaba.

El Tigre sostenía una manta frente a él. Era la que Barbara había hecho para Hannah. Pequeña y rosada y suave. Puso un pie dentro en la casa.

—Tú no entras aquí —dijo Barbara—. Te dije que nunca vinieras a esta casa.

Sus palabras no le llegaron. Él tenía los ojos vacíos y rojos. Las mejillas, hundidas. Solía andar bien vestido y tener mucha confianza en sí mismo; no, arrogancia. Pero ahora traía puesto un pantalón deportivo y una camiseta manchada. Tenía la barba descuidada y su ropa estaba tan arrugada que parecía que tenía un mes sin lavarla.

—No sabía qué hacer —dijo El Tigre, tartamudeando—. Solo quería... —Su voz se apagó.

¿De qué cosa estaba hablando?

—¿Dónde están Janet y la bebé? Hace dos meses que no las veo. ¿Estuvieron contigo?

—Sí —asintió. Todo su carisma había desaparecido. Esa arrogancia que había usado para atraer a Janet se había esfumado. Parecía la muerte en fermento. Se agachó y dejó la manta en el piso, frente a él.

La manta se movió y un puñito apareció de pronto entre los pliegues. Barbara dejó escapar un grito ahogado. Se agachó, miró el interior y escuchó a su nieta lanzar un llanto áspero.

—Ay, ven aquí, nena... está todo bien —dijo Barbara acunando a la bebé sobre su pecho. Ni bien logró sujetar a Hannah, empezó a mecerse, moviéndose hacia adelante y hacia atrás para tranquilizar y reconfortar a la niña.

—Llamé al 911 —dijo él frágilmente, con voz distraída.

—¿Hiciste qué? —dijo Barbara—. ¿Por qué llamaste al 911?

Él no respondió. Su mirada iba de un lado a otro, como si no supiera dónde estaba. Entonces, se dio vuelta y trastabilló hacia la puerta, y ella vio cómo ondeaban los cordones desatados de sus zapatos deportivos.

—¿Dónde está mi hija? —gritó Barbara—. ¿Está en el hospital?

Hannah empezó a gritar.

El Tigre se detuvo en el primer escalón y miró hacia atrás con un miedo que ella nunca antes había visto.

—Lo intenté. Realmente, hice todo lo posible. No supe qué hacer.

—¿Qué sucedió? —dijo Barbara. Agarró su bolso y salió detrás de él, sujetando firmemente a la bebé.

Él tropezó en las escaleras y se cayó, golpeándose el codo contra el cemento. Lanzó un grito apagado de dolor. Ella no lo ayudó a levantarse.

—¿Dónde está el asiento de seguridad de Hannah?

—No sé.

—¿La trajiste en auto hasta aquí, sin su asiento? —gritó Barbara.

Él logró ponerse de pie y avanzó unos pasos hasta su auto, caminando como si el suelo estuviera inclinado en un ángulo imposible.

—Si lastimaste a mi hija, tendrás que asumir las consecuencias. ¿Me entiendes?

Tres veces, él intentó abrir su puerta, mirándola, articulando algo que ella no podía escuchar. ¿Qué decía? No sabía leer los labios, pero juraría que estaba diciendo: «Lo siento».

—¿Cuándo fue la última vez que comió esta bebé?

—gritó Barbara—. ¿Dónde está su leche? ¿Y dónde están sus biberones? ¡Contéstame, Tigre!

Él abrió la puerta y cayó detrás del volante de su elegante automóvil con asientos de piel. Lo puso en marcha y retrocedió, pero había olvidado cerrar su puerta. Cuando aceleró el motor, la puerta se cerró con un golpe y las llantas chirriaron. Salió a toda velocidad del estacionamiento.

El corazón de Barbara palpitaba descontroladamente. Tenía que llegar al hospital. Janet estaba en problemas. Lo había percibido en la voz de la mujer del mensaje telefónico. Pudo verlo en los ojos del Tigre. Pero ¿qué haría con Hannah? No podía llevarla en el auto sin su asiento de seguridad.

Señor, necesito Tu ayuda como nunca antes. Protege a mi hija. Mantenla a salvo. Y protege a Hannah mientras conduzco.

Ajustó con más firmeza la manta alrededor de Hannah y la metió en el auto. Mientras conducía hacia el hospital, sujetaba con un brazo a la niña y oraba como nunca antes había orado. No sabía qué más hacer.

Primera parte

EL ENTRENADOR

CAPÍTULO 1

✦ ✦ ✦

FEBRERO DEL 2014
PARTIDO DEL CAMPEONATO ESTATAL

El entrenador John Harrison les dijo a sus Pumas que el partido sería un enfrentamiento reñido, y tenía razón. Fue una batalla de muchas idas y vueltas, palmo a palmo, y ambos equipos jugaron bien, cometiendo pocos errores y corriendo cada vez que el balón iba a la deriva. Cuando la chicharra marcó el final de la primera mitad, los Pumas aventajaban a los Caudillos por tres puntos. En el vestuario, John se recompuso y recurrió a sus días de jugador. Sabía exactamente cómo se sentían esos muchachos: la adrenalina, los músculos adoloridos y el anhelo de ganar. Él lo deseaba tanto como ellos... quizás, más.

«Seguiremos lanzando a la canasta —dijo—. Vamos a atacar su defensa y a obligarlos a cometer faltas. Esta es nuestra noche. Vamos a ganar este partido».

John tenía décadas de experiencia como jugador y como entrenador. Tenía cuarenta y cinco años, pero se sentía de veinticinco, y un partido como este lo ayudaba a sacar a la luz todas sus ansias de competir. Su cabello oscuro escaseaba un poco, pero, fuera de eso y de los pocos kilos de más que tenía, se sentía en su mejor momento. Estaba hecho para partidos como este, para el reto de jugar contra un buen equipo con un buen entrenador.

Sin embargo, durante la segunda mitad, la confianza que tenía en sí mismo decayó cuando los Caudillos los superaron. Recuperó cierta esperanza cuando su hijo Ethan anotó un triple faltando ocho minutos para el final.

«Es nuestro momento —dijo John en el tiempo muerto—. Estamos dos puntos arriba. No quitemos el pie del acelerador. Pases firmes. Acérquense a la canasta y hagan un buen tiro, o saquen una falta».

John sabía que entrenar era recordarles a sus jugadores. En medio de la batalla, los jugadores necesitaban escuchar las palabras del entrenador. Háblales, háblales de nuevo y sigue por ese camino. Mientras hablaba, sintió que el impulso los favorecía. El público estaba con ellos, los alentaban, ¿y por qué no lo haría? Estaban jugando en su propio gimnasio. La liga había tomado esa decisión un año antes debido a su tamaño y a su ubicación. Los Pumas estaban sacando provecho de su propia cancha.

John interceptó a Ethan cuando terminaba el tiempo muerto.

—¿Cómo te sientes?

—Me sentiría mejor si tuviéramos una ventaja mayor —dijo Ethan.

John sonrió. En la jugada siguiente, los Caudillos avanzaron a la canasta y un jugador de los Pumas se adelantó y recibió el ataque. El árbitro tocó el silbato y cobró una falta defensiva contra los Pumas. John se cruzó de brazos, le lanzó una mirada fulminante al árbitro y pidió la jugada siguiente.

El impulso es un amigo cruel, y se volvió en contra de John y de su equipo. Faltando dos minutos, perdían por ocho puntos. Cuando se juntaron en la banda, John trató desesperadamente de lograr que el equipo recuperara la confianza.

—Mírenme —dijo John intensamente—. Quiero que me miren todos. Este es exactamente el punto en el que estábamos la última vez que jugamos contra ellos: persiguiéndolos de atrás. ¿Recuerdan qué pasó? Tienen miedo de que lo hagamos otra vez.

—Hagámoslo otra vez —dijo Ty Jones.

El equipo atacó la cancha con los ojos en llamas. Ethan anotó rápidamente. En seguida, robó el balón y lo metió en la canasta. Faltando menos de un minuto para el final, el marcador indicaba 84–80. John vociferó que presionaran en toda la cancha y obligaran a los Caudillos a pedir su último tiempo muerto.

«¡Vengan, vengan, vengan!», gritó John, juntando al equipo. El público estaba enloquecido. Los muchachos lo rodearon, sudorosos, jadeantes, fatigados. Pero vio que los jugadores ansiaban que les dijera algo. Sabían que tenían un entrenador que creía en ellos.

«Muy bien, escuchen: ellos van a tratar de retener el balón y dejar que corra el tiempo. Ustedes tienen que seguir presionando. ¡Métanse frente a ellos! Cuando recuperemos el balón, hagan la doble flex y busquen a Ethan o a Jeff para un triple. Luego, luchen por el balón. Mantengan la presión en toda la cancha hasta que se termine. *Pumas* a la cuenta de tres».

John contó a gritos y las manos se levantaron en el aire, exclamando: «¡Pumas!».

John lo vio en sus rostros. Les había dado confianza al decir: «*Cuando* recuperemos el balón...». No había ningún cuestionamiento ni duda en su voz.

Los Pumas se basaban en tres jugadores: Ty, Ethan y Jeff. John bromeaba con que ellos tres habían jugado juntos desde que usaban pañales. Los otros equipos temían la fuerza de Ty/Ethan/Jeff porque funcionaban con una sola mente y un solo corazón. Un entrenador rival los llamaba los «velociraptores» por su capacidad para coordinar.

John echó un vistazo a su esposa, Amy, que estaba sentada en la tribuna con su hijo menor, Will. Amy había asistido a todos los partidos de esta temporada para alentarlo, pero alentaba doblemente a Ethan, su hijo mayor. Amy lo miró y él sonrió, sabiendo que ella lo apoyaba.

Ty interceptó un saque de banda y el balón fue hacia Jeff Baker, quien coló un triple. Con solo diecisiete segundos restantes, los Pumas iban bien encaminados.

No había tiempo para festejar. John hizo un gesto con la mano y pidió a gritos que presionaran en toda la cancha. Necesitaban robar una vez más y meter una canasta para adelantarse.

En vez de esperar a que corriera el reloj, los Caudillos avanzaron hacia la canasta, pero perdieron un tiro bajo el aro. Otro Caudillo rebotó el balón y lo clavó en el aro. Los Caudillos los aventajaban 86 a 83.

Mientras hubiera tiempo en el reloj, había una oportunidad.

«¡Ethan!», gritó.

El balón fue hacia su hijo. Quedaban tres segundos. Ethan dribló dos veces corriendo hacia la mitad de la cancha.

«¡Lánzala! ¡Lánzala! ¡Lánzala!».

Ethan lanzó un tiro alto y arqueado. Mientras el balón descendía, sonó la chicharra, pero, en lugar de entrar zumbando por la red, el balón rebotó en el borde del aro y brincó hacia afuera.

Los Caudillos festejaron. Ethan apoyó las manos detrás de su cabeza y se arrodilló, completamente exhausto. Un silencio cayó sobre el gimnasio, y John miró el marcador. Quería caer de rodillas, como algunos de sus jugadores. Pero no podía. En cambio, aplaudió y exhortó a Ethan a que se levantara, mientras el público local coreaba:

«¡Estamos orgullosos de ustedes! ¡Estamos orgullosos de ustedes!».

John estrechó la mano del entrenador de los Caudillos y lo felicitó.

—Tiene un gran equipo, Harrison —le correspondió el hombre—. Esta noche, tuvimos suerte.

—La suerte no tuvo nada que ver con esto. Pelearon duro. Buen trabajo.

Mientras salía de la cancha, miró a Amy y a Will, estrechamente abrazados y visiblemente abatidos porque habían perdido. Habían estado seguros de que este sería el año. En cambio, John volvía a ser subcampeón.

John encontró a Ethan fuera del vestuario y agarró a su hijo para abrazarlo. Ya casi era tan alto como John. Cuando entraron, escucharon el parloteo de muchachos derrotados.

—Los teníamos —dijo Jeff—. Los árbitros les regalaron el partido.

—Me atacaron toda la noche y los árbitros no cobraron nada —dijo Ty.

John solicitó su atención y respiró hondo, buscando palabras que él mismo pudiera creer. Lo que se suponía sería una fiesta parecía un funeral. Tenía que ayudarlos a ver algo que no podían.

—Muy bien, muchachos, mírenme —empezó—. Yo también quería ganar.

Miró a Ethan y luego a los demás. Sumando su voz a la de una gran nube de entrenadores anteriores, dijo:

—Estoy orgulloso de ustedes.

Los muchachos se quedaron mirándolo, y le creyeron. Pudo verlo en sus rostros. Y supo que las palabras que seguían no eran solo para ellos, sino también para su propio corazón.

—Y esta es la buena noticia: ese equipo es el obstáculo más difícil que enfrentaremos el año que viene. Cuatro de sus jugadores principales están por graduarse, mientras que todos ustedes volverán. Seremos mucho más fuertes. Lo cual significa que la próxima temporada, nos llevaremos todo.

Sus palabras los alcanzaron. Aunque estaban devastados por haber perdido, asintieron y aceptaron el desafío. Les había dado una esperanza en medio de la derrota. Qué lástima que esa esperanza para la siguiente temporada no hubiera venido acompañada del trofeo de este año.

CAPÍTULO 2

+ + +

Hannah Scott esperaba en la oficina del director de la preparatoria de Franklin. En algunos programas de televisión, había visto que la policía dejaba al sospechoso solo en un cuarto para que se examinara, para que reflexionara sobre el delito. Cuando los detectives volvían y lo presionaban, la confesión saltaba de los labios del acusado. Se juró que no confesaría nada. Estar sola la ayudaba a pensar, le daba tiempo para pensar en una manera convincente de explicar. Era como esos juegos que había hecho cuando era niña, en los que uno traza el camino a través del laberinto hasta llegar al final. Pero, cada vez que Hannah pensaba en un motivo para justificar por qué tenía un sobre lleno de dinero en su mochila (el dinero que su profesora de

Español había reunido para comprar comida y hasta una piñata para una fiesta para la clase), terminaba en un callejón sin salida. No había ninguna explicación creíble.

Hannah cerró los ojos y, en su mente, apareció una palabra en español: *ladrona*. Dudó que su profesora se sintiera impresionada por cómo estaba ampliando su vocabulario.

¿Qué diría su abuela? ¿Cómo reaccionaría? ¿La habrían llamado a su trabajo? ¿Ya estaría en camino? Esto la sacaría de quicio. Su abuela se enojaba muy fácilmente, y se le veía el fuego en los ojos. Nunca había golpeado a Hannah ni la había lastimado físicamente. No era necesario. Bastaba con una palabra o con una mirada. Y era algo que sucedía muy a menudo.

Hannah odiaba hacerla pasar por esto. Su abuela había sufrido demasiado en la vida. Hannah tenía que encontrar la salida por sí sola.

La puerta se abrió y el director entró en la sala sin hacer contacto visual, seguido por la profesora de Español, quien sí la miró a los ojos. Hannah no sabía qué era peor: el hombre que miraba al piso o la mujer que había capturado su mirada y tenía la vista fija en ella.

La señora Reyes tenía el cabello oscuro, una sonrisa cálida y los labios pintados con un labial rojo vivo. Enseñaba la mayor parte de la clase en español y hacía a los alumnos repetir lo que ella decía para que pudieran practicar el idioma, en lugar de limitarse a leerlo de un papel. Era una buena profesora. Parecía disfrutar lo que hacía, a pesar de que algunos alumnos no se esforzaran. A Hannah le gustaba tener una profesora de su misma estatura: no tenía que mirar hacia arriba. La mujer había dedicado tiempo fuera de su clase para ayudar a Hannah a comprender sus tareas. Algunos de sus compañeros parecían entender fácilmente el idioma, y Hannah se preguntaba si contarían con la ayuda de sus hermanos o de alguno de sus padres. Ella no tenía quién le diera una mano con sus preguntas.

El director, un hombre mayor al que le colgaba la piel del cuello en pliegues, apoyó sus manos regordetas sobre el escritorio frente a él, como si fueran a hacerle la manicura.

—Hannah, llamamos a tu abuela y le dejamos un mensaje, pero, hasta ahora...

—Está trabajando —lo interrumpió Hannah.

—Sí. La llamamos a su celular y al teléfono laboral.

Genial, pensó Hannah.

La señora Reyes se inclinó hacia adelante en su silla.

—Tiene que haber una razón por la que ese sobre haya ido a parar en tu mochila.

Hannah se miró las manos.

—¿Necesitas dinero para algo? Si necesitas ayuda, puedes contarnos.

Hannah sabía que abrir la boca solo le traería más problemas. Desde que era muy pequeña, su abuela le había enseñado a decir siempre la verdad porque, cuando uno miente, tiene que recordar todas las cosas que dijo para mantener la misma historia. La verdad era la mejor manera de vivir. Pero, para Hannah, la verdad también podía causarle muchos problemas.

—¿Tomaste el sobre del cajón de la señora Reyes?

—No, señor.

Esa parte era verdad. Si la hubieran sometido al detector de mentiras, hubiera pasado esa pregunta porque el sobre no estaba en el cajón de la señora Reyes. Estaba al costado de su bolso, en el piso detrás del escritorio.

—Hannah, mírame —dijo el director.

Se sentó derecha, como su abuela le había enseñado. Había algo en los ojos de él que la hacía querer desviar la mirada, así que se concentró en la arruga que había entre ellos, que se marcaba más aún cuando fruncía el ceño. ¿Siempre la había tenido, o había aparecido esa arruga con los años de ser director? ¿Era consecuencia de tratar con alumnos como ella?

—¿Cómo llegó el sobre a tu mochila? —dijo él.

Ella tragó con dificultad. Se le llenaron los ojos de lágrimas y sintió que le temblaba el mentón. Odiaba que le pasara eso. La hacía sentir... ¿cuál era la palabra? *Culpable.* Era una palabra que, tanto en español como en inglés, significaba lo mismo.

—No lo sé —dijo ella, agachándose para buscar algo en su mochila.

—Hannah, la señora Reyes te dejó sola en el aula durante unos minutos y cuando regresó, ya no estabas, y el sobre tampoco.

—Alguna otra persona lo agarró.

—Hannah, di la verdad —dijo la señora Reyes—. Es mejor que tratar de inventar algo.

Hannah pensó en la cara de su abuela y se acercó su inhalador a la boca y dio una calada. No lo hacía para que le tuvieran compasión. Realmente sentía que se le contraían los pulmones, pero eso podía ser a causa de los nervios. En la clase de Higiene y Salud, había aprendido qué sucedía en el cerebro de una persona cuando se mezclaban las sensaciones y las hormonas. No lo entendía, pero lo sentía.

—Alguien debe haberlo puesto ahí —dijo Hannah con un hilo de voz—. Yo no necesito el dinero. Mi abuela trabaja mucho. Ella...

Su voz se fue apagando cuando escuchó una voz que venía de la otra sala. Luego, llamaron a la puerta. Su abuela entró y la miró.

—¿Qué has hecho ahora, nena?

Lo dijo de manera dulce, con compasión, pero Hannah pudo ver el fuego que había en los ojos de su abuela. Hablaría del tema durante semanas. De todos los problemas que causaba Hannah. La última vez que había estado aquí, el director había usado la palabra *expulsión* en referencia a la próxima infracción.

Podía oír las preguntas de su abuela.

¿A qué escuela irás ahora? No puedo matricularte en una escuela privada. No tengo tanto dinero. ¿Crees que el dinero crece en los árboles? Hannah, ¿en qué estabas pensando?

Cerró los ojos y se imaginó con una palabra tatuada en la frente. *Ladrona.*

Sabía lo que era.

CAPÍTULO 3

✦ ✦ ✦

John Harrison estaba sentado en el aula de su esposa, mirando el último partido del campeonato en su iPad. Siempre había tenido la capacidad de retener de memoria las estadísticas y los totales. Su mente tenía un archivo de resultados, y este partido no era la excepción. Cada tiro errado, cada decisión fallida y cada oportunidad desaprovechada de su equipo era una espina en la rosa de la temporada.

—Pensé que les habías dicho a los muchachos que se olvidaran de ese partido —dijo Amy con una expresión de humor—. Dijiste que no se obsesionaran con haber perdido.

—Es más fácil decirlo que hacerlo. Además, uno tiene que

aprender de sus errores, ¿verdad? Te aseguro que la próxima temporada... —Sacudió la cabeza y señaló la pantalla—. Mira eso. Sus pies estaban en movimiento. No hay forma de que eso fuera una falta.

Amy era la más ferviente animadora de John. Los éxitos de él también eran de ella, y los de ella, de él. Lamentablemente, lo mismo valía para sus fracasos. De hecho, algunas de las derrotas eran peores para ella que para él.

Su matrimonio siempre había sido una unión «en las buenas y en las malas, pase lo que pase», y los dos mantenían el compromiso de resolver todas las etapas difíciles que tuvieran. Su amor era de los que dicen: «Si alguna vez te vas, me voy contigo».

John recordó una larga noche del alma, apenas unos meses después de su boda. Una noche de lágrimas, una caja entera de pañuelos desechables y los hombros de Amy temblando. Hubiera sido más fácil desertar y atribuirlo a los «sentimientos», pero no lo hizo. Se acercó y, cuando ella se apartó, no se dio por vencido. Cuando por fin logró pelar las capas de la cebolla emocional de Amy, se dio cuenta de que en el fondo de todas ellas, había miedo. Ella tenía miedo del futuro. Algo que él dijo, algún comentario inconsciente, había pinchado el globo de la felicidad matrimonial. El reloj marcaba las 3:12 de la madrugada cuando, por fin, encontró la grieta y la reparó.

Amy era una persona a la que le gustaban las palabras. Ella necesitaba que él le dijera las cosas y, como a John eso no le nacía naturalmente, tenía que esforzarse más para comunicarle lo que estaba pensando. Él podía ladrarles órdenes a los muchachos del equipo todo el día, pero cuando se trataba de su esposa, esa no era la manera de comunicarse. Cada vez que había un distanciamiento entre ellos, las palabras eran el puente, la senda que acercaba sus corazones.

Ese día, algo no estaba bien entre ellos. ¿Era porque habían perdido el partido? Quizás tuviera algo que ver con las esperanzas que ambos tenían puestas en Ethan. Querían que fuera a una buena universidad, que consiguiera un buen trabajo, que encontrara una buena esposa y que viviera una buena vida. Todos los padres tenían esperanzas y sueños. El siguiente paso para Ethan era la universidad, pero, con dos sueldos de maestros, la mejor manera de lograrlo era que recibiera una beca. Ese tema flotaba sobre su familia, y John se preguntaba si Amy, de alguna manera, sentía que él no había cumplido con su parte. Debía haber hecho más, haberse vuelto más exitoso, para proveer más económicamente.

Pero no podía tratarse de eso. Amy nunca había esperado que el dinero le diera felicidad ni satisfacción. Sin embargo, él se sentía un poco insuficiente. Si tan solo tuvieran un poco más de dinero en el banco, una beca de basquetbolista reservada para Ethan, las cosas serían mejores.

Quizás era simplemente una etapa por la cual estaban pasando. Hacía diecinueve años que estaban casados y todos los matrimonios tenían sus altibajos. Nomás era eso. La distancia, la sensación de inestabilidad eran normales. Esta era su realidad. De manera que él tenía que seguir la corriente y dejar de pensar tanto en el tema.

John se quedó mirando la pantalla. Un tiempo muerto que debió haber pedido un pase antes, todas las preguntas de lo que podría-debería-tendría que haber hecho. Era imposible no repetir el partido y ver un resultado distinto.

—Mira, justo aquí, son ocho faltas que no cobraron. ¡Y él dio pasos allí!

—¿Vas a mostrarles tu video a los árbitros? —dijo Amy con una sonrisita. Estaba preparándose para un experimento en la próxima clase de Química.

—Estoy pensándolo.

Ambos gruñeron, sabiendo que eso no era cierto. John quería hablar de Ethan. Qué podían hacer para ayudarlo antes de su último año: un campamento, ejercicios para fortalecer sus músculos, lo que fuera para lograr que los cazatalentos se interesaran más. Antes de que pudiera mencionarlo, Keith Wright, el entrenador del equipo de fútbol americano, entró en el aula.

—Oigan, John, Amy, tal vez quieran venir a ver esto.

La expresión en el rostro de Keith era inquietante. ¿Había algún disturbio en el corredor? ¿Otra noticia sobre un tiroteo escolar?

—Ve tú —dijo Amy—. Yo debo terminar esto para el quinto período.

—De acuerdo. Volveré.

John siguió a Keith a la sala de profesores, donde se había reunido un grupo de maestros y personal escolar, todos con el rostro sombrío, mirando fijamente el televisor. Un noticiero mencionaba a Tarsus Steel, la empresa empleadora más grande de Franklin. La empresa había decidido cerrar la planta, lo cual significaba la pérdida de seis mil empleos.

De inmediato, John pensó en todos los hombres de su iglesia que trabajaban en Tarsus. En una ciudad de veinticuatro mil habitantes, el cierre de la fábrica más antigua e importante de la región sería una hecatombe económica.

Cuando el presentador del noticiero pasó a un informe en escena, John observó que la directora de la Escuela Cristiana Brookshire, Olivia Brooks, estaba en un rincón con la cabeza gacha y una expresión de angustia en el rostro. Los efectos colaterales de esto afectarían ampliamente a la escuela.

El reportero dijo que a las familias les habían ofrecido la opción de trasladarse con la empresa, y que la transición estaría finalizada para el primero de julio.

—Es increíble —dijo Cynthia Langdon. Ella enseñaba Inglés y era la preferida de muchos alumnos—. Y nosotros acabamos de renovar la escuela.

Keith se dio vuelta hacia John. Habló con voz baja y resignada:

—Allí va el programa de fútbol americano.

—No lo sabes —dijo John.

—John, la mayoría de mis jugadores tienen padres que trabajan en la planta. —Sacudió la cabeza y volvió a mirar la pantalla—. Esto no va a ser nada bueno.

Antes de salir de la sala, Keith apoyó una mano sobre el hombro de John. Lo sintió como un presagio, como una especie de despedida. ¿Estaba exagerando?

—La noticia se está difundiendo rápidamente por toda la ciudad de Franklin —dijo el reportero—. Los comercios locales también están enterándose del cierre y preparándose para lo que vendrá.

Cuando la sala quedó vacía, John se acercó a Olivia. Era una de esas escasas directoras de proceder directo combinado con una profunda compasión por los alumnos y por los docentes. Sus padres habían sido maestros y le habían legado su deseo por ayudar a cambiar el mundo, un estudiante a la vez.

—¿Qué piensas de todo esto? —dijo John.

Olivia estaba al borde del llanto.

—Había escuchado rumores por una amiga que está en el comité escolar. Yo sabía que la empresa estaba considerando la posibilidad de mudarse. Pero ya sabes cómo son los rumores. Han hablado de eso durante años. Me enteré de que estaban consolidándose, que en realidad pensaban traer operarios a Franklin. En cambio, nos toca esto. John, va a ser devastador.

—Keith dice lo mismo. Él cree que el programa de fútbol americano está frito.

Olivia desvió la mirada.

—Olivia, dime que está exagerando.

—No sé qué decir. Sabes que no soy pesimista. Me

gusta creer que vendrá lo mejor y ver el lado positivo. Sinceramente, no veo ninguno.

John regresó al aula de Amy y vio el iPad sobre el escritorio. De repente, volver a ver el partido no le pareció tan importante. Es curioso cómo una crisis puede reorientar el mundo de uno. Amy se quedó boquiabierta cuando John le comunicó la noticia.

—¿Qué significará? —dijo ella.

—Keith piensa que el programa de fútbol americano está acabado. Olivia parecía como si la hubiera tacleado un futbolista de la defensa. No creo que nadie conozca realmente todos los efectos. Con seguridad, yo no.

Amy se quedó mirando el experimento que había preparado. Sonó el timbre del quinto período y los alumnos llenaron el pasillo. John se preguntó cuán vacío estaría ese pasillo en el otoño.

CAPÍTULO 4

✦ ✦ ✦

Barbara Scott se sentía fracasada cada vez que miraba a
Hannah. No quería que fuera así, pero lo era. Durante semanas, había averiguado para cambiar a la niña a una escuela
nueva, pero las puertas se le habían cerrado. Hannah no
podía librarse de la fama que tenía. Barbara preguntó en las
escuelas privadas de la zona, pero, cuando escuchaba el costo
por semestre, amablemente les daba las gracias y colgaba el
teléfono.

A fines de julio, cuando el período de inscripción estaba
por terminar, una mujer de nombre Shelly Hundley le dejó
un mensaje. Dijo que era de la oficina administrativa de
la Escuela Cristiana Brookshire y que quería hablar sobre

Hannah. Durante su descanso laboral, Barbara devolvió la llamada.

—Gracias por llamarme, señora Scott. ¿Me dijeron que estaba interesada en que Hannah asistiera a esta escuela?

La mujer hablaba con una voz muy correcta. Sonaba como si tuviera la vida resuelta, sin ninguna preocupación.

—Efectivamente, averigüé allí, pero cuando me dijeron el costo, supe que no era una opción. Pero le agradezco por...

—Comprendo, señora Scott. Y usted tiene razón: Brookshire no es una escuela barata. Pero creemos que nuestra escuela vale la inversión. Aquí hay un personal estupendo que realmente se preocupa por nuestros alumnos.

Barbara no podía creer el argumento de venta.

—Estoy segura de que así es, señorita. Pero yo no puedo pagarlo.

—Entiendo. Pero quizás aún haya una manera —dijo Shelly rápidamente, antes de que Barbara pudiera colgar.

—¿De qué manera sería?

—¿Qué le parece si usted y Hannah pasan por la oficina mañana por la tarde?

Barbara quería decirle: *¿De qué serviría?* Sin embargo, dijo:

—Trabajo hasta las seis.

—¿Qué tal por la mañana, antes de ir al trabajo?

—Tengo dos empleos para llegar a fin de mes. Comienzo a las cinco de la mañana y no termino hasta las seis de la tarde.

—Entiendo —dijo Shelly, e hizo una pausa—. ¿Qué le parece si nos reunimos mañana a las siete y media de la noche? Así tendría tiempo para volver a casa, cenar con su nieta y, luego, traerla aquí.

Barbara sacudió la cabeza. Esta mujer no se daba por vencida. ¿Y cómo sabía que Hannah era su nieta? Todo eso le dio vueltas en la cabeza hasta que Barbara dijo basta.

—Mire, le agradezco su ofrecimiento de quedarse hasta tarde, pero no veo ningún motivo para molestarla. Aunque recortara la cuota a la mitad, no puedo pagarla.

—Por favor, solo traiga a Hannah a la escuela mañana por la noche. Le prometo que el esfuerzo valdrá la pena.

Barbara aceptó a regañadientes, aunque ponía en duda las palabras de la mujer. Cada cual tenía sus razones. Todos buscaban obtener algo de alguien más y, si uno confiaba en los demás, en el mejor de los casos resultaba lastimado y, en el peor, le rompían el corazón. Una y otra vez, según la experiencia de Barbara. ¿Y qué pasaría si llevaba a Hannah a esa escuela y realmente le gustaba? ¿Para qué darle esperanzas a la niña, cuando no había posibilidades?

Pero Barbara ya había agotado todas las otras opciones. Y una posibilidad sin esperanzas era mejor que no tener absolutamente ninguna. La noche siguiente, después de una cena rápida, Barbara y Hannah se dirigieron hacia Brookshire.

—No entiendo para qué vamos a ese lugar si no podemos pagarlo —dijo Hannah.

—Yo tampoco, nena. Alguien desea que veas la escuela.

Y supongo que deben querer que la veas y que te guste lo suficiente para hacer que yo la pague. Eso no ocurrirá. Ni en un millón de años. Pero por lo menos podemos escuchar qué tiene que decir la mujer.

Hannah se puso sus audífonos y Barbara le hizo un gesto para que esperara.

—No te encariñes demasiado con este lugar. Sé reticente. ¿Sabes qué quiere decir *reticente*?

—En realidad, no.

—Significa que... no te entusiasmes. Y, si lo haces, no dejes que se den cuenta. Actúa como si nada.

—Está bien.

A Barbara no le gustaba reconocer que cada vez que miraba a Hannah se le revolvía el estómago. Cada vez que miraba sus ojos marrón oscuro, veía el rostro de su hija. Veía cómo Janet había desperdiciado su vida. Veía a Hannah tomar decisiones equivocadas y los errores que la seguirían, quizás por el resto de su vida. Hannah corría detrás de algo fuera de su alcance.

El problema —Barbara lo sabía— era que cuando miraba a Hannah y veía a Janet, también se veía a sí misma. Tres generaciones que trazaron la misma senda, aunque hubieran cometido errores muy diferentes a lo largo del camino. Para Barbara, la vida se había convertido en un círculo repetitivo en el cual ella trabajaba todo el día y volvía a su casita cerca de donde doblaba el río. A duras penas había pagado el anticipo y se había mudado, pero estaba siempre demasiado agotada para disfrutar del logro. En muchos sentidos, su vida siempre era un paso adelante y un paso atrás en las mismas escaleras. Y ahí estaba, otra vez en el fondo, tratando de levantarse.

Su matrimonio fue así. Había encontrado a un hombre que pensó podría hacerla feliz. Pero el resultado no fue bueno. Al principio, el matrimonio iba bien. Todo *parecía* estar en orden. Ella le decía «cariño» y él la llamaba «amor». El problema surgió cuando descubrió que ella no era su único amor.

Barbara tuvo el atisbo de que algo no estaba bien desde la primera cita. Él la hacía sentir cómoda, amada y cuidada, a diferencia de otros hombres que no le abrían la puerta del auto ni actuaban de manera caballerosa. Pero algo no estaba bien. Había algo que no encajaba del todo. Fue solo el indicio de un interrogante, la punzada de una duda que Barbara reprimió. Curiosamente, el dudar de él se volvió dudar de sí misma. Cada vez que tenía la sensación de que algo no estaba bien, se regañaba y oía una voz acusadora: *¿Qué estás pensando? Es un buen hombre. Él te mantendrá bien. Es un buen partido, de verdad. ¿Por qué saboteas tu oportunidad de tener un buen matrimonio?*

Escuchó esa voz en su mente mientras caminaba hacia el altar y dijo: «Sí, acepto». Y lo hizo. Rechazó todas las preguntas y las dudas, y se lanzó al vacío.

Luego, un día de verano, después de cinco años de matrimonio, las cosas se vinieron abajo. Curiosamente, sucedió a partir de la idea de limpiar su casa de arriba abajo. Mientras Janet estaba entretenida en su corralito,

Barbara se remangó la camisa y decidió empezar por el cuarto de huéspedes de la planta alta. Abrió el guardarropa y sacó ropa que ni siquiera sabía que tenía. Diez minutos después, tenía listo el primer cargamento para donarlo y sintió que estaba avanzando.

Sacó todo lo que había en el estante que estaba sobre la ropa: álbumes fotográficos, revistas, la caja fuerte que contenía actas de nacimiento, papeles importantes y recuerdos de su luna de miel. Cuando limpió todo, notó que una parte cuadrada de madera del techo estaba ligeramente torcida, probablemente la entrada a la cámara del ático. El panel estaba puesto de una manera rara y dejaba a la vista un hueco, como si lo hubieran movido recientemente. Trató de llegar a él, pero no pudo, ni siquiera poniéndose en puntas de pie. Trajo desde el garaje la escalera destartalada que usaban para pintar, y se aseguró de que Janet estuviera bien. Trepó la escalera y empujó la tabla, pero, en lugar de enderezarla, sintió curiosidad. ¿Qué había ahí arriba? Subió otro escalón y echó un vistazo por encima del borde de la abertura.

Lo que Barbara vio lanzó su vida hacia una espiral. Videos. Revistas. Esas eran ya bastante malas. Lo que la dejó pasmada fueron las fotografías envueltas en bolsas de plástico. Las abrió y las miró una por una. No eran fotos viejas, sino recientes. Mientras las miraba, todas las dudas que había sentido durante el noviazgo y los últimos cinco años crecieron como un hongo nuclear. El hombre con el que creía haberse casado, el que le decía «amor», no era quien ella pensaba. Tenía puesta una máscara. Y las fotos revelaban el rostro que había detrás de esa máscara.

El ver la verdad, parada en lo alto de esa escalera, fue devastador para Barbara. Pero también decidió en ese mismo instante que nunca se dejaría engañar por nadie. Nunca permitiría que nadie la convenciera de algo que no era. Había aprendido de la peor forma que no podía confiar en nadie. Si una lo permitía, la defraudarían.

Ahora, mientras conducía hacia Brookshire, mirando a Hannah de reojo, sentía como si estuviera parada en una escalera destartalada. Había sufrido un dolor inimaginable con Janet, cuando se iba a escondidas con El Tigre y mentía sobre los lugares a los que iba y lo que hacía. Lo único que le había quedado de su hija era un álbum fotográfico y una lápida.

El sol de verano todavía estaba alto cuando llegaron a Brookshire. Los jardines de la escuela estaban impecablemente podados.

«Obviamente, es distinta a mi antigua preparatoria», dijo Hannah.

Shelly se encontró con ellas en la entrada principal e insistió en brindarles una visita guiada. Caminaron por los corredores y entraron en el gimnasio. Les mostró la pista de atletismo y las canchas de deportes. El deporte parecía muy importante, aunque el cierre reciente de la planta siderúrgica había provocado una dispersión.

Eso es, pensó Barbara. *La matrícula ha bajado y la escuela está desesperada por conseguir nuevos alumnos.*

Shelly las llevó a la hermosa biblioteca, a la mediateca, a la cafetería y a un auditorio que lucía espléndido. Barbara quería que la visita terminara, pero siguió a la mujer a lo largo de los pasillos. Después de media hora, Shelly las guio a su oficina. La sala estaba bien amueblada, pero no era exagerada.

—Entonces, ¿qué te pareció, Hannah? —dijo Shelly sonriendo y cruzando las manos sobre el escritorio.

Hannah miró a Barbara y, luego, a la mujer.

—Es linda.

—¿Te gustaría venir a esta escuela?

Barbara adelantó su cuerpo.

—Señorita, le dije que no hay manera de que yo pueda pagar...

Shelly levantó una mano y abrió una carpeta que había sobre el escritorio.

—Hay una persona amiga de la escuela que se enteró de la situación de Hannah y quiso ayudar.

—¿Un amigo? —dijo Barbara—. ¿Quién es?

—Una persona que desea permanecer en el anonimato —dijo Shelly—. La matrícula de Hannah ya fue pagada. Para todo el año.

—¿Qué? —dijo Hannah y miró a Barbara con los ojos muy abiertos. Se llevó una mano a la boca mientras miraba a su abuela.

Barbara también estaba boquiabierta. Las lágrimas asomaron a sus ojos. *¿Quién haría algo así?*

—No sé qué decir —dijo Barbara por fin.

42

Shelly miró la carpeta.

—Ahora, está la cuestión de las expulsiones de las escuelas anteriores. Hay ciertas normas de conducta que pedimos a nuestros alumnos y a sus padres o tutores que acepten por escrito. También podrán ver el código de vestimenta. Tengo un paquete de bienvenida que explica todo eso. Entonces, si están de acuerdo, sencillamente firmen los formularios y devuélvanlos.

—Podemos firmarlos ahora —dijo Barbara rápidamente.

Shelly sonrió.

—Aún falta un mes entero para el comienzo de clases. Llévense el paquete, léanlo con atención para conocer las reglas y saber qué es lo que se admite y lo que no.

—Le aseguro que Hannah acatará todas las reglas —dijo Barbara—. Ese problema que tuvo se terminó de una vez por todas. ¿Verdad, Hannah?

—Sí, señora —dijo Hannah con una vocecita demasiado sumisa para el gusto de Barbara.

—Estamos agradecidas por esta oportunidad, señorita Hundley. Y usted puede confiar en que Hannah tendrá buena conducta.

Shelly miró a Hannah.

—Creo que los profesores y el personal te resultarán acogedores y amables. Todos los alumnos quieren aprender. Tenemos un estupendo programa deportivo, aunque, para ser sincera, no estamos seguros de qué deportes quedarán disponibles para el otoño. ¿Qué cosas te interesa hacer fuera del aula?

Hannah parecía confundida por la pregunta.

—El año pasado practicó atletismo —dijo Barbara.

—Campo traviesa —dijo Hannah, corrigiéndola.

Shelly asintió:

—Eso es genial. Deberías correr para el equipo.

Cuando partían, Barbara se detuvo en el frente de la escuela y observó la lista de nombres que había en una placa. En ese momento, todo encajó. Fue entonces cuando se dio cuenta de qué había sucedido.

En el auto, Hannah miró hacia afuera por el parabrisas, estupefacta.

—¿Eso que pasó fue real?

—Apenas puedo creerlo, pero realmente sucedió, nena.

—Me pregunto quién pagó la beca.

Barbara tragó con dificultad y miró fijo el camino.

—Eso no es importante. Lo que importa es que estudies mucho, que te esfuerces en el trabajo y que evites cualquiera de los problemas en los que te metiste en la otra preparatoria. ¿Me entiendes?

—Sí, señora.

Barbara emprendió el camino a casa y un recuerdo saltó de la nada. Ella y su hija festejaban cuando sucedía algo positivo. Si Barbara conseguía un aumento o si Janet sacaba una buena nota en un examen o le daban un papel en alguna obra escolar, Janet ponía la misma canción y la tocaba una y otra vez. Cuando estaban en casa, subía el volumen de los parlantes y bailaba por todos lados. El recuerdo hizo sonreír a Barbara. Mientras se acercaban a la casa, en lugar de doblar a la izquierda, giró hacia la derecha.

—¿A dónde vas? —dijo Hannah.

—"Celebra los buenos tiempos, ¡vamos!" —cantó Barbara, agitando la cabeza y chasqueando los dedos.

—¿De qué estás hablando?

—Es algo que tu madre solía cantar. Cuando sucedía algo bueno, ponía esa canción y bailaba. Y luego íbamos a Anna Banana por un helado.

Hannah sonrió y pareció disfrutar al ver a su abuela cantando y bailando detrás del volante. Barbara pensó que era un avance. Las cosas estaban empezando a cambiar.

CAPÍTULO 5

✦ ✦ ✦

Después de un largo día de preparaciones y planificación en la escuela, John se detuvo en una panadería y compró una docena de pastelitos de canela, la especialidad de la tienda. Esa noche era el primer estudio de su pequeño grupo tras las vacaciones de verano, y él tenía muchas ganas de volver a ver a las personas con las que se había reunido por cinco años.

Ethan y Will lanzaron a la canasta en la entrada para autos hasta que John les pidió que ayudaran a ordenar la casa para recibir visitas. Los muchachos aceptaron. Amy estaba ocupada con la cena, a pesar de que también ella se había pasado el día planificando para el comienzo de clases. John sentía como si estuvieran constantemente en movimiento, de una actividad a la otra. La vida era una cinta caminadora y sus vidas eran como las cajitas de un calendario, que eran llenadas por otros, y ellos cumplían las obligaciones que les asignaban. Una vez que comenzaran las clases, la caminadora aceleraría. Esta reunión semanal se había convertido en un oasis, la posibilidad de relacionarse con otras personas y dejar atrás el ajetreo, aunque solo fuera por un par de horas.

El grupo había mutado con los años, pero ahora eran cinco parejas y Larry, lo cual sonaba a nombre de un grupo de música de los años sesenta. Larry era soltero y cuidaba a su madre anciana. Había estado en las Fuerzas Armadas y algo había sucedido entre el entrenamiento básico y el despliegue. La mayoría de las noches se quedaba en silencio, a menos que alguien le preguntara su opinión. Amy decía que Larry era una persona muy profunda.

Los tiempos difíciles del grupo los obligaron a afianzarse más y a estrechar lazos. Un cáncer detectado tempranamente se convirtió en motivo de gratitud y una pareja que sufría por su infertilidad compartió la noticia de un embarazo y luego, un aborto espontáneo. Más que crear distancia y aislamiento, los altibajos los unieron de una manera que John no podía explicar ni entender del todo. Dios había usado los quebrantos en su vida para ayudarlos a crecer.

Para cuando John terminó de ducharse y bajó las escaleras, Bill y Peggy Henderson ya estaban ahí. Bill y Peggy eran pilares en el grupo y en la iglesia. Bill y su pastor, Mark Latimer, visitaban juntos el hospital y los hogares de ancianos. Él trabajaba para una empresa que fabricaba hormigón y se concentraba en hacer pisos para nuevas construcciones. Había colado el hormigón para la entrada de autos de John y Amy. La pareja estaba sentada en la cocina, y nadie había tocado los pastelitos de canela. Eso era señal de que algo andaba mal. Nadie les hacía el feo a esos pastelitos.

—Pensé que podríamos sobrevivir con trabajos de reparaciones y cosas por el estilo, pero hoy, el dueño me dijo que va a cerrar —dijo Bill—. La nueva construcción está muerta. Pasará mucho tiempo antes de que mejore, si es que alguna vez mejora. Trasladará la empresa a otro estado.

—Parece demasiado pronto para cerrar el negocio, ¿no? —dijo John—. Las cosas podrían cambiar.

Bill restregó sus manos ásperas.

—Me pareció drástico, pero entiendo la decisión. Las cosas están mal, John.

—¿Qué van a hacer? —dijo Amy, apoyando una mano en el hombro de Peggy.

—No estamos seguros —dijo Peggy—. Trato de mantenerme firme. Ya sabes, de confiar en Dios en medio de la oscuridad. Pero todavía no lo logro.

Bill se quedó mirando su taza de café.

—Quisimos contárselos antes de empezar esta noche. Tenemos que tomar algunas decisiones difíciles.

—Cuando un miembro sufre, todos sufrimos —dijo John.

Esa noche, hubo lágrimas y muchas oraciones. Las personas compartieron sus miedos. Larry leyó algo del diario que mantenía, oraciones que habían hecho en el grupo algunos meses antes. Oraciones que habían olvidado, algunas que ni siquiera se dieron cuenta que Dios había respondido. Amy tenía razón cuando decía que era un tipo muy profundo.

Arreglar las cosas era parte de la naturaleza de John, pero estaba aprendiendo a contenerse. Bastaba con ser testigo del dolor y de las luchas que enfrentaban sus amigos y con simplemente escuchar sus dudas y decepciones. También se contuvo de compartir sus propias preguntas y temores. Igual las sentía allí, flotando justo bajo la superficie de su propia vida.

CAPÍTULO 6

✦ ✦ ✦

Hannah se sentía nerviosa y a la vez emocionada por ir a Brookshire. Agradecía poder empezar de nuevo en un lugar donde los demás alumnos no sabían nada de su pasado. Su abuela seguía hablando de la gran oportunidad que tenía con este «borrón y cuenta nueva». Un comienzo de cero, como la ropa nueva que había recibido para empezar el año.

Las expectativas de su abuela la ponían nerviosa. ¿Y si echaba a perder esta oportunidad? ¿Y cómo la tratarían los otros alumnos? Al fin y al cabo, era una escuela cristiana, y esperaban que obedeciera todas las reglas. Daba por sentado que la escuela tenía personal que se dedicaría a vigilarla para ver si estaba haciendo algo malo.

Hannah se consideraba cristiana, desde luego. Su abuela la había llevado a la iglesia y ella había ido a las clases de la escuela dominical. De vez en cuando, hasta trataba de prestar atención a los mensajes, incluso cuando eran interminables y ella cabeceaba de sueño. Últimamente, su abuela trabajaba tanto toda la semana que los domingos estaba agotada. Lo más fácil para ambas era quedarse acurrucaditas en cama los domingos por la mañana.

Hannah terminó su día en la YMCA y se fue a casa. Esa mañana, había elegido usar su camiseta favorita, la que decía: *Hola, fin de semana*. Ponerse la camiseta que a ella le gustaba era algo especial, que hacía que el día pareciera más tolerable. La camiseta *Hola, fin de semana* era como vestirse de esperanza en mangas cortas.

En lugar de ir directo a casa, Hannah caminó hacia el parque Webb. Era un lugar tranquilo, con juegos infantiles y campos rodeados por bosques. Había una banca junto a un pequeño estanque, donde los gansos arribaban y graznaban, y a ella le gustaba imaginarlos conversando. Hasta los gansos parecían tener algún miembro marginado, un inadaptado. Hannah deseaba ser un pájaro para llegar a él y hacerse amigos. Tal vez, le daría alguna esperanza.

Se sentó unos minutos en la banca a escuchar a los niños en los columpios, el chillido del metal contra el metal, de un lado para otro, las piernas rebotando, esforzándose por llegar más alto. Al ver que los gansos no se acercaban, Hannah se dirigió hacia una loma que bajaba hacia los apartamentos cerca de su casa. Cortaría camino por allí para llegar a casa.

Había gente en las canchas de tenis, y bicicletas apoyadas contra las vallas. Cerca de allí, unos muchachos jugaban un partido de básquetbol de tres contra tres. Celebraban cada tiro que encestaban y cada pase interceptado. Eran los sonidos del fin del verano en cada cancha del país, donde los niños soñaban con ser especiales. Buscó al chico que no pareciera pertenecer al grupo. Generalmente, había uno que parecía no encajar perfectamente, más lento o más bajito, o que no tenía la misma coordinación visomotriz. El chico que no tenía el estilo ni la onda requeridos. Pero los seis se veían parejos. Los altos se pegaban a la red. Los más bajos driblaban por lo bajo y cortaban hacia la línea y, luego, daban el balón al jugador que no tenía marca.

Hannah escuchaba mientras caminaba entre la cancha de básquetbol y el campo de béisbol. Cuando cruzó la línea de la cancha, observó una banca sobre la cual había un estéreo portátil rojo. Había un par de patinetas, una botella con agua, unas mochilas abandonadas y desparramadas como si fueran basura y un par de audífonos.

Se detuvo.

Lindos audífonos. Caros. De marca conocida. Ella tenía unos audífonos que funcionaban perfectamente bien. No necesitaba esos audífonos. Pero no se trataba de lo que necesitara.

Miró rápidamente a los muchachos, que estaban tan metidos en el partido, tan concentrados en defender o en hacer un buen pase, que ni siquiera se fijaron en ella. Enfocados como un láser. En ese momento, en ese instante, algo hizo clic dentro de ella.

Mientras un jugador hacía un tiro bajo el aro y sacaban el balón desde la media cancha, Hannah caminó hacia la banca y, con un movimiento rápido, tomó los audífonos y se alejó caminando. Esperaba que alguien gritara: «¡Oye, esos audífonos son míos!». Lo único que escuchó fue el rebote del balón, las pisadas sobre la cancha y a los muchachos gritándose entre sí.

Dobló los audífonos, los metió en su mochila y caminó aprisa hacia el bosque. Los aplausos y las bromas se apagaron. Luego, llegó una calma incómoda, como la tranquilidad que antecede a la tormenta. Mantuvo la cabeza gacha, caminando resueltamente hacia los árboles.

No mires atrás.

La calma continuaba.

No mires atrás.

No pudo evitarlo.

Miró hacia atrás.

El chico de los audífonos la miraba fijamente. Sabía que había sido ella. Y ella supo que solo había una cosa que hacer. Correr a su casa.

Corrió a toda velocidad. Los muchachos gritaron tras ella. Doblando hacia la derecha, rodeó la valla del campo de béisbol y se dirigió a un sendero que atravesaba el bosque. Probablemente, a campo abierto no tendría ninguna posibilidad de escapar. Pero si llegaba a un terreno irregular y usaba los árboles para esconderse, tenía una oportunidad. El corazón le latía con furia mientras se acercaba a los árboles.

No mires atrás.

Sabía que si volteaba, disminuiría la velocidad, pero tenía que saber cuán cerca estaban.

Estaban demasiado cerca.

Llegó al camino de tierra y agarró velocidad. Sentía que la mochila pesaba como cincuenta kilos, rebotando en su espalda, pero siguió corriendo, un pie delante del otro.

Corriendo en zigzag entre los árboles, escuchó que el cabecilla de los muchachos gritaba algo como «muerta». No importaba lo que decía. Simplemente no podía dejar que la atraparan.

Al bajar la colina y rodear una curva que la perdió momentáneamente de vista, pensó en sacar los audífonos y arrojarlos al suelo. Pero supuso que, aunque los chicos los vieran, seguirían persiguiéndola.

Los pasos venían detrás de ella. El cabecilla gritaba algo.

Si lograba llegar a los apartamentos, podría esconderse bajo un contenedor de basura o meterse debajo de un auto, pero los chicos estaban demasiado cerca. Escuchaba sus pasos abofeteando el suelo.

Entonces, escuchó otra cosa. Su propia respiración. Sus pulmones oprimidos. El jadeo seco de un ataque de asma.

Se le nubló la vista. Sintió pánico. Era como si las paredes de sus pulmones estuvieran colapsándose y ella no pudiera hacer nada para evitarlo.

Al filo del bosque había un peñasco. Cayó detrás de él y se sentó, esforzándose por no jadear, tratando de regular su respiración y de calmar su corazón. Encontró el inhalador y lo sacó, mientras los muchachos se detenían a no más de tres metros de ella. Unos pasos más, y la encontrarían.

—¿La vieron? —dijo uno sin aliento.

—No.

Esperó. *No se acerquen más*, pensó. Fue una especie de oración.

Si se acercaban al borde de la roca, sería el fin.

Tenía su inhalador en la mano, pero si lo usaba, la oirían. Si no lo usaba, podía colapsar. Desmayarse.

Sintió que se desvanecía. No podía esperar. Se llevó el inhalador a los labios y lo apretó una vez. El alivio llegó. La opresión aflojó un poco.

—Escuchen —dijo un muchacho.

Trató de mantenerse tranquila. Ningún movimiento. Solo apoyarse en la piedra y esperar.

—Apuesto a que se cruzó a esos apartamentos.

—¿Quién era?

—No sé. Pero si la veo otra vez, ¡me las va a pagar!

El muchacho de los audífonos lo gritó como si fuera en serio. Se retiraron, y ella reclinó su cabeza hacia atrás, ahora respirando hondamente. Tenía que esperar a perderlos de vista y, después, esperaría un poco más.

Cuando estuvo segura de que se habían ido, se puso de pie y corrió colina abajo, metiéndose entre los edificios de apartamentos y la acera, sin mirar atrás, dirigiéndose hacia su casa como una flecha.

Nunca estuvo más feliz de ver esa casita. Abrió la puerta delantera, entró, la cerró y, por primera vez desde que había tomado los audífonos, sintió que podía relajarse. Suspiró, por fin a salvo.

—Nena, ¿dónde has estado? —dijo su abuela con un tono de aspereza en la voz—. Creí que la YMCA cerraba a las cuatro.

Hannah trató de no reaccionar, de no sobresaltarse por la voz de su abuela.

Se quitó la mochila y le dijo a su abuela que había ido al parque Webb, y su abuela le preguntó por qué. Hannah se encogió de hombros. ¿Por qué había cruzado el parque? Le parecía una buena idea. Pero no lo dijo porque sabía cómo reaccionaría su abuela.

Luego vino la mirada especial. Y, cuando la abuela la miraba así, de la manera que la había mirado miles de veces antes, sabía que algo malo estaba por venir. Ella levantó algo y, con una voz que sonaba como si la hubiera practicado todo el día, dijo:

—¿De dónde salió esto? Lo encontré en el bolsillo de tus pantalones.

Hannah se quedó mirando un iPod. Había tenido la intención de esconderlo en una caja dentro de su mesa de noche, pero olvidó ese detalle. Sabía que tenía que decir algo, así que dijo lo primero que se le ocurrió:

—Lo encontré.

Por supuesto que era cierto: había encontrado el iPod, pero lo encontró posado sobre el bolso de una chica en el vestuario de la YMCA.

—Hannah Scott, no me mientas. Yo ya te compré uno de estos. —Había culpa en sus palabras, con una mezcla de vergüenza e indignación, como la levadura que se levanta cuando sube la temperatura. Se lo entregó a Hannah—. Devuélvelo.

Hannah tomó el iPod y, por un instante, se vio a sí misma yendo a la YMCA y deslizándolo en la cesta de objetos perdidos, debajo de la sudadera de alguien o dentro de unos guantes que habían quedado del invierno pasado.

—Ya voy tarde al trabajo —dijo su abuela, tomando su bolso—. Tu cena está sobre la estufa. Volveré a las diez.

Cuando llegó a la puerta de atrás, se dio vuelta.

—Hannah, lo digo en serio. Devuélvelo.

—Sí, abuela.

Hannah se puso la mochila, tomó el emparedado de huevo frito y queso, unas papas fritas y algo para beber y se retiró a su cuarto. Era un espacio pequeño de paredes con páneles, pero era su paraíso, el lugar donde podía dejar afuera el conflicto, las luchas y las personas que la perseguían. La pared que estaba detrás de su cama estaba llena de fotos, tarjetas y recortes de revistas. Las imágenes le sacaban una sonrisa. Eran de músicos y de corredores. Un adorable panda. Y un caballo. No recordaba por qué había elegido todas esas imágenes, pero ahora le hacían compañía en la pared y, cuando las miraba, la hacían feliz.

Se sentó en la cama y sacó los audífonos. Luego, abrió el cajón de su mesa de noche y extrajo la camiseta vieja que escondía la caja azul. Dentro estaban sus tesoros, cosas que había «encontrado». Un par de anteojos de sol, un reloj, pulseras, una cámara fotográfica. La caja la emocionaba y le traía una oleada de culpa. Esos audífonos no eran suyos, pero ahora lo eran. Se odiaba por haber agarrado esas cosas. No necesitaba los audífonos; tenía sus propios audífonos y otro par en el fondo de la caja, que no usaba. Entonces, ¿por qué los había tomado?

Los nuevos audífonos quedaban muy prolijos ahí dentro. Cerró la tapa, cubrió la caja con su camiseta y cerró el cajón. Escondidos.

En su mesa de noche había un pequeño televisor que había recibido para Navidad el año anterior y, debajo de él, el anuncio de una revista que había guardado. No lo había clavado en la pared con las otras fotografías porque no encajaba. No la hacía sentir como las otras cosas. El hombre del anuncio tenía algo raro, algo en su manera de sonreír, en la manera en que sostenía las manos de la niñita que tenía sobre los hombros.

El anuncio decía: *Crea recuerdos para toda la vida*. Analizó la sonrisa de la niña. Parecía como si pudiera lanzarse de los hombros de su padre, echar a volar hacia cualquier parte, y eso reconfortaba a Hannah por dentro.

Quizás por eso Hannah no tenía la fotografía en su pared. Le producía una sensación acogedora, pero también le hacía recordar lo que ella no tenía. No, lo que no podía

tener. Había esperanza de convertirse en una mejor depor-
tista, de poseer un caballo o de lucir linda. Pero no podía
esperar tener madre o padre. Ese sueño estaba muerto.

Sus padres eran fantasmas. No tenía recuerdos de ninguno
de ellos. Solo contaba con un puñado de fotos y algunas
palabras que le había dicho su abuela. Y su abuela jamás
hablaba de su padre.

Dobló la hoja y mordió un bocado del emparedado. Su
abuela sabía exactamente cómo dejarlo crocante pero no
quemado por fuera. ¿Cómo lo hacía? Cuando Hannah lo
intentaba, el pan humeaba y se ponía negro. Probablemente
era la temperatura de la sartén, o que no tenía suficiente
mantequilla.

Cuando terminó, fue a la cocina y lavó y secó sus platos.
Eso haría feliz a su abuela. Todavía había luz afuera. A su
abuela no le gustaba que saliera de noche a solas, pero ¿qué
podía tener de malo salir a correr un ratito?

Se puso los pantalones cortos de correr, se ató los zapatos deportivos y salió al porche delantero para hacer estiramiento. Eso era algo a lo que la había acostumbrado su
entrenador de la preparatoria: a siempre hacer estiramiento
antes de hacer ejercicio. Ella había hecho caso de ese consejo y no se lesionaba como los otros corredores.

De un salto, salió del porche delantero y escuchó voces
en la calle. Chicos adolescentes. Creyó reconocer a uno de
ellos. No pudo descifrar exactamente qué estaban diciendo,
pero uno de los muchachos sonaba súper enojado.

Entonces, reconoció la voz del muchacho de los audífonos. Estaban a pocas casas de distancia. Se paró de un brinco, se metió a la casa, cerró la puerta y se paró detrás de ella, esperando que no la hubieran visto. ¿Estaban rastreándola por el barrio? ¿Habían llamado a la policía? El miedo le recorrió el cuerpo. Los escuchó pasar de largo, y luego miró afuera por la ventana desde donde pudo verlos. ¿Eran los muchachos del partido de básquetbol? No importaba. No había forma de que saliera a correr.

CAPÍTULO 7

✦ ✦ ✦

Para la manera de pensar de John Harrison, no había problema, ni lucha ni distancia entre él y sus hijos que no pudiera superarse con un partido de básquetbol. Concentrarse juntos en algo, aunque fuera una competencia, los ayudaba a entablar conversaciones.

Esperó lo más que pudo a Ethan, y entonces empezó el partido con Will. A Will le gustaba jugar con la estrategia de rebotarla del tablero, tirarla alto o atraparla en el aire y lanzarla. John se reía cuando su hijo parecía armar cada tiro sobre la marcha.

Amy se asomó a la ventana y les dijo que la cena estaba lista. John buscó el Jeep de Ethan. Su hijo trabajaba tiempo parcial en Race2Escape, un sitio de juegos de escape que había abierto hacía poco en la ciudad.

En la mesa, Will tomó un panecillo caliente y lo dejó caer en su plato mientras Ethan entraba en la casa con una expresión de preocupación.

—Papá, ¿te enteraste de que el entrenador Wright se muda a Fairview?

Era más una acusación que una pregunta; John untó la mantequilla en un panecillo con calma.

—Bueno, pasó de treinta y dos jugadores a trece, así que supongo que vio las señales.

Ethan habló con voz tensa:

—Así que no hay más fútbol americano los viernes por la noche.

John suspiró. Se sentía tan frustrado como Ethan por la cancelación del programa de fútbol americano.

—Sabes que en la primavera la mayoría de esos muchachos jugarán béisbol o fútbol. No les pasará nada malo.

Amy se sentó.

—Bueno, podrían correr campo traviesa. A Gary le encantaría.

—Sí, bueno... —dijo John, incapaz de disimular su desprecio por el deporte de campo traviesa.

—Oye, ¿y qué hay de nuestro equipo? —dijo Will, refiriéndose al equipo de básquetbol de Brookshire.

—Estamos en buen estado —dijo John—. Están tu hermano, Ty y los mellizos, así que seguimos teniendo a nuestros mejores jugadores.

Ethan se sentó, todavía enfurecido por la situación del programa de fútbol americano.

Amy giró hacia Ethan.

—¿Cómo te fue en el trabajo?

—Estuvo bien. Entraron dos grupos, pero ninguno logró escapar.

—Porque los juegos son demasiado difíciles —dijo Amy.

Ethan asintió y miró fijamente a John.

—¿Sabes cuántos estudiantes vamos a tener? —dijo con una voz más suave, más amable.

—Creo que alrededor de doscientos cuarenta —lo dijo rápidamente, casi convenciéndose de que era un buen número. Luego, dejó entrever un poco de su desilusión—: Tuvimos quinientos cincuenta el año pasado.

—Ni lo digas —dijo Amy sacudiendo la cabeza—. Me pone tan triste.

John extendió los brazos y los cuatro se tomaron de las manos.

—Bueno, creo que estaremos bien, siempre y cuando no se vaya nadie más.

Cuando bajó la cabeza, Ethan dijo:

—Entonces, no te has enterado de lo de los Henderson.

—¿Qué pasó? —dijo Amy.

—Ty dijo que hay un cartel de "Se vende" fuera de su casa. Lo pusieron ayer.

John se restregó la frente.

—Ese es un golpe fuerte para la iglesia. Bill hace tantas cosas.

—Hacía —dijo Ethan, corrigiéndolo.

John asintió y volvió a bajar la cabeza para orar por los Henderson y por todo lo que estaban sufriendo. De alguna manera, sintió que también estaba orando por sí mismo.

Una semana antes de que comenzaran las clases, John entró en la oficina de Olivia Brooks. Ella tenía su típico semblante práctico cuando él se sentó. Había pedido reunirse con él y estaba seguro de que había más malas noticias. ¿Un recorte salarial? ¿Despidos? ¿Algún otro deporte que suspenderían en la escuela? Respiró hondo y se preparó para lo peor.

La primera noticia fue que él retomaría una clase de Educación Cívica que había quedado vacante. Eso no era horrible. Pero ¿quién había enseñado esa materia el año anterior? No podía recordarlo.

—John, yo pienso que nuestros niños merecen una oportunidad en la mayor cantidad de deportes que podamos ofrecerles.

—Estoy de acuerdo.

—Y no quiero cancelar ningún programa que no tenga que cancelar.

—Olivia, no es necesario que me lo digas. ¿Qué sucede?

Ella dejó caer una carpeta sobre su escritorio.

—Gary se va.

Eso era. Gary enseñaba Educación Cívica. Y era el entrenador del equipo de corredores de campo traviesa. A pesar de que John cuestionaba ese deporte, respetaba a Gary y su conocimiento sobre las carreras de resistencia y por lograr los mejores resultados con su equipo.

—¿Por qué se va Gary?

—Aceptó un empleo en Texas. Así que ahora me hacen falta tres entrenadores y dos profesores y las clases empiezan la semana que viene. A estas alturas, no creo que pueda salvar al fútbol americano, pero sí creo tener una solución para el campo traviesa.

—¿Quién?

Olivia apoyó las manos sobre el escritorio delante de ella, y lo miró de una manera que lo decía todo. Y no pestañeó.

La mirada finalmente causó efecto y él se dio cuenta de lo que estaba pidiéndole.

—¡No, Olivia! —Mientras lo decía, no podía creer cuán parecido sonaba a sus hijos cuando él o Amy les pedían hacer algún quehacer indeseable.

—Creo que podrías hacerlo —dijo Olivia con seguridad.

—No soy un entrenador de campo traviesa. Detesto correr. Amy me compró una cinta caminadora hace tres años. —Hizo una pausa—. Nunca la uso.

Olivia no lo aceptaba. Bajó la voz y se inclinó hacia adelante. John pensó que era probable que hubiera aprendido esta táctica en algún seminario de persuasión para directores de escuela.

—No quiero tener que cancelar otro programa. Tú eres la mejor opción que tengo.

Algo se agitó en su interior. ¿Qué era? ¿La sensación de injusticia por lo que había pasado? La matrícula de la escuela había caído a la mitad. El fútbol americano estaba frito. Quién sabía si el básquetbol o cualquier otro deporte sobreviviría.

En lugar de jugar a la defensiva, John salió a atacar.

—El campo traviesa ni siquiera es un deporte de verdad.

—Eso no es justo. ¡Vamos! Nunca vi que tus jugadores de básquetbol vomitaran después de un partido.

—Exactamente —dijo John—. Yo no quiero ver eso. Nadie quiere verlo.

Pensó que ella sonreiría. No lo hizo. Entonces, dio el tiro de gracia:

—Y el campo traviesa se superpone con el básquetbol, así que... —Canasta de tres puntos.

—No por mucho —dijo Olivia—. John, te he oído dar a tus jugadores unos discursos muy inspiradores. Les dices que tienen que redoblar sus esfuerzos bajo presión y dar lo máximo de sí. Eso es exactamente lo que necesito de nuestro personal en este momento.

Mientras ella hablaba, John no podía creer que estuviera en esta posición. Miró hacia arriba. Hacía cualquier cosa menos mirarla. Ella estaba usando sus propias palabras contra él, los discursos que él mismo decía en el vestuario. Tenía ganas de tocar el silbato o de arrojar una tarjeta amarilla sobre el escritorio. Ella sonaba tan convencida, como si hubiera tomado la decisión años antes de que él entrara en la sala.

—¿Ya mencioné que eres mi mejor opción? —dijo ella resueltamente.

John miró por la ventana. No sabía nada del campo traviesa. Pero ¿qué había que aprender? Solo mostrarles a los chicos cuál era el recorrido y hacer sonar el silbato. Qué pérdida de tiempo y de energía.

—¿Qué me dices? —dijo Olivia.

Él sacudió la cabeza.

—Está bien. Parece que no tengo otra opción. Lo haré.

—Bien. —Le dijo con quién contactarse para recibir el esquema de horarios, además de la información sobre uniformes, restricciones y el resto del material que necesitaría.

Él no podía prestarle atención. No quería ocuparse de los horarios ni de adolescentes flacos acalambrados. Mantuvo la compostura hasta que salió de la oficina. Quería gritar y patalear. En lugar de eso, caminó por el pasillo y agitó los puños, exasperado. Cuando terminó, se dio vuelta y vio a Jimmy Meeder, el conserje, mirándolo.

John se serenó, pasó caminando junto al hombre lo más rápido que pudo y le dijo hola.

Esa noche, John le pidió a Amy y a los chicos que se subieran al auto. Iban a hacer algo bueno para variar. Pero, cuando se estacionaron frente al restaurant Sac-O-Sushi, en la puerta de entrada había un letrero que decía: «Se alquila». ¿Podían empeorar más las cosas?

CAPÍTULO 8

✦ ✦ ✦

En su primer día en Brookshire, Hannah entró al campus bien cuidado sin conocer a un solo estudiante. Siguió buscando algún rostro que pudiera reconocer de la YMCA o quizás a alguien que hubiera asistido a alguna de sus escuelas anteriores. Eso le despertó un temor peor que la soledad: que alguien supiera de su pasado. Shelly, la de la oficina administrativa, era la única persona de Brookshire a quien conocía por nombre. Y eso la hizo pensar en quién le había regalado la beca. ¿Por qué había sido elegida? Todavía le costaba creerlo.

El turno laboral de su abuela en el restaurante comenzaba temprano. El campus quedaba a solo un kilómetro y

VENCEDOR

medio de su casa, pero su abuela no quería que caminara el primer día, así que Hannah llegó una hora antes del timbre de apertura. Se sentó afuera de la entrada para esperar a los alumnos y a los profesores.

No había dormido la noche anterior. Había dado vueltas en la cama, nerviosa pensando en cuánto resaltaría entre los otros chicos de Brookshire. Su abuela le dijo que no se preocupara, que todo estaría bien y que haría amigos. Qué fácil para ella decirlo. Hannah no hacía amistades con facilidad. No estaba segura del porqué. Pero de esa manera, la vida le parecía menos complicada.

Su abuela le dio una charla acerca de su «problema». Le recordó el compromiso que había firmado y las consecuencias que tendría cualquier infracción, agitando un dedo y mirándola como si hubiera robado un autobús escolar y lo tuviera guardado en el bolsillo trasero.

«Sí, abuela», era la respuesta que tenía lista para todo. La decía mientras dormía. Aunque su abuela no tuviera conocimiento de la caja azul, Hannah sentía que ella estaba esperando que Hannah fallara, y esa expectativa la oprimía como si tuviera cincuenta kilos encima.

Hannah era callada, algunos dirían que era tímida, pero ella siempre estaba pensando; siempre había algo agitándose en su interior. Su abuela parecía percibirlo, y siempre esperaba lo peor. Y su abuela generalmente tenía razón: Hannah sentía que probablemente haría algo malo. En realidad, Hannah se veía a sí misma como una niña mala. No tomaba decisiones erróneas ni hacía cosas malas... *ella era mala*. Era un error caminando, cuya madre y padre habían querido más a las drogas que a ella. Tanto las querían, que murieron consumiéndolas, y eso hacía que Hannah se sintiera vacía por dentro. Cargaba esa verdad en la mochila de su vida y la guardaba en la caja azul de su corazón. No había escapatoria de esa verdad. Y, cuando se miraba en el espejo, veía a alguien que podía cometer la misma clase de errores que habían cometido ellos. Ese mismo entendimiento era lo que veía cada día en el rostro de su abuela. Decepción. Frustración. Para su abuela, la vida era una serie de desilusiones, y Hannah era la mayor de todas.

Se sentó en una banca junto al mástil, debajo de las Barras y las Estrellas que se agitaba en lo alto con una brisa suave. Algunos estudiantes llegaron en autobús. Otros estaban conduciendo sus propios autos o los llevaron sus padres. Y la mayoría de sus autos eran bonitos y lustrosos, no como el de su abuela. El de ella era viejo y cuadrado como una caja, lo cual al menos le hizo sentir gratitud por el hecho de que la hubiera llevado a la escuela una hora antes. Ella amaba a su abuela, pero no quería que la vieran en un auto viejo conducido por una mujer mayor. ¿Eso era normal?

Las mamás dejaban a sus hijas; los papás, a sus hijos, e incluso había autos en los cuales mamá y papá llevaban a sus hijos. ¿Cómo podían tener tanta suerte? Los estudiantes salían aprisa de los automóviles y corrían hacia la escuela, seguros de sí mismos. Actuaban como si algo bueno estuviera a punto de suceder. Hasta su manera de caminar dejaba entrever que pertenecían a ese lugar y que tenían confianza en lo que había del otro lado de esas puertas.

Hannah no tenía ninguno de esos sentimientos. No obstante, el hecho de que estuviera en Brookshire significaba algo. Alguien había pagado un montón de dinero para permitir que asistiera.

—Nena, ¿te das cuenta de lo que están regalándote? —había dicho su abuela, indicando con el dedo un formulario con su firma—. Ahora, no lo desperdicies. Sácale todo el jugo que puedas al aprendizaje que recibas. ¿Me estás escuchando?

—Sí, abuela.

Hannah sacó el horario de sus clases. Trató de memorizar los nombres de los profesores y los números de las aulas y había dibujado un mapa en el reverso de la hoja. Lo había repasado tantas veces que el papel estaba arrugado y gastado. Lo apretó mientras entraba caminando antes del timbre de inicio.

Se preguntaba cuán distinta sería Brookshire a la preparatoria pública. Cuando algunos de los chicos de su antigua escuela hablaban de Brookshire, ponían los ojos en blanco. Para ellos, los cristianos eran personas que inventaban reglas que podían cumplir para poder menospreciar a los demás. Creían que tenían una aureola sobre la cabeza porque no decían groserías ni fumaban ni hacían lo que fuera que no hacían. No, ella no encajaría en Brookshire. No pertenecía a este lugar.

Hannah comparó su mochila con las de los demás.

Comparó su ropa, sus zapatos, su cabello. Caminó cerca de la pared, como si buscara un lugar seguro en caso de que necesitara retirarse.

Un muchacho flacucho delante de ella extendió un pie e hizo tropezar a un niño que no estaba prestando atención. El niño cayó de bruces. El chico flacucho se rio y el muchacho que estaba al lado de él lo acompañó.

—Los de primer año son unos fracasados —dijo el acosador.

Hannah ayudó al niño a levantarse y le preguntó si estaba bien. Él se acomodó los anteojos y se sacudió la camisa.

—¡Basta, Robert! —dijo alguien detrás de ella. Era un muchacho alto que parecía un atleta.

Robert y su amigo se escabulleron como los insectos nocturnos cuando resplandece una luz. El atleta sacudía la cabeza mientras observaba cómo se iban corriendo esos dos, riéndose.

El niño de los anteojos miró a Hannah.

«Gracias».

Alguien habló a través del intercomunicador y les indicó a los alumnos que fueran al gimnasio. Hannah se dio vuelta como para dirigirse al extremo equivocado de la escuela, y luego retrocedió y se sumó a la oleada de alumnos que circulaban hacia el gimnasio y se dirigían a las graderías. Con el corazón palpitando violentamente, se sentó en la primera fila despejada que encontró y se acomodó, quitándose la mochila. Un gran suspiro. Ahora podía relajarse. Entonces, se dio cuenta de que se había sentado en el sector indicado para los alumnos del último año. Luego vio el letrero que decía ALUMNOS DE SEGUNDO AÑO y tuvo que cruzar el piso abierto del gimnasio y trepar sobre las personas para conseguir un asiento. Uno de ellos fue el muchacho flacucho, Robert.

«Mira quién no tiene idea de dónde sentarse», dijo él, poniendo los ojos en blanco.

Hannah trató de ignorarlo, pero sintió el rostro acalorado. La directora los convocó a dar inicio y el gimnasio guardó silencio.

La señora Olivia Brooks dio la bienvenida a los alumnos al nuevo año escolar. Era una imponente mujer afroamericana, con una sonrisa radiante. Estaba parada muy erguida y examinaba los rostros a ambos lados del gimnasio, sosteniendo el micrófono perfectamente para que las personas escucharan su voz clara y nítida. Hannah pensaba que sería un sueño hecho realidad tener la seguridad para hablar de esa manera.

«Démosle la bienvenida a Brookshire a nuestros alumnos de primer año», dijo, y un clamor subió entre los estudiantes. De hecho, los alumnos del último año, que estaban en las graderías del otro lado, se pusieron de pie. Fue raro, porque en la antigua preparatoria de Hannah, los alumnos de primer año eran tratados como el chicle que se pega a la suela de los zapatos. ¿Era solo una actuación? Ya había visto cómo habían acosado a uno de primero, y la jornada escolar ni siquiera había comenzado. Al mencionar cada categoría, el ruido subía al máximo y Hannah empezó a creer que aquí había algo diferente. Y parecía que el apoyo partía de lo más alto.

La señora Brooks identificó a los profesores y al personal. Luego, presentó a un hombre, el cual dijo que era «la persona más importante de la escuela». Hannah echó un vistazo al escenario, pero no era el entrenador principal ni algún administrador. En su lugar, vio que un hombre barbudo con un uniforme gris avanzó unos pasos.

—Él es nuestro encargado de conserjería, Jimmy Meeder, quien mantiene esta escuela reluciente todos los días. Y quiero que los ayuden, a él y a su equipo, haciendo lo que a ustedes les corresponde para mantenerla de esa forma.

—¡Jimmy! ¡Jimmy! ¡Jimmy! —corearon los alumnos del último año, y el resto de los alumnos se sumaron a la ovación. El hombre se mantuvo con el rostro impávido, asintiendo en dirección a los alumnos superiores. Luego, ocupó su lugar al lado de un bote rodante de basura que había junto a la pared.

—Ahora, a todos nuestros nuevos alumnos de este año —continuó ella—, quiero que sepan que aquí son bienvenidos. Si tienen preguntas o no pueden encontrar un salón, pregúntenle a alguien. Vengan a la oficina administrativa. Estamos aquí para ayudarnos unos a otros, especialmente a ustedes que están empezando. Queremos que este sea el mejor año de la historia de nuestra escuela.

El aplauso fue un poco más tranquilo. La señora Brooks hizo una pausa y luego continuó en un tono medido:

«Como ustedes saben, nuestra ciudad está pasando por un momento difícil. El año pasado, tuvimos que poner sillas en el piso del gimnasio para que todos cupieran. Muchos de nuestros amigos se han mudado y vamos a extrañarlos. Por este motivo, tuvimos que reducir algunas de las actividades extracurriculares y algunos deportes.

Los estudiantes se quejaron, especialmente los del tercer y del último año.

«Este es nuestro compromiso con ustedes: aunaremos nuestros esfuerzos y haremos todo con excelencia para que reciban la mejor educación posible. Y ustedes harán lo mismo. Si su deporte fue recortado, los ayudaremos a encontrar otro para que puedan unirse al equipo y marcar una diferencia. Hagan lo que hagan, trabajen de todo corazón. Música, deportes y, sí, las tareas: cualquier cosa que hagan, den todo de sí y veamos lo que puede suceder. ¿Está bien?».

Hannah sintió algo en su interior. En el gimnasio había entusiasmo por el nuevo año y, a pesar de que las circunstancias no eran las mejores, la señora Brooks rebosaba una esperanza que se filtraba y bañaba a todo el mundo como el rocío matinal sobre el césped.

Cuando los despidieron para que fueran a su primera clase, Hannah se levantó, se puso la mochila y buscó el horario de sus materias. Lo había sujetado fuertemente, pero había desaparecido. Se sentó y miró debajo de las graderías. El gimnasio quedó vacío y sintió la opresión en sus pulmones.

¿Lo ves? Siempre haces algo tonto, pensó.

Corrió hacia el sector de los alumnos superiores, donde se había sentado primero. El horario no estaba allí. Trató de mantener la calma. Había memorizado esa página y los números de las aulas, pero, por más que se esforzara, no podía recordar cuál era su primera clase.

Los profesores ya no estaban. Jimmy, el conserje, se había ido. Los últimos alumnos se escurrieron por las puertas y se quedó sola. Todos sabían adonde tenían que ir. Todos estaban en su lugar y caminaban con seguridad. Únicamente Hannah llegaría tarde.

La señora Brooks dijo que si alguien necesitaba ayuda, que fuera a la oficina administrativa. Pero Hannah no podía hacer eso. Pedir ayuda significaba que uno era débil. Tenía que averiguarlo por sí misma. Y, de repente, lo recordó. Geometría. El señor Bailey. Aula 219.

Caminó de prisa hacia las escaleras, encontró los números de las aulas sobre cada puerta y entró a la 219 en el preciso momento que un hombre calvo estaba por cerrar la puerta.

«Justo a tiempo», dijo él, sonriendo.

Los asientos de atrás estaban ocupados. Hannah atravesó todo el salón y se sentó en una butaca vacía junto a la ventana. El señor Bailey leyó la lista de nombres en la hoja, y cada alumno levantó la mano. Levantaba la vista después de cada apellido para hacer contacto visual y luego anotaba algo.

—Gillian Sanders —dijo.

Una chica pelirroja detrás de ella dijo: «Presente» con una voz chillona.

—Rory Simpson —dijo él.

Algo se sentía raro. ¿Él se había saltado su nombre de la lista? Ella se alarmó.

—Rachel Thompson —dijo él.

El corazón de Hannah dio un vuelco. Entonces, su cerebro se activó y recordó. Geometría era en su segunda hora de clase. Llegaría terriblemente tarde a su primera hora. Tomó su mochila y caminó hacia la puerta.

—¿Sucede algo malo? —dijo el señor Bailey.

—Disculpe —dijo ella—. Estoy en el aula equivocada.

Antes de que el hombre pudiera decir algo, ella salió al pasillo y trató de hacer que su corazón dejara de sonar como una banda en marcha. ¿Adónde debía ir? Se sentía tan avergonzada, como una fracasada. Lo único que tenía que hacer era encontrar las salas correctas, conservar el horario, pero había perdido la orientación y ahí estaba, sin saber adónde ir. Y, cuanto más trataba de recordar dónde se suponía que debía estar, más atrapada se sentía.

La puerta del aula del señor Bailey se abrió y ella se precipitó y entró al baño. Encontró la primera puerta abierta y la cerró por dentro. Se quedó allí con una sensación que la invadía. Se acordó del patio de juegos, cuando tenía tres o cuatro años, y de su abuela diciéndole que podía subir las escaleras del tobogán, y Hannah mirando atrás, a su abuela que estaba en la banca, alentándola para que siguiera adelante.

Hannah se puso en la fila con los demás niños y usó los pasamanos a lo largo de las escaleras angostas para subir más alto de lo que había estado alguna vez sola. Y, cuando el niño que estaba delante de ella se sentó y se precipitó, llegó su turno y Hannah cometió el error de mirar al suelo. Era temiblemente alto. Las escaleras parecían más empinadas desde ahí arriba. Se quedó sin aire y se aferró de los pasamanos.

—¡Apresúrate!

—Ya lánzate, ¿quieres?

No podía cerrar los ojos y deslizarse hacia abajo por esa superficie lisa y plateada. Su abuela dijo algo. Entonces, la abuela se paró en la base del tobogán, mirando hacia arriba.

—Todo está bien, nena. Vas a estar bien.

Hannah respiraba agitadamente. Algo en su interior le impedía moverse. Pero nadie podía ver la lucha; solo veían que ella se interponía en su camino. Se dio vuelta y, nerviosamente, bajó las escaleras, haciéndose camino entre los escalones angostos hechos para una persona a la vez.

Cuando llegó al suelo, su abuela le tomó la mano, le dijo que todo estaba bien, que todos se asustaban. Pero Hannah no se sentía bien. Sentía que ella era la única. Todos los demás reían, se lanzaban, llegaban al final y volvían a la fila rápidamente. ¿Qué sucedía con ella?

En el baño, se quitó la mochila y la colgó en un gancho. No salió hasta que sonó el timbre de la segunda hora.

CAPÍTULO 9

✦ ✦ ✦

John Harrison puso el aviso de las pruebas para el campo
traviesa en todos los tablones de anuncios de la escuela.
En cada una de sus clases, hizo el mismo anuncio, pero la
respuesta fue poco entusiasta.

Escribió su nombre en el pizarrón y pasó lista a su
clase de Historia. Le encantaba enseñar Historia porque
creía que quienes no la recordaban estaban condenados
a repetirla, como dijo el famoso escritor. Su hijo Ethan
había alterado un poco la cita, y decía: «Quienes no
recuerdan la historia están condenados a hacer un examen de recuperación».

John reprimió una mueca cuando vio los asientos vacíos

y recordó las palabras de Olivia Brooks. Prefirió ver la clase medio llena a verla semivacía. Sin embargo, era un asunto doloroso para él y para los alumnos sentados entre las sillas vacías y desocupadas de sus amigos.

Invitó a cada alumno a hablar un poco de sí mismo. Para algunos fue difícil, y fácil para otros. Cuando la clase estaba por terminar, les entregó el plan de estudios y la información sobre cómo asignaría las notas. Alentó a los alumnos a seguir el ritmo de las lecturas diarias, lo cual era fundamental para aprender historia.

Miró su reloj.

—Antes de despedirnos, quiero informarles que las pruebas para varones y mujeres para el campo traviesa son mañana por la tarde. Así que, si están interesados, preséntense. Y les agradecería si me ayudan a difundirlo entre los demás.

Un solo alumno lo miraba.

—¿Por qué lo hacen entrenar ese deporte?

La pregunta sonó como una acusación. John miró de frente a su hijo Ethan, quien hablaba con el ceño fruncido. John podría haber dicho un chiste, o haberlo ignorado, pero sintió que su hijo le había dado una oportunidad.

—Esa es la pregunta equivocada, Ethan. La mayor parte del profesorado ha asumido responsabilidades adicionales por el momento. —Echó un vistazo al resto de la clase, que observaba en silencio el conflicto familiar—. Mira, si vamos a seguir avanzando, tenemos que dejar de pensar en las cosas negativas. ¿Está bien?

Sus palabras sonaron vacías, incluso para él mismo. La verdad era que él sentía lo mismo que Ethan, solo que no quería reconocerlo. Y la pregunta agitó algo en su interior. Había subestimado demasiadas cosas, en la ciudad y en la escuela. Antes de que sonara el timbre, les encargó que leyeran un capítulo sobre la Gran Depresión, lo cual parecía más que irónico y, cuando sonó el timbre, hizo señas a Ethan para que se quedara.

John había estado buscando la manera de instar amablemente a su hijo para que se uniera al equipo de campo traviesa. Ethan era un líder y, si él se animaba, otros lo seguirían. Desde luego, Ethan tendría que dar un paso al costado cuando empezara la temporada de básquetbol, pero si se presentaba el primer día de las pruebas, sería un empujón para el programa. Desde que Ethan tuvo la edad suficiente para rebotar un balón, John había tratado de no presionarlo, ya fuera en los deportes, en lo académico, en la iglesia o en cualquier cosa que él quisiera hacer. Como jugador y como entrenador, John había visto a padres autoritarios meter a la fuerza a sus hijos en situaciones que, claramente, tenían más que ver con el padre que con el hijo. John quería que sus hijos dieran lo mejor de sí, pero nunca quiso que sus expectativas los agobiaran. No quería aprovecharse de Ethan para que apoyara al equipo de campo traviesa, pero esto no era cuestión de usar a nadie; estaba motivando a Ethan para que fuera un líder.

El salón quedó vacío y John se sentó sobre un escritorio y miró a su hijo. Trató de dominar el tono de su voz cuando le preguntó por qué Ethan lo había cuestionado durante la clase.

—Lo siento. Es que me parece muy mal que seas tú quien tenga que mantener vivo el programa de campo traviesa. A nadie le importa.

Eso tocó otra fibra sensible. Él consideró su respuesta.

—Está bien; me lo asignaron a mí, así que tendré que resolverlo hasta que otro pueda hacerse cargo. Pero no le eches tierra mientras estoy tratando de levantarlo.

Ethan pensó un instante y miró fijamente a John. Finalmente, dijo:

—Por favor, no me pidas que haga la prueba.

La sinceridad y la expresión del rostro de su hijo fueron como si alguien estuviera serruchando el piso en el que estaba parado John. Trató de no demostrar su frustración, pero, por la reacción de Ethan y por su manera de caminar hacia el pasillo, sabía que había fallado.

Este año iba a ser una lucha en muchos niveles. ¿Qué hubiera hecho el gran presidente Franklin Delano Roosevelt?

Al día siguiente, John pasó al lado de los autobuses y bajó las escaleras de cemento hacia el campo para hacer las pruebas. Se sorprendió al ver a unos doce estudiantes esperando en el rellano. Hablaban y compartían videos en sus celulares. Todos sus esfuerzos de promoción habían valido la pena.

—Hola, muchachos, ¿todos están aquí para hacer las pruebas?

Se quedaron mirándolo como si fuera de otro planeta.

—¿Las pruebas? —dijo un chico, levantando la vista de su celular.

—Para el campo traviesa —dijo John.

—No, señor, simplemente estamos pasando el rato.

John miró cada uno de los rostros para ver si había alguna otra reacción.

—¿Ninguno de ustedes está aquí para hacer la prueba? Negaron con la cabeza y fruncieron el entrecejo.

—No, señor, disculpe —dijo una chica y, uno a uno, el grupo se disolvió y todos pasaron junto a él para subir las escaleras.

Lo sintió como una derrota. En el mejor de los casos, los alumnos tenían apatía por el deporte. Pensó en las palabras que Ethan le había dicho durante la clase y supo qué tenía que hacer: buscar a Olivia Brooks y decirle que no había ningún equipo de campo traviesa.

Mientras los alumnos subían las escaleras, él echó un vistazo al campo. Había una figura solitaria sentada en medio de las pocas gradas. Tenía puestos unos pantalones cortos y una camisa de manga corta, y miraba fijamente al suelo. John respiró hondo y comenzó la larga caminata hacia ella.

—Hola, ¿estás aquí para el campo traviesa? —dijo John mientras llegaba a las graderías.

—Sí, señor.

Una vocecita. Era reservada. Tenía la mirada de una cachorrita asustada.

Él echó un vistazo a los alrededores.

—¿Sabes si alguien más vendrá a hacer la prueba?

Se quedó mirándolo con sus ojos castaños, como si fuera una pregunta que no tenía idea de cómo responder. ¿Y por qué debería saber?

—No, señor.

John le preguntó su nombre y la muchacha abrió su mochila y le entregó el formulario que había completado:

—Hannah Scott.

John revisó la hoja. Hannah era una alumna de segundo año. El año anterior había estado en el equipo de la preparatoria pública. Nació el 14 de febrero. Una bebé de San Valentín. Vio que la información del contacto para emergencias era Barbara Scott y que estaba registrada como la abuela de Hannah.

John escuchó el sonido de un soplo de aire y levantó la vista para ver que Hannah estaba sacándose el inhalador de la boca.

—Disculpa, Hannah, ¿eso es...?

—Es para el asma —dijo ella.

John se quedó mirándola, incrédulo.

—¿Puedes correr si tienes asma?

Hannah encogió los hombros.

—A veces.

John volvió a leer el formulario y se preguntó qué hacer. Miró su reloj y miró colina arriba buscando a alumnos rezagados. Las escaleras estaban vacías.

Le agradeció a Hannah por haber venido y estaba a punto

de entregarle la hoja con el horario de las prácticas, pero lo pensó dos veces.

—¿Cuándo comienza la práctica? —dijo ella.

—Ya te avisaré al respecto —dijo él—. ¿Por qué no pasas mañana por mi oficina?

—Entonces, ¿no me hará correr el día de hoy?

—Sé que eres suficientemente buena para el equipo. Así que, pasa nomás por la oficina y te daré más información, ¿de acuerdo?

—Sí, señor.

John se dirigió hacia las escaleras y se dio vuelta para ver a Hannah caminando rumbo al extremo del campo. Ella desapareció entre los árboles y él se fue directamente a la dirección. Encontró a la Directora Brooks en la acera frente a la escuela.

—Olivia, no existe el programa de campo traviesa.

—¿Qué quieres decir con que no existe el programa?

—Solo apareció una muchacha, y tiene asma.

La expresión de Olivia delató que la reconocía.

—Ah, te refieres a Hannah Scott.

John se sorprendió de que la conociera.

—Sí.

—¿Quiere correr?

—Sí, pero no puedo permitir eso. ¿Cómo podría competir?

Olivia le explicó que la abuela de Hannah había proporcionado un certificado médico.

—Solo tiene que tener el inhalador consigo.

John recordó las palabras de Ethan: «*A nadie le importa*».
Trató de contener su desdén.

—Está bien, pero aun así, no tenemos un equipo.
Entonces, ¿qué importa?

—Pensé que una corredora podía ganar una medalla
aun sin un equipo —dijo Olivia.

—Técnicamente —dijo él, haciendo una mueca—. Pero
¿por qué haríamos una temporada con una sola corredora?

Su voz sonó como un gemido, incluso para sí mismo, y
se dio cuenta de que Olivia y él no tenían el mismo punto
de vista. Ni de lejos. No tenía sentido seguir manteniendo
un programa por una sola corredora, cuando habían recortado otros programas. Seguramente Olivia estaría dispuesta
a entrar en razón y a quitarle del cuello el lastre del campo
traviesa. Pero, por cómo lo miró, supo que ella no iba a dar
marcha atrás.

—Una corredora es importante —dijo ella.

John se dio vuelta, sin poder reprimir más su frustración.
Quería pedir un tiempo muerto y gritarle a un árbitro.

—John, eres un buen entrenador y un buen maestro. Ya
te dije que no quiero tener que cancelar otro programa. Si
ella quiere hacer la prueba para el equipo, pues, déjala.

Sentía como si estuviera vestido de gris, parado en las
escalinatas del Palacio de Justicia Appomattox.

—Está bien —se limitó a decir John, y Olivia siguió
su camino, alejándose de la confrontación, mientras él se
quedó parado, cargando un peso que no quería llevar. Se
quitó la gorra, se abofeteó la pierna con ella y se quedó

mirando al cielo. Sentía que su vida estaba fuera de control y, sin importar lo que hiciera, las opiniones ajenas pesaban más. Odiaba ese sentimiento. Era por eso que había esperado ansioso la temporada de básquetbol. Por fin, tenían el control de su destino y, justo cuando parecía que todo iba a encajar, le serrucharon el piso otra vez.

John llegó a su casa y encontró a Ethan y a Will jugando básquetbol en la entrada. Vio que Ethan marcaba estrechamente a Will y pensó en su equipo y en cuánto habían trabajado en la defensa. Cuando Will, con sus treinta centímetros menos, retrocedió, lanzó y metió el balón, Ethan festejó como si él mismo hubiera hecho el tanto.

John deseaba hablar más con Ethan sobre lo que había dicho en la clase, pero no era el momento ni el lugar. Además, aquí tenía a un alumno de último año de preparatoria jugando uno contra uno con su hermano menor. Algo especial estaba sucediendo en la entrada frente a su casa.

Encontró a Amy en la cocina, preparando la cena, y le dijo:

—Ethan es un buen hermano mayor.

—Es un buen hermano mayor —asintió Amy, sonriendo—. Y ¿cómo estuvieron las pruebas?

Él tiró las llaves sobre la mesa.

—Bueno... los reuní a todos... —hizo una pausa para darle un efecto dramático—, y le dije a la chica: "Gracias por presentarte".

—No —dijo Amy.

—Sí.

—Una persona —dijo Amy.

—Hannah Scott. Es una alumna de segundo año. Tiene asma.

—Hannah Scott —dijo Amy, repitiendo el nombre—. Sí, la tengo en Ciencias.

—Después de eso, fui a ver a Olivia. Quiere que de todas maneras la entrene.

Un auto se estacionó en la entrada y Amy miró hacia afuera por la ventana.

—Mira, me parece que Neil Hatcher acaba de llegar.

Neil era el padre de Tommy y Kevin Hatcher. Los mellizos eran parte del equipo base en el que estaban puestas las esperanzas de John para la próxima temporada. John salió tranquilamente y le estrechó la mano a su amigo.

—¿Qué te trae por el barrio? —dijo John.

—Quería contártelo antes de que te enteres por otro.

—Eso suena un tanto de mal agüero.

—Hice todo lo posible, John. Tú sabes que crecí en este lugar. La granja de mi familia está muy cerca de aquí. Esta ciudad es lo único que conozco y donde pensé que todos envejeceríamos...

—¿Adónde vas?

—A Sharpsville. Creí que lograría arreglármelas; pensé que podría quedarme, pero la empresa me hizo una oferta. Me parte el alma desbandar el equipo de esta manera.

John desvió la mirada y, luego, volvió a mirar a su amigo.

—Sé que habrá sido difícil para ti, Neil. Lo entiendo

completamente. Así es la vida, ¿no? Tienes que hacer lo que es necesario.

—Mientras venía para acá, oraba para que pudieras decir algo así.

—Quiero lo mejor para ti y para tu familia. Para tus hijos.

—Los muchachos están muy molestos. Me dijeron que se morían de ganas por lograr un campeonato. Y que querían jugar un año más con Ethan, antes de que se fuera a la universidad.

—Así es. Parece que Sharpsville va a tener un equipo bastante bueno.

Neil apoyó una mano sobre el hombro de John.

—Quiero que sepas que valoro lo que has hecho. Eres un buen entrenador. Un buen hombre.

Neil se marchó, y John sintió como si viera que algo más que Neil Hatcher se iba. ¿Esto era parte del plan de Dios para su vida? Él creía que Dios tenía todo bajo control. No comprendía del todo la mano de Dios en la historia, tal como la leía y la enseñaba, pero creía que Dios estaba presente y obrando detrás del telón. Sin embargo, a la luz de los hechos de las últimas semanas, se preguntaba si estas no serían más que palabras. ¿Eran la respuesta correcta para obtener una buena nota en un examen, o eran algo que él realmente podía creer y vivir?

Caminó por el patio delantero, evitando a sus hijos que todavía estaban jugando básquetbol en la entrada, y volvió a la cocina para contarle a Amy lo que Neil le había dicho. Frustrado, golpeó su gorra contra la mesa.

—¿Qué está sucediendo con mi equipo? ¡Se suponía que este iba a ser nuestro año!

—Bueno, ¿hay alguien más que pueda jugar? —dijo Amy.

Había la sensación de que ella intentaba arreglar las cosas. Pero sabía que a ella le importaba.

—Quizás —dijo John. Su voz carecía de convicción.

Ethan se asomó a la ventana abierta.

—Oye, ¿qué vino a decirte el señor Hatcher?

John miró a Amy y salió, penosamente aturdido. Le dijo a Will que entrara en la casa y que se lavara las manos antes de cenar. Will se quejó, pero pareció percibir que algo estaba pasando.

—¿Tiene algo que ver con Tommy y con Kevin? —dijo Ethan.

John pasó junto a él, dirigiéndose al patio trasero y tratando de pensar en la forma de contarle la noticia. En lugar de atenuar el golpe y de rescatar lo positivo de la situación, asintió y le dijo directamente lo que había escuchado. De hombre a hombre.

Ethan se puso a caminar de un lado a otro sobre el césped recién cortado. Luego se detuvo.

—¿Qué está pasando con mi último año? ¿Crees que Ty se quedará cuando sepa que todos se van? Ya tiene dos universidades interesadas en él.

—No sabes si se irá —dijo John.

—Podría hacerlo. Eso significa que tendremos cuatro jugadores, papá. ¿Por qué me buscaría un cazatalentos, cuando ni siquiera tenemos un equipo?

Exactamente, pensó John. Su hijo veía la verdad y sentía la emoción que John no podía expresar del todo, porque... bueno, porque él era quien tenía que mantener la calma. Tenía que ser fuerte. Permanecer tranquilo.

Ethan pensó un momento y John vio que algo se ponía en marcha en la cabeza de su hijo. Un camino distinto. La manera de que todo tuviera sentido, tal vez.

Ethan bajó la voz y habló seriamente:

—¿Y si termino en la escuela pública?

—¿Quieres ir a la escuela pública? —dijo John, incrédulo—. Todavía tenemos oportunidad. Ty y tú pueden conducir el equipo. Solo tengo que conseguir un par de jugadores más.

—¿Quiénes? —dijo Ethan—. Nadie más puede jugar.

John desvió la mirada y vio que Amy y Will los miraban por la ventana. Trató de pensar qué podía decir, algo que los uniera, en lugar de separarlos más.

—¡Odio esta situación! —dijo Ethan y entró en la casa.

—Yo también —se dijo a sí mismo John. Lo dijo como una plegaria, preguntándose si Dios lo escuchaba.

CAPÍTULO 10

✦ ✦ ✦

Ese muchacho flacucho, Robert Odelle, estaba en dos de las clases a las que asistía Hannah, y había decidido seguirle los pasos. Cada vez que una maestra la nombraba, Hannah se encogía de vergüenza. El chico la había escogido de entre el grupo, y cada vez que la nombraban en clase, él esperaba hasta que la maestra no estuviera mirando y entonces le imitaba la voz.

Ella no había podido encontrar su horario de clase en su mochila y daba por sentado que lo había perdido hasta que un día Robert dijo:

«¿Por qué no fuiste a la clase de Ciencias el primer día, Hannah?».

Robert nunca le mostró el papel gastado. No necesitaba hacerlo. La sonrisita en su cara era suficiente para que supiera que él lo había tomado o levantado cuando a ella se le cayó. Había una maliciosa satisfacción en los ojos del chico y ella no podía entender por qué querría ser tan malo con alguien a quien apenas conocía. ¿Por qué disfrutaba el sufrimiento de otra persona? Hannah había visto chicos peores que Robert Odelle en su antigua escuela, pero no esperaba encontrarlos aquí. ¿Acaso no se suponía que este lugar enseñaba la Regla de Oro, que uno debía tratar a los demás como quería que lo trataran a uno? Robert parecía invertir el sentido de esa regla, y a Hannah le irritaba más que cualquier otra experiencia de acoso que había experimentado en la YMCA o en alguna otra escuela.

A sus maestros les gustaba citar un pasaje bíblico que decía: «Todos hemos pecado». Hannah sabía que eso también la describía a ella y eso la avergonzaba. Se sentía muy mal por robar, pero no podía dejar de hacerlo. Robert, en cambio, nunca parecía sentirse mal por la forma en que la trataba. A lo mejor le pasaba lo mismo que a ella, simplemente no podía dejar de hacerlo.

En la primera práctica de campo traviesa, Robert la siguió hacia afuera.

—¿Cómo se supone que vas a correr si ni puedes respirar?

Hannah no lo miró. Sencillamente siguió caminando hacia el campo.

—Que la pases bien jadeando —le gritó Robert.

Hannah le había dicho a su abuela la noche anterior que

había pasado las pruebas para el equipo. Su abuela le había dicho que esperaba que encontrara amigos entre sus nuevos compañeros de equipo. Hannah no se había atrevido a decirle que ella era la única en su equipo. Y no le contó a nadie sobre Robert.

El entrenador Harrison recibió a Hannah en el campo de práctica donde comenzaba el recorrido y le mostró el plano del circuito. Caminó sola el recorrido, tomando nota mental de las elevaciones y depresiones del terreno. Cuando terminó, se sorprendió de ver a la señora Harrison y a su hijo menor sentados en las gradas.

El entrenador Harrison tenía su computadora portátil abierta, analizando los tiempos de otros atletas, y se sentó a su lado en la banca. Se centró en lo que costaría ganar una medalla, señalando a la actual campeona estatal, Gina Mimms, quien corría para la Escuela Westlake. Su tiempo para la carrera de 5 kilómetros era menos de 20 minutos, lo que parecía rapidísimo. Inalcanzable.

—¿Te han tomado el tiempo últimamente? —preguntó el entrenador Harrison.

—No, señor.

El entrenador dijo que entonces comenzarían por allí.

—Voy a buscar el carrito de golf mientras haces estiramiento. ¿Tienes tu inhalador?

—Lo voy a llevar cuando corra.

Will levantó la vista de sus tareas:

—¿Puedo correr yo también?

—Son cinco kilómetros, hijo —respondió el entrenador.

—Tienes que terminar tu tarea —agregó la señora Harrison.

Will suplicó y Hannah observó en silencio la interacción. Siempre había imaginado que las otras familias se parecían a la de ella. Que los niños pasaban tiempo a solas. Se quedaban en la YMCA, asistían a programas fuera del horario escolar y los vecinos los cuidaban. Incluso cuando su abuela estaba en casa, Hannah miraba la televisión sola y comía sola porque su abuela estaba agotada por sus dos empleos. Había aprendido sobre las familias por lo que veía en los programas de televisión y en las películas. De manera que cuando vio al entrenador Harrison con su esposa, volvió a preguntarse cómo sería tener una madre y un padre que se preocuparan uno por el otro y pasaran tiempo con sus hijos.

Para su sorpresa, la súplica de Will tuvo efecto. Prometió terminar su tarea después y el entrenador intercambió una mirada con su esposa y listo. Una mirada y parecían entenderse. Will intentaría seguirle el ritmo a Hannah y no correría sola.

—A que puedes correr esto en veinticuatro minutos —dijo la señora Harrison a Hannah.

—Yo puedo hacerlo en veinticuatro minutos —afirmó el entrenador.

—Lo dudo —dijo riendo la señora Harrison.

—Te lo voy a demostrar —dijo él.

—John, no necesitas demostrar nada. Uno no corre cinco kilómetros así nomás...

—Te lo voy a demostrar —repitió él sonriendo.

Hannah sonrió y los tres se alinearon. Ella comenzó con un paso constante, concentrándose en la subida al comienzo del recorrido. Caminando, la inclinación no parecía tan pronunciada. Hacerla corriendo era otra cosa. Casi inmediatamente, le quemaban las piernas y sentía los pulmones apretados. Podía oír a Will respirando fuerte detrás de ella, sus pies golpeteando sobre la tierra como un caballo de tiro. El entrenador Harrison corría con pesadez más atrás, tratando de mantenerse al margen.

Hannah había aprendido del entrenador de su antigua escuela a no correr sobre sus talones, sino tocar el suelo como si corriera en puntas de pie. Había tanto que pensar en cualquier deporte, pero hoy solo pensaba en el entrenador Harrison y su enfoque en una medalla. ¿Y si no podía hacerlo en menos de veinticuatro minutos? ¿Y si nunca lograba superar los veintidós o veintiún minutos o acercarse a Gina Mimms?

Cuanto más se agitaba su mente, más difícil se le hacía el recorrido y recordó la burla de Robert acerca de no poder respirar.

«Que la pases bien jadeando».

Extrajo su inhalador, lo bombeó en su boca e inmediatamente sintió que sus pulmones se relajaban. Miró a Will por encima del hombro. Él movía mucho los brazos mientras corría. Más atrás vio al entrenador Harrison entre los árboles, su camiseta de Brookshire ya empapada de sudor como si hubiera saltado a la parte profunda de una piscina.

La última parte del recorrido era cuesta abajo, y a medida que llegaba al campo de entrenamiento y a la meta, sentía las piernas como un peso muerto. La señora Harrison la vio y le gritó, alentándola a llegar a la meta. Goteando sudor y respirando fuerte, pasó frente a la señora Harrison y la oyó decir: «23:15».

La señora Harrison le dijo que continuara moviéndose y se relajara. La miró con atención, no solo observándola, sino como escudriñando su interior.

—¿Estás bien?

Era una pregunta sencilla y directa, pero por alguna razón Hannah sintió que jamás había recibido ese tipo de atención. No podía superar la extrañeza de que alguien realmente se fijara en ella, realmente comprendiera su lucha. Hannah asintió y archivó el momento.

—¡Vaya, Will! —gritó la señora Harrison cuando Will salió de entre los árboles. El terminó a los 24:10, con el cabello empapado y tirándose como un trapeador. Bastante impresionante para un niño de sexto grado que no había entrenado. Se encorvó apoyando los codos en sus rodillas, los lentes empañados.

—Eso fue asombroso, Will —dijo la señora Harrison.

—Fue terrible —respondió Will jadeando—. ¿Por qué alguien querría hacer esto?

Will chocó los cinco débilmente con Hannah y luego ambos bebieron agua y, finalmente, se sentaron en una banca frente a la señora Harrison, que miraba nerviosamente el bosque y el cronómetro.

—Papá no va a estar muy contento con su tiempo —dijo Will.

—Creo que se va a alegrar con solo llegar —dijo la señora Harrison.

—El problema con este deporte es que no hay balón —dijo Will—. No hay que encestar, ni hacer goles, ni nada de eso.

—Bueno, creo que este deporte tiene que ver con la resistencia, tesoro.

Ahí estaba otra vez, algo sutil que Hannah captó. Una simple conversación entre madre e hijo. Will no necesitaba pensar dos veces para conversar con su madre o expresarle sus pensamientos. No eran así las conversaciones con su abuela. A veces, llamaba «nena» a Hannah, cosa que le gustaba a veces pero no siempre. Hannah generalmente intentaba evaluar el humor de su abuela para decidir si compartir algo con ella. La mayoría de las veces se echaba atrás.

La señora Harrison se puso de pie mirando el recorrido:

—Por fin.

Hannah vio al entrenador Harrison balanceando los brazos e intentando reunir fuerzas suficientes para alcanzar la meta. Jadeó tomando aire y cuando llegó al terreno plano y vio que lo observaban, apuró el paso alzando las piernas como procurando dar la mejor impresión posible.

Se dejó caer al suelo, rodó sobre su espalda como un insecto y dijo:

—¡Fue terrible! ¿Por qué alguien querría hacer esto?

Cuando preguntó cuál había sido su tiempo, la señora

Harrison miró el cronómetro como si fuera un mal diagnóstico:

—32:02.

—¿Qué? ¿Ni siquiera logré los treinta?

—Estoy asombrada de que hayas llegado.

El entrenador le arrojó juguetonamente la gorra y dijo:

—¡Ya basta!

Ella rio y ahí estaba otra vez. Esa conexión. Reír juntos, sudar juntos, arrojar gorras, escuchar, mirarse, hablar libremente de lo que sentían... todo eso y más.

—Hannah, ¿tienes cómo volver a casa? —preguntó la señora Harrison mientras guardaba las cosas.

—Es solo un kilómetro y medio. Puedo ir caminando.

—No, podemos llevarte a casa. Nos encantaría conocer a tus padres.

Un dolor conocido se instaló en el estómago de Hannah. Su situación no era normal... ella no era normal. Especialmente en un lugar como Brookshire.

—Vivo sola con mi abuela. Mis padres fallecieron.

—Lo siento, no sabía —dijo la señora Harrison con voz suave y llena de compasión—. Nos gustaría llevarte a casa. Puedo llamar a tu abuela para decirle.

—Estoy bien. No me molesta caminar. Gracias de todos modos.

Hannah se alejó caminando, contenta por el tiempo adicional para estirarse y recuperarse de la corrida, y agradecida de poder estar sola. Podía pensar una vez más en el recorrido y cómo hacerlo más rápido la próxima vez.

A lo mejor podía superar los veintitrés minutos. Pero la verdadera razón por la que había rechazado la oferta del aventón fue algo que había ocurrido después de completar la carrera, cuando la señora Harrison había puesto su atención en Will.

Al pasar las gradas, había notado el reloj que el entrenador Harrison se había quitado justo antes de correr. Sin dudarlo, sin pensarlo, Hannah lo había tomado y deslizado en su bolsillo sin que nadie lo notara.

Segunda parte

LA PREGUNTA

CAPÍTULO 11

✦ ✦ ✦

John secaba los platos en la cocina mientras él y Amy procesaban los eventos del día. Había surgido un tema de disciplina en una de las clases de ella. La mente de John estaba enfocada en el equipo de básquetbol y la pérdida de los mellizos y toda su incertidumbre colectiva. Secar los cubiertos permitió que su mente vagara y se dio cuenta de que no estaba prestando atención. Cuando Amy llevó la conversación al campo traviesa, volvió a centrar la mente.

—Más personas se interesarían y el equipo se agrandaría si algunos de los chicos más populares también corrieran, ¿no crees?

—¿Populares?

—Sabes a quién me refiero.

John secó la ensaladera.

—Ethan podría hacerlo si quisiera. —Pero ya había dejado en claro lo que sentía sobre el caso.

—Seguro que podría. ¿Sabes, John? No entiendo por qué no quiere correr. Es tu hijo y es un buen atleta. Lo haría muy bien. Y podríamos acompañarlo juntos.

John pensó en Will. No le entusiasmaba correr, pero estaba de acuerdo en apoyar a Hannah. A lo mejor Ethan podría colaborar.

—Intentaré hablar con él.

—Sí. Buena idea —respondió Amy.

John se encaminó a las escaleras que llevaban al cuarto de Ethan y lo encontró estudiando en la cama. Golpeó suavemente la puerta y Ethan mantuvo la mirada en su cuaderno, trabajando en un problema de precálculo. Todo el cuarto era un reflejo de Ethan. Trofeos y recuerdos de temporadas anteriores. Sobre su cabeza había un tablero y un aro de básquetbol en miniatura.

John se sentó en la silla del escritorio de Ethan y lo miró de frente. Dijo lentamente:

—¿Puedo pedirte que pienses en algo?

—¿Qué cosa? —dijo Ethan.

—Sé que no quieres correr campo traviesa. Pero hay algunas ventajas.

Ethan seguía mirando su cuaderno, pero se le frunció el ceño.

—Papá...

—Solo escúchame —interrumpió John. Consideró el tono de su voz. Amable. Invitador—. No te voy a obligar. Pero correr te ayudaría a mantenerte en buen estado físico.

Ethan se rio por lo bajo.

—Tú haces que el equipo corra como castigo.

Tenía su atención.

—Sí. Es cierto. Pero te ayudará con la disciplina, mostrará mucho espíritu de grupo escolar y creo que serías muy bueno para el deporte.

Ethan aflojó el ceño fruncido. Parecía estar captando una imagen de algo. Luego habló con confianza:

—Siempre has practicado básquetbol conmigo.

—Sí.

Dejó el cuaderno a un lado y se enderezó.

—Bueno, a pesar de que lo detestaría, si corres conmigo para entrenar, lo haré.

John se quedó mirando a su hijo, sin poder hablar.

Cuando bajó a la cocina, John respiró hondo y miró a Amy.

—No va a correr.

—Ay, John, ¿por qué no?

—Amy, está bien. No quiere hacerlo y tenemos que apoyarlo igual.

Amy endureció el rostro y sacudió la cabeza.

—Bien. ¿Sabes qué? Yo voy a hablar con él.

—No, no, no —dijo John, impidiéndole el paso—. Solo tenemos que darle espacio. Ya sabes, amarlo bien.

—Amy lo miró sin estar convencida—. Y no hay que volver a hablar del tema.

—¿Así es?

Sonó el celular de John. Salvado por la tecnología. En la pantalla figuraba el pastor Mark.

Tan pronto como contestó, a Amy se le agrandaron los ojos.

—¡Ah! Olvidé decirte...

John intentó escuchar lo que decían el pastor Mark y Amy al mismo tiempo, pero no funcionó. Demasiada información desde dos fuentes distintas.

—...y le dije que harías visitación en el hospital...

—...¿podrías estar allí en una hora más o menos?

—Eh, sí, estaré ahí en una hora —John dijo al teléfono, echando una mirada desconcertada a Amy.

—Gracias por ofrecerte —dijo Mark.

Cuando colgó, Amy dijo:

—Lo siento, ¿sabes? Olvidé decirte.

John se encaminó a la ducha.

—Eres un buen hombre, John Harrison —exclamó Amy.

—Como quieras —dijo John.

John condujo hasta el hospital, mirando reflexivamente su muñeca izquierda para ver la hora. ¿Dónde había dejado su reloj? Podía jurar habérselo quitado y haberlo dejado en las gradas antes de correr, pero no pudo encontrarlo cuando cargaron las cosas para irse. Tendría que volver a buscarlo al llegar a la casa.

Generalmente, era Bill Henderson quien acompañaba al pastor Mark, pero esto era parte de los efectos de los cambios en la ciudad. John odiaba perder su amistad con Bill, pero también lamentaba el vacío que dejaba alguien que contribuía tanto a la iglesia. Bill era fantástico en esas visitas al hospital, y parecía disfrutar haciéndolas, de manera que hasta ahora John no había sentido la necesidad de participar. Repartir las responsabilidades de los Henderson ¿ayudaría a otros a involucrarse y tal vez crecer en su fe? ¿Lo ayudaría a él? A lo mejor salir de su zona de comodidad era justamente lo que necesitaba.

Mark lo esperaba en la entrada del hospital y le agradeció por venir.

—La primera persona que tenemos que visitar es a Ben Hutchins, en el cuarto piso.

John hizo una mueca de dolor cuando el pastor se encaminó hacia las escaleras. Mark dijo que necesitaba el ejercicio. Pero John sentía cada escalón en los muslos y las pantorrillas.

—Sabes que Ben es uno de nuestros miembros fundadores —dijo Mark.

Tenía sentido. Ben ya era mayor y tenía una sonrisa amable, era un pilar de la iglesia, siempre estaba presente, siempre comprometido con las necesidades de la gente. Cuando llegaron a la habitación, una enfermera pidió que solamente uno de ellos ingresara porque había otros familiares de visita. John se ofreció a esperar en el corredor y Mark entró.

Cuando John se dio la vuelta, dos enfermeras empujaban una camilla vacía justo hacia él. Dio un paso atrás, pero por un momento perdió el equilibrio y se apoyó contra una puerta. La puerta se abrió y él trastabilló y terminó en el interior de una habitación donde había un hombre acostado escuchando música.

—Disculpe, señor. No quería molestarlo.

El hombre no miró a John, sino a un área de la pared a la altura del techo.

—¿Quién está ahí?

—Solo estoy esperando para visitar a un miembro de la iglesia en la habitación contigua —dijo John, señalando a la otra habitación. El hombre no siguió el movimiento de su mano ni lo miró. En lugar de eso, apuntó el control remoto hacia el reproductor de CD y puso pausa a la música.

—¿Es usted ministro de la iglesia?

—No, señor. Solo estoy visitando a algunas personas con mi pastor. —John quería volver al corredor, pero algo lo hacía detenerse.

—Bueno, si solo está haciendo tiempo, a lo mejor puede visitarme a mí también —dijo el hombre con una leve sonrisa y un dejo de esperanza en la voz.

John terminó de entrar a la habitación, vacilante, mirando hacia el corredor y dejando la puerta abierta tras de sí.

—Claro. Soy John Harrison —dijo acercándose a la cama y estudiando el rostro del hombre. Era afroamericano y tenía barba y bigotes canosos. Era de contextura ligera y se veía bastante enfermo, a juzgar por el número de aparatos a los que estaba conectado.

Por la forma en que el hombre extendió la mano, era claro que no podía ver. La dejó tendida en el aire como un hilo de barrilete a la deriva. John dio un paso adelante y tomó la mano del hombre para saludarlo. Al hacerlo, el hombre sonrió como si hubiera encontrado algo perdido.

—Thomas Hill —dijo. Sujetó la mano de John como si se hubieran conocido de toda la vida—. Gusto en conocerlo.

—El gusto es mío, Thomas —¿Qué más decir? ¿Qué haría Bill en esa situación? ¿O el pastor Mark?—. Emm, ¿hace mucho tiempo que está internado?

—Más o menos tres semanas —respondió Thomas—. Vengo tratando de mantener la diabetes a raya. Hace unos años, me robó la vista. Ahora quiere mis piernas y mis riñones.

—Siento mucho escuchar eso—dijo John—. ¿Tiene familia aquí?

Thomas hizo una pausa y pareció que una nube le cruzaba por encima. El sonido del monitor llenó el silencio entre ellos.

—Estoy más o menos solo. Pero crecí en Franklin. Me trajeron de vuelta aquí desde Fairview para someterme a diálisis.

—Usted debe ser el único que viene *de* Fairview. Creo que el resto de las personas está yendo hacia allá —dijo John riendo levemente.

Thomas sonrió y sus ojos parecieron iluminarse, a pesar de que no podía ver. John detectó algo en ese hombre. Era como si alguien con mucha sed de palabras acabara de saltar a una reserva fresca y cristalina de agua de manantial y estuviera chapoteando allí.

—Eso me dicen —comentó Thomas.

Por la condición de Thomas, John no se preocupó por mantener el contacto visual. Se dio la vuelta y miró hacia la puerta, preguntándose si Mark habría terminado. La voz de Thomas captó su atención.

—Cuéntame de ti, John.

John se dio la vuelta.

—Bueno, soy el entrenador de básquetbol de la Escuela Cristiana Brookshire —hizo una pausa y en voz baja agregó—: Eso espero, en todo caso.

—No suenas muy seguro.

John se rascó la nuca.

—Hay muchas cosas de las que no estoy seguro en este momento. También enseño Historia y me han asignado el programa de campo traviesa.

—Campo traviesa —dijo Thomas, y su rostro se iluminó aún más. Se rio por lo bajo—. Ese era mi deporte.

—¿Sí?

—Era tercero en mi estado en esa época.

—¡No me digas! Entonces seguro puedes darme algún consejo porque no sé exactamente lo que estoy haciendo.

Thomas se rio. Era un sonido tan franco que parecía brotar desde la punta de sus pies. Que un hombre ciego y con diálisis pudiera producir una risa e iluminarse de esa manera hizo que John se contuviera y no diera una excusa para salir al pasillo.

John había venido porque Amy lo había ofrecido como voluntario. Había venido en parte por obligación, para acompañar al pastor, pero ahí estaba acercando una silla a la cama de Thomas. John creía que Dios tenía que ver en todos los aspectos de la vida de una persona. Amy hablaba de las «citas divinas» cuando «de casualidad» se encontraba con un alumno o una amiga en un momento oportuno en el que necesitaban apoyo.

John se sentó y le contó a Thomas sobre los cambios en la escuela, la pérdida del programa de fútbol americano y la lucha por retener la mayor cantidad posible de asignaturas extracurriculares.

—Francamente, no sé cómo estamos logrando mantener el campo traviesa. No hay mucho interés.

Thomas habló con voz baja:

—Para los chicos que sí se animan, el campo traviesa les puede enseñar mucho. Yo aprendí sobre la resistencia. Y la importancia del entrenamiento.

John se inclinó hacia delante.

—Ese es el asunto. Simplemente, hay mucho que no sé. Si me dan cinco chicos y un balón de básquetbol, puedo diagramar un esquema ofensivo o defensivo tan bien como los mejores. Pero el asunto de correr es como hablar un idioma extranjero para mí.

—Creo que te sorprenderás de las similitudes —afirmó

Thomas—. Preparas tu equipo de básquetbol para cada oponente con el que juegan, sus fortalezas y sus debilidades, ¿correcto?

—Claro.

—Es lo mismo con las carreras, pero la preparación tiene menos que ver con lo que están haciendo los demás corredores y más con lo que está aquí —dijo señalando la cabeza—, y aquí —se señaló el corazón—. Creo que tal vez podría ayudarte. ¿Cómo son tus prácticas?

John le contó sobre su enfoque en el entrenamiento. Thomas escuchaba y movía las piernas mientras hablaba, como si recordara la sensación de correr. Sus comentarios daban claridad, y John lamentaba no tener un cuaderno para escribir lo que estaba escuchando.

Las preguntas de John abarcaban de todo, desde la dieta hasta el calentamiento antes de la carrera.

—¿Cómo se entrena para lograr ese último envión al final de la carrera?

—Oh, ¡ese último envión! —dijo Thomas, sacudiendo la cabeza.

Alguien golpeó suavemente la puerta y, al volverse, John vio a su pastor.

—John, disculpa, pero se termina el horario de visita.

—Claro —dijo John y volvió a echar de menos su reloj—. Thomas, creo que al menos debería saludar al hombre de la otra habitación.

—No hay problema. —Thomas adquirió un aire más sombrío y buscó las palabras—. Mira, John... no recibo muchas visitas con las que puedo hablar de cosas interesantes. Siéntete con la libertad de venir a conversar cuando quieras.

El monitor del corazón hizo un parpadeo, y una serie de números y líneas mostraban algo de lo que ocurría en el hombre, lo que hizo a John preguntarse qué estaba pasando en su alma. ¿Cuáles serían sus dudas y sus preguntas? ¿Sus miedos y sus esperanzas?

John quería despedirse de Thomas con algo pastoral, algo que un cristiano diría a alguien confinado en una cama de hospital. Sonrió y dijo:

—Encantado de conocerte, Thomas. Estaré orando por ti.

—Me vendrá muy bien —dijo Thomas.

Al salir del hospital, Mark preguntó por Thomas y John le explicó que había tropezado y terminado en la habitación y así se había iniciado una conversación.

—Fue un accidente.

—Es curioso cómo el Señor arregla algunas de esas conexiones —dijo Mark—. A lo mejor Dios tiene algo para la vida de Thomas y te utilizó para alentarlo.

—Yo siento que él me alentó a mí más que yo a él.

—Bueno, a lo mejor Dios tiene algo para la vida de ambos.

John iba pensando en eso mientras conducía a casa. Los niños estaban en sus habitaciones, de modo que metió la cabeza por la puerta y les dio las buenas noches. Amy volvió a disculparse por ofrecerlo como voluntario y John hizo un gesto para que no se preocupara. Le contó sobre el encuentro con Thomas y los consejos que le había dado.

—A lo mejor puede ayudarte con Hannah.

John asintió.

—Solo que se le ve en bastante mal estado. Honestamente, no sé cuánto tiempo le queda.

John hurgó en el cajón de su mesa de noche y fue hasta el lavabo del baño.

—¿No has visto mi reloj en alguna parte?

CAPÍTULO 12

✦ ✦ ✦

—*Aquí les dejo esto y* pueden pagar cuando terminen —dijo Barbara Scott, forzando una sonrisa para los clientes de la mesa de la esquina—. No hay ninguna prisa.

—Bueno, en realidad tampoco hubo ninguna prisa por servirnos la comida —dijo el hombre, limpiándose las manos con una servilleta.

—Harold —lo regañó su esposa desde el otro lado de la mesa.

El hombre sacudió la cabeza y arrojó la servilleta sobre la mesa.

—Parecía que los muffins ingleses los acabaran de sacar de la caja. ¿No podría haberlos puesto al menos treinta segundos en la tostadora? ¿Era mucho pedir?

A Barbara la sorprendió su ponzoña. La verdad era que les había servido la comida ni bien estuvo listo el pedido. Y *había* tostado los muffins, pero el hombre había dicho que no los quería quemados. No respondió con ninguno de esos pensamientos, por supuesto. *No discutas. Sé amable. No culpes a la cocina lenta.*

—Le pido disculpas por eso, señor. ¿Puedo servirle más café?

—No. No quiero nada más —dijo echándola con un gesto como a una mosca molesta. Algunos clientes eran así. Uno puede hacer todo lo que está a su alcance para ofrecerles una comida agradable, pero igual encontrarán un motivo de queja. Los buenos clientes, incluso si algo ha salido mal con el pedido, lo tratan a uno como persona, no como a un robot con uniforme. Los buenos clientes dejan buena propina. Pero un cliente como Harold, con una cara amarga, le desplomaban el ánimo. Con uno bastaba para arruinar el turno, para que se la pasara pensando en qué tendría que haber hecho diferente.

—¿Quiere hablar con el gerente? —ofreció sin mostrar emoción.

El hombre sacó su billetera y arrojó un billete de veinte dólares sobre la mesa.

—No. Quiero salir de aquí lo antes posible. Quédese con el cambio.

Su esposa puso la mano sobre el brazo de Barbara como para disculparse sin decir palabra. Barbara sabía que la cuenta era más de diecinueve dólares sin propina. Llevó el dinero a la caja.

—Parece que tuviste un mal cliente —dijo Tiffany, poniendo dos rebanadas de pan en la tostadora. Era la empleada más nueva y tenía la mitad de la edad de Barbara.

—Para algunas personas, ser miserable es tarea de tiempo completo —dijo Barbara por lo bajo.

—No dejes que te afecte —dijo Tiffany con un guiño.

Barbara sonrió porque eso era exactamente lo que ella le había dicho a Tiffany cada vez que la veía luchar con las lágrimas. Tiffany le estaba dando una dosis de su propia medicina. Barbara se puso el cambio en el bolsillo y limpió la mesa.

«No dejes que te afecte».

Eso era mucho más fácil de decir que de cumplir, pensó Barbara. Toda su vida, había sido un ejercicio de no dejar que las cosas la afectaran. Fuera cual fuera la cosa, intentaba quitarse de su camino. Pero la cosa siempre encontraba la manera de volver a entrar por la puerta y sentarse en su sección.

Barbara sabía que preocuparse era contraproducente. Recordó un sermón años atrás, cuando todavía asistía a la iglesia, y el pastor había citado a Jesús diciendo que las preocupaciones no nos aumentarían ni una hora de vida. El pastor había leído otra cita que decía: «La preocupación no libera el mañana de su tristeza, vacía el hoy de su fuerza». Eso le había impactado, pero era lo mismo que intentar disminuir la sal cuando la sal ya estaba en todo. Es difícil no preocuparse cuando la preocupación está impregnada en el propio corazón.

Barbara se preocupaba por sus cuentas. Generalmente, el mes se le hacía demasiado largo y el dinero demasiado poco. Se preocupaba constantemente por mantener sus empleos porque sus jefes no eran personas con quienes fuera fácil trabajar y porque la recesión en la ciudad implicaba menos clientes y más presión para ser competitivo. Se preocupaba por poder mantener su auto andando y por pagar el seguro.

Y luego estaba su preocupación por Hannah. No podía estar en casa durante el día. Y había noches en las que llegaba a casa cuando la niña ya estaba durmiendo. Se preocupaba por los estudios de Hannah. Había intentado ayudarla con las tareas, pero lo que veía en los libros de texto le resultaba incomprensible. Lo que enseñaban en la escuela preparatoria en estos tiempos era lo que enseñaban en la universidad cuando ella era adolescente. Eso la hacía preguntarse si efectivamente podía criarla y ayudarla a convertirse en lo que debía ser. Un corazón que se cuestiona a sí mismo es un corazón que encuentra dificultades para amar.

Barbara intentaba ahogar la duda manteniéndose ocupada. Trabajaba no solo para pagar las cuentas, sino también para ocupar la mente y no repetir lo que ocurrió quince años antes. Generalmente, tenía éxito su esfuerzo, pero por momentos, cuando limpiaba mesas o conducía de un empleo a otro, pensaba en sus errores. Todos los «y si hubiera...» de

la vida. ¿Hubiera podido ayudar a Janet a evitar los errores
que cometió? ¿Tal vez si hubiera participado en alguna de
esas intervenciones que veía en la televisión? A lo mejor, si
hubiera conducido por un barrio más, hubiera encontrado
a Janet. Una búsqueda más la hubiera podido rescatar.

El pasado era una bandeja cargada cuyo peso Barbara se
esforzaba por sostener. Cada mañana, se miraba en el espejo
y vivía con el remordimiento por la muerte de su hija. No
había estado ahí cuando su hija más la necesitaba. Y ahora,
con Hannah tan parecida a su madre, cada vez que la
miraba, se abría la vieja herida.

Barbara había enviado una nota del doctor a la Escuela
Cristiana Brookshire donde decía que Hannah podía correr
el campo traviesa a pesar de su asma. Cuando buscó la
dirección postal en la guía, ver el nombre de la directora en
la cubierta le trajo recuerdos dolorosos. Sombras del pasado
le bullían en la cabeza mientras estudiaba el nombre.

Obtener la nota del doctor le recordó a Barbara que
debía renovar la receta del inhalador de Hannah. Descubrió
que su seguro había cambiado y el copago había aumentado
cincuenta dólares, algo que no había visto en la letra chica.
Otros cincuenta dólares que se iban en lugar de ser usados
para provisiones, gasolina o la hipoteca.

Mientras frotaba una mancha de miel seca en la mesa
junto a la ventana, se preguntaba sobre el futuro de
Hannah. Barbara no quería que su nieta tuviera que reunir
a duras penas el dinero cada mes para mantener a los cobradores de impuestos lejos de la puerta de la casa. Más razón

para que Hannah obtuviera una buena educación y luego un buen empleo y no se quedara atascada en un círculo vicioso. Si Hannah pudiera obtener buenas notas y terminar la preparatoria, a lo mejor Barbara podría costearle estudios en la universidad comunitaria para obtener un diplomado. Luego, Hannah podría conseguir un préstamo y terminar sus estudios en la universidad estatal. A Barbara le daba vueltas la cabeza de solo pensar en el costo de la matrícula, los libros, las cuotas.

Pero más que eso, ¿y si la echaban de la escuela una vez más? La habían descubierto robando más de una vez, y daba la impresión de que eso no había terminado. Era solo cuestión de tiempo para que volviera a caer.

Barbara recordó su visita a una venta de objetos de segunda mano cuando Hannah tenía seis años. Estaban buscando una bicicleta con ruedas accesorias para que Hannah pudiera aprender a andar, y la que habían encontrado estaba oxidada y era muy inestable. Barbara tomó la mano de Hannah para volver al auto. Camino a casa, miró por el espejo retrovisor y vio que Hannah jugaba con algo.

—¿Qué tienes ahí, nena?

Hannah escondió rápidamente lo que tenía y Barbara extendió la mano y le ordenó:

—Dámelo.

—No tengo nada —dijo Hannah con esa voz dulce y chillona.

Barbara detuvo el auto, bajó, abrió la puerta trasera y

dio a Hannah esa *mirada*. La niña se encogió y entregó un pequeño animal de peluche con una etiqueta en la oreja. Años atrás, un restaurante de comida rápida había entregado esos juguetes a los niños junto con su comida.

—¿De dónde lo sacaste?

—No sé.

—Claro que sabes. ¿Lo sacaste de la venta de cosas usadas?

No hubo respuesta.

—Mírame, nena. ¿Lo obtuviste en la venta?

—Mmm.

Barbara volvió al auto, dio media vuelta y volvió a la última parada. Llevó a Hannah a la mesa de venta, tirándola del brazo. Hannah agachó la cabeza, pero Barbara estaba segura de que era una oportunidad para enseñarle. Cortaría de raíz esa tendencia a robar.

—Mi nieta tenía esto en el auto y ha venido a devolverlo.

La mujer tomó el juguete de la mano de Barbara y se inclinó. Hannah tenía un dedo en la boca.

—¿Qué se dice Hannah? —dijo Barbara.

La niña dijo algo que no pudieron entender.

—Quítate el dedo de la boca y pide disculpas.

—Per-dón —dijo Hannah dividiendo la palabra en sílabas.

En lugar de ayudar, en lugar de reforzar la lección, la mujer dijo:

—Oh, esa cosa vieja. Tenemos como cien que no se vendieron. ¿Por qué no te lo llevas y eliges otro más?

Barbara se quedó boquiabierta.

—¡No, no, no! Tiene que aprender que no puede tomar cosas que le pertenecen a otra persona.

—Entiendo. Pero mírele la cara. Ya se ha arrepentido ¿verdad, tesoro?

Hannah asintió como si fuera una muñeca de trapo con cabeza bamboleante, y luego se dirigió a las mesas de venta y volvió con otros dos animalitos de peluche. Barbara no sabía qué decir. Le dijo a Hannah mientras conducía a casa que podría haberse metido en grandes problemas.

—Jamás vuelvas a hacer eso.

—Sí, abuela —dijo Hannah.

Luego fue un paquete de chicles en una estación de servicio. En otra ocasión, Barbara encontró los restos de un chocolate en uno de los bolsillos de Hannah. La mayoría de las veces, Hannah tenía una explicación plausible para justificar cualquier cosa que había obtenido sin pagar. Y ahora asistía a una escuela con una política de tolerancia cero al robo. ¿Qué pasaría si la descubrían?

Era esa preocupación la que carcomía a Barbara. Eran todas las cosas que Hannah podría estar escondiendo. ¿Habría algo en el ADN de la niña que la predisponía? A lo mejor algún día se descubría una píldora que pudiera tomar.

Pero eso era ridículo. No había cura. Era una elección. Barbara quería hacerla en lugar de Hannah, pero no era posible. Y no podía vigilarla cada minuto del día.

Por lo que Barbara podía ver, Hannah no estaba loca por

los chicos todavía, pero probablemente llegaría el momento, tal como había pasado con Janet. Entonces, se las vería con todo un nuevo paquete de preocupaciones. Por el momento, no parecía que Hannah se hubiera involucrado con las drogas. Pero Janet no había empezado hasta terminada la preparatoria.

—¿Qué pasó con ese cliente?

Barbara casi volcó la bandeja con los platos sucios cuando el gerente, Doyle Odelle, se le acercó por detrás. Recuperó la compostura e intentó explicar, pero la mirada en el rostro del hombre lo decía todo.

—El negocio ya está andando lo suficientemente mal como para permitirnos tener clientes descontentos.

—Hice todo lo que pude para apresurar las cosas en la cocina.

—Entonces es culpa de los cocineros.

—No, señor. Usted sabe que hay algunas personas que no están conformes con nada. La esposa del cliente hizo todo lo posible por disculparse conmigo por la forma en que me trató.

Doyle frunció el ceño.

—Tienes que esmerarte más para satisfacerlos. ¿A lo mejor sonreír de vez en cuando? Inténtalo.

—Sí, señor.

—Voy a cambiar el cronograma de trabajo. La próxima semana no tendrás tantas horas.

Barbara quería protestar, pero en lugar de eso se mordió la lengua. Una cosa más por la que preocuparse.

CAPÍTULO 13

✦ ✦ ✦

John tenía pensado usar su hora libre para corregir trabajos escolares cuando vio a Troy Finkle. Troy enseñaba Literatura y clases de Teatro, y tenía una mirada particular en los ojos cuando se dirigió directamente hacia John. No era difícil decirle que no a Troy... pero el hombre simplemente no escuchaba la palabra. John intentó valientemente, pero Troy lo obligó a ser juez de un concurso de monólogos. Lo preparó como un espectáculo de televisión con jueces detrás de una mesa para hacer la crítica.

Era un estereotipo de los entrenadores que no apreciaban el arte ni la creatividad. Pero a los estudiantes los impulsaban diferentes cosas, y John estaba tan contento con un estudiante que se destacara en el teatro como con uno que anotara un *touchdown* el viernes por la noche. Bueno, casi. Solo llegaba hasta cierto punto con el teatro.

Lo que podría haber sido un tiempo estimulante de literatura y poesía se convirtió en una hora penosa de estudiantes que recitaban un material aburrido, repitiendo frases de memoria pero sin emoción. Dos estudiantes actuaron una vieja comedia poética de Abbott y Costello. Habían memorizado cada palabra, pero no podían traducir las palabras a una actuación. Y ese era el truco en el deporte, la música... en cualquier disciplina, en realidad: dar vida al material y entregarlo de tal manera que resultara un regalo para el mundo. A John le agradó esa imagen. ¿Quién dijo que los entrenadores no podían ser creativos?

Hacia el final de las vergonzosas actuaciones, Troy se dio la vuelta hacia John y dijo:

—¿Conoces a alguien en esta escuela que pueda hablar con un mínimo de pasión?

Luego de pensar por un momento, John miró a Troy, diciendo:

—Sí, a ti. —El desanimado profesor de teatro se iluminó inmediatamente. Levantó el puño y John se lo chocó con el suyo. Era curioso cómo una pequeña palabra podía dar aliento a alguien que lo necesitaba.

De regreso en su aula, corrigiendo apresuradamente antes de la próxima hora, John oyó pasos en el pasillo y luego un golpe leve. Levantó la vista y vio a Ken Jones y a su hijo, Ty. Había tenido la esperanza de que ese momento no llegara.

—Entrenador Harrison, ¿tiene un minuto? —dijo Ken.

—Hola, Ken. ¿Cómo estás? —John se puso de pie para saludar al hombre con la mano. Estrechó la mano de Ty y la sintió como un pescado muerto. Ty miraba las baldosas del piso. Alrededor de toda la sala, había recordatorios visibles de líderes, mapas representativos de la historia del país y del mundo. El auge y la caída de los imperios. Conflictos y luchas que conformaban a todo ser vivo. Y John no podía dejar de pensar en que esas dos personas eran parte de su propia historia. Ty había jugado básquetbol con Ethan más o menos desde que podían caminar. Ambos, junto con los mellizos, pudieron haber sido imbatibles. *Pudieron* haber sido. John intentó sacarse eso de la cabeza y enfocarse en Ty y su padre.

Ken tropezaba con las palabras al principio, intentando sacarlas. John observó que había un verdadero dolor en el discurso practicado del hombre.

—Solo queríamos decirte que hemos decidido trasladar a Ty a Cornerstone.

Ahí estaba. El último clavo en el ataúd del equipo. Las palabras dejaron a John sin aliento. Trató de mirar a Ken a los ojos, pero solo pudo agachar la cabeza y respirar hondo. Quería discutir, gritar que todavía podían hacer algo grande del último año de Ty, que todavía podían ganar ese campeonato. Sería una gran historia de retorno al triunfo: el pequeño equipo que sí podía. Se inclinó hacia atrás y miró a Ken.

—Tiene buenas probabilidades de obtener una beca allí —continuó Ken—, y después de haber perdido tantos jugadores aquí, bueno...

John reunió fuerzas para hablar sinceramente y decir algo de padre a padre, de entrenador a jugador valioso:

—Entiendo.

El rostro de Ken mostró alivio y gratitud. John no había intentado hacerlos cambiar de idea o gritar o ponerse como víctima.

—Mira, eres un excelente entrenador —dijo Ken apresuradamente—, y nada de esto es culpa tuya. Solo tenemos que hacer lo que es mejor para el futuro de nuestro hijo.

John asintió. Realmente lo entendía. A pesar de que le dolía, sabía que debía darle algo de aliento a Ty. Se dio la vuelta hacia él y recordó al niño flacucho que reventaba los globos de su chicle y hacía al balón rebotar más arriba de su cabeza. Era muy veloz para correr y, después del estirón, se había convertido en uno de los mejores jugadores del estado.

—Eres un gran jugador, Ty. Algún día, te voy a ver en la televisión.

—Gracias, entrenador. Disfruté mucho jugar para su equipo.

Ken y Ty dejaron solo a John con sus pensamientos y los mapas, las láminas y los cuadros. Un retrato de Abraham Lincoln pendía detrás de él, y el hombre miraba hacia abajo como un espectro. Lincoln había entrado en guerra para mantener la Unión en lugar de dejar que se dividiera en dos países. Tenía una visión de unidad entre el norte y el sur, y hubo mucho derramamiento de sangre y muchas luchas para seguir siendo una nación bajo Dios e indivisible. Finalmente, pagó por ello con su vida.

John se sentó de golpe en la silla y miró las páginas. Una de ellas era la de Ty. Había escrito sobre el papel que habían jugado los deportes para ayudar a las personas a sobrevivir la Gran Depresión. Se valió del campeón de boxeo Jim Braddock y de un caballo llamado Seabiscuit como ejemplos de la esperanza que podían dar los deportes a las personas que estaban afrontando una profunda dificultad.

Cuando John había mirado a los ojos a Ken, se había visto a sí mismo. Quería hacer todo lo posible para que Ethan obtuviera una beca y comenzara bien en la vida. Esa era su principal meta.

Pero ¿era esa su meta realmente? ¿Acaso estaba más preocupado por sí mismo y por cómo el equipo lo hacía lucir como entrenador? Si realmente hubiera amado a su hijo y querido lo mejor para él, ¿debería haber sugerido Cornerstone para Ethan o tenido en cuenta la idea de Ethan de transferirse a la preparatoria pública?

La lucha interior continuó mientras John estudiaba el cronograma anual de básquetbol. El primer partido era en el gimnasio de Brookshire, contra Cornerstone. ¿Cómo sería observar a Ty hacer un tiro con salto y ver subir dos puntos en el marcador para el equipo visitante? Esta temporada jugarían cuatro partidos contra ese equipo.

Pero ni siquiera jugarían. Ya no.

John había intentado aferrarse a las esperanzas por su ciudad, por su iglesia, por su escuela. Había intentado pensar positivamente, levantar el ánimo y ver el lado bueno. Lo que no te mata te fortalece. Las vallas estaban ahí para ayudarte a saltar más alto. Bla, bla, bla. La realidad lo miraba desde el cronograma. Y sabía fuera de dudas que la temporada acababa de marcharse de esa sala en pantalones y zapatos deportivos.

La temporada había abandonado el edificio.

Arrugó la página frustrado y la arrojó en el cesto de basura. Y se le ocurrió que ese sería el único tiro que probablemente lograrían ese año.

CAPÍTULO 14

✦ ✦ ✦

Hannah hizo estiramiento y zancadas aeróbicas en el campo de práctica antes de que el entrenador Harrison llegara con su portapapeles. Lo miró, luego miró las nubes, todo menos los ojos de Hannah. Los maestros y los padres se quejaban de que los adolescentes soñaban despiertos, pero Hannah había visto a muchos adultos distraídos también. El entrenador Harrison parecía estar en cualquier otra parte menos en el campo de práctica.

Antes de que él pudiera decir algo, Hannah preguntó:

—¿Por qué viste esa ropa?

El miró su camiseta y sus pantalones deportivos, desconcertado.

—Esa camiseta —dijo ella—. Dice Brookshire Básquetbol. ¿Cuándo va a usar una camiseta que diga Brookshire Campo Traviesa?

—No es que yo no quiera —dijo John. Pensó durante un momento, y luego la miró a los ojos—. Preguntaré a la señora Brooks sobre un uniforme para entrenador.

El entrenador Harrison repasó los tiempos de Hannah y graficó su avance de cada práctica. Parecía como si los números significaran todo para él. Hannah no se había percatado de que anotaba todos esos detalles, pero no podía discutir con los hechos. Había progresado, pero no tanto como ella quería. Al aproximarse la primera carrera, su entrenador se mostraba reservado.

«Tenemos que ser realistas en cuanto a esta competencia. No quiero que vayas a salir sintiendo que tienes que alcanzar a Gina Mimms».

¿Por qué no? quería preguntar Hannah. *Gina Mimms es de lo único que usted habla.* Pero se enderezó y preguntó:

—¿Estará ella en la carrera?

El entrenador asintió.

—Westlake tiene otras dos corredoras que son muy veloces. Pero recuerda, Gina está en el último año. Tiene dieciocho. Tiene una beca completa para una buena universidad el año que viene. Está en la primera división de la liga mayor. No querrás...

—¿Y yo estoy en la liga menor? —dijo Hannah interrumpiendo.

John frunció el ceño.

—Yo no dije eso.

—¿Es que solo estoy jugando a correr? —Hannah levantó las cejas y sonrió. Pero interiormente, sentía una punzada. Quería poner contento a su entrenador. Quería verlo sonreír cuando estudiaba sus tiempos. Quería que se sintiera orgulloso.

El entrenador respiró hondo.

—Lo que quiero decir es que no quiero que corras a su ritmo. Quiero que encuentres el tuyo propio. Hablé con una entrenadora de la Escuela Miller, y ella dice que Mimms comienza realmente rápido y hace que las demás le sigan el ritmo. Se quedan sin aliento antes de terminar el primer kilómetro. Mimms se adelanta en el segundo kilómetro y en el tercero reduce la velocidad, pero ya nadie la alcanza.

—Inteligente —comentó Hannah.

—Sí. Una estrategia astuta. Pero tú no vas a morder ese anzuelo. No quiero que llegues a la mitad del recorrido y colapses, ya sabes, con tu...

La miró y ella supo que se le había ido la preocupación.

—No lo voy a decepcionar.

—Sé que no lo harás. Solo quiero que corras *tu* mejor carrera. Y la única manera de hacerlo es que seas tú misma. No tienes que ser Gina Mimms. Tu meta es mejorar con cada práctica y cada carrera. ¿Entiendes?

—Sí, señor.

La señora Harrison trajo una silla de estadio y se sentó a corregir los trabajos de sus alumnos mientras Hannah corría. Hoy Hannah tomó el circuito largo, un recorrido de siete kilómetros y medio en lugar de cinco, lo que mejoraría su resistencia.

Quería demostrarle al entrenador Harrison que podía superar a Gina Mimms. Como David cuando derribó a Goliat. Todo lo que necesitaba era una oportunidad. Y a lo mejor una honda y unas piedras. Mejoraría con cada práctica.

Atacó el primer kilómetro y el segundo, imaginando a Gina justo por delante de ella. Sentía las piernas fuertes y continuó esforzándose, pensando en la expresión del rostro del entrenador cuando pulsara el cronómetro. Quedaría boquiabierto. La señora Harrison la abrazaría. Bailarían en el campo de práctica por el tiempo logrado.

El sueño cambió con el tercer kilómetro y el cuarto. Sentía las piernas muertas, el cuerpo pesado. Quería detenerse y apoyarse contra un árbol para mantenerse en pie, pero no podía hacerlo. Sería lo peor que podía hacer. Redujo la velocidad un poco y se enfocó en inclinarse hacia delante, para que el propio movimiento la llevara. Luego vino el silbido. Así comenzaba la opresión en sus pulmones: con un silbido en la garganta. Cuando no podía respirar a fondo, el silbido era la primera señal, y ese sonido la asustaba. Y con el miedo, mayor la opresión en los pulmones. Y con la opresión, la sensación de ahogo. Continuó andando, aunque sonaba como el resoplido de una locomotora a vapor más que una máquina bien aceitada.

La abuela de Hannah la reprendía cada vez que olvidaba

el inhalador. La sorprendía dejándolo y siempre le preguntaba: «¿Hoy no tienes asma? ¿Decidiste tomarte un día libre?».

La verdad era que Hannah quería olvidar su enfermedad. Quería que los ahogos y el silbido terminaran. Cuando era pequeña, algún adulto había dicho que al crecer podría superar el asma, que cuando sus pulmones se desarrollaran completamente, quizás ya no sentiría que se le cerraban las paredes y se le nublaba la vista. No recordaba si era un médico o tal vez un adulto en la plaza de juegos quien lo había dicho, pero ella lo había tomado como una profecía. Quería que esa afirmación se hiciera realidad.

Ese deseo produjo preguntas. ¿Había hecho algo para merecer el asma? ¿Era el castigo de Dios por algo que habían cometido sus padres? A lo mejor Dios veía las cosas que robaba y los malos pensamientos que tenía acerca de otros y la castigaba. Si Dios sabía todo, a lo mejor tenía una hoja de puntaje o una gráfica como el entrenador Harrison, donde detallaba todos los pecados de ella. A lo mejor en algún punto todas las cosas que había ocultado en la caja azul habían terminado inclinando la balanza, y Dios había sacudido la cabeza en disgusto y le había dado el asma. ¿Así funcionaba? ¿Te golpeaba Dios con algo malo y lo hacía con más dureza a medida que los pecados se apilaban? ¿Castigaba a los padres con sobredosis de droga?

Esos pensamientos daban vueltas en su cabeza a medida que avanzaba al quinto kilómetro. Hannah redujo la velocidad, extrajo su inhalador, dio una calada y dejó que la

medicina penetrara en sus pulmones. Trotó a lo largo de
una pequeña loma y a través de los árboles vio la bandera
que se agitaba sobre la escuela. Continuó corriendo. Un pie
delante del otro. Resoplido, silbido, resoplido, silbido. La
falta de oxígeno le producía dolor en los brazos y las piernas. Los sentía como pesas que no podía levantar.

Se detuvo y parpadeó. Los árboles giraban ante su vista.
Este ataque era malo. Como esa vez en la escuela primaria
cuando había estado jugando a los encantados. Era la más
rápida en el patio y todos lo sabían, de manera que intentaban atraparla, y cuanto más rápido corría, menos podía
respirar. Y luego el aire se había esfumado y ella estaba
tirada en el suelo con el rostro de una maestra encima de
ella. La enfermera de la escuela. Los niños la rodearon.
Algunos lloraban.

Hombres con uniforme y una ambulancia.

La máscara de oxígeno en su cara.

Su abuela que la miraba con el ceño fruncido. Debía
estar en su trabajo. ¿Cómo la habían contactado? Su
abuela la había regañado después de la visita al hospital.
Algo acerca de un copago y un seguro y un plan de pago.
Hannah le había prometido que no volvería a suceder.

Ahora comenzó a caerse, y se sujetó de un arbusto
antes de llegar al suelo. Se puso de pie y atravesó el
bosquecillo en dirección a la escuela. Tomó otra calada
del inhalador. ¿Le estaba llegando la medicina? A veces
el tubo estaba vacío, pero al accionarlo el sonido era el
mismo.

¿Cuándo fue la última vez que cambió el tubo? ¿Un mes atrás? ¿Se le había terminado más rápido desde que comenzaron las prácticas?

Se tambaleó entre las ramas y las agujas de los pinos. La cancha de fútbol estaba a su derecha. Finalmente, no pudo mantenerse en pie. Se abalanzó hacia delante, poniendo las manos al frente para no caer de bruces sobre la tierra. Alguien gritó cerca de ella. Aire. Solo necesitaba aire. Y no había.

—Hannah, ¿estás bien? —preguntó la señora Harrison inclinándose a su lado.

No se puede hablar cuando no se puede respirar. Llegó el entrenador Harrison.

—Tranquila. ¿Qué necesitas?

Quería decir que necesitaba alcanzar a Gina Mimms. Quería oír a su entrenador decir que estaba orgulloso de su tiempo. Pero no se puede estar orgulloso de un fracaso. No hay orgullo en el fracaso.

—Respira —dijo la señora Harrison poniendo una mano sobre el brazo de Hannah.

Era fácil decirlo. La gente da por sentada la respiración. Hannah volvió a dar una calada a su inhalador, y su corazón redujo un poco las pulsaciones, se abrieron un poco las vías respiratorias y sintió que lo peor había pasado. Hannah miró al entrenador. Se veía apenado y ella supo lo que estaba pensando. Si Hannah ni siquiera podía terminar una práctica sin colapsar, ¿cómo correría la carrera?

—Creo que es suficiente práctica por hoy —dijo.

—Te llevaremos a casa —dijo la señora Harrison—. Y no discutas, ¿ya?

Hannah asintió. Se sentó en el suelo unos minutos, y su fracaso le pesaba tanto que no podía moverse, no podía pensar. No podía mirarlos a los ojos cuando la ayudaron a subir al auto y la condujeron a casa.

CAPÍTULO 15

✦ ✦ ✦

John Harrison tenía algunas reglas no escritas. Nunca dejes
que te vean preocupado. No permitas que otros conozcan
tus temores secretos o sepan que los tienes. Ganar no lo es
todo, pero casi. La vida consiste en llegar a ser autosufi-
ciente. Cuanto menos ayuda necesites, mejor estarás, y más
maduro serás. Pero ahí estaba, más lejos de ganar de lo que
jamás había estado, y desesperado.

Era entrenador, educador, esposo y padre. A los demás,
les decía que estaba bien pedir ayuda. No obstante, cuando
él debía enfrentar un fracaso, pedir ayuda lo hacía sentirse
débil y patético.

Deambuló hacia el patio del fondo y vio una pila de

ladrillos que le molestaba. Cada vez que la veía por la ventana de atrás, le recordaba las cosas sin terminar.

La cena estaba lista. Amy había llamado a los chicos. Pero él no tenía hambre y por la ventana abierta de la cocina oyó a Will decir: «¿Qué pasa con papá?».

Sacudió la cabeza y levantó un ladrillo. Algo que pasaba era la carta que había llegado de la junta de la escuela. Decía que había un recorte del 10 por ciento en su salario y el de Amy. Había esperado esas noticias y supuesto que el recorte sería de alrededor del 20 por ciento. Pero, de todas maneras, los números fríos y duros le pegaron fuerte. ¿Por qué mandar una carta impersonal? ¿Por qué no decírselos cara a cara?

Ethan había sacado el tema de la decisión de Ty de cambiarse de escuela no bien John bajó del auto después de la práctica de campo traviesa. Mientras conducía a casa, había visto uno tras otro los anuncios de casas en venta. Había un camión de mudanzas estacionado calle abajo. La gente se estaba mudando, los negocios estaban cerrando, el valor de las propiedades se estaba desplomando. Su casa era su principal inversión, y en lugar de aumentar su valor, se estaba hundiendo rápidamente. Otra carta contenía malas noticias sobre la cuenta de jubilación de John y Amy. En todo caso, suponía que eran malas. No se había atrevido a abrirla todavía.

Amy le había preguntado en mayo qué haría con esa pila de ladrillos, lo que él había interpretado como: «Haz algo con esa pila de ladrillos». Eran sobrantes de una ampliación del patio trasero de dos veranos atrás. John quería construir un espacio para hacer fogatas. Entre él y los chicos lo podían hacer. Pero las buenas intenciones se habían convertido en un engendro y allí estaba ahora, arrojando ladrillos sobre una carretilla. Pronto descubrió que necesitaba guantes, pero cuando buscó en la cochera, no los encontró. Probablemente Ethan o Will los habían utilizado y se habían olvidado de ponerlos donde correspondía. Quería decir algo a través de la ventana abierta, pero se contuvo.

Cuando la vida es un lío y no se puede cumplir con la tarea, John sentía que era mejor elegir algo que se pudiera terminar. Muchas veces eso significaba trabajar en el jardín trasero. Cortar el césped era la única tarea que realmente completaba cada semana. Y había que hacerlo de nuevo la siguiente. Ahora, con dos muchachos que podían hacerlo, John buscaba encarar algo que mitigara la tormenta que se le avecinaba, algo que pudiera manejar él mismo.

—¡Oye, John! Tu comida se está enfriando —dijo Amy mientras salía.

John no respondió. Apretó la mandíbula y siguió cargando.

—¿Quieres que la ponga en la nevera?

—Sí.

Amy volvió a entrar. John cepilló la tierra de los ladrillos, aunque no estaba seguro de por qué lo hacía. ¿Dónde los apilaría a continuación? ¿Junto a la cochera?

La puerta volvió a abrirse y Amy apareció con los brazos cruzados.

—¿Por qué estás haciendo eso ahora?

—¿Te molesta? —dijo John con cierto dejo.

—Sí. ¿Cuál es la urgencia? Esos ladrillos han estado tirados ahí desde hace meses.

Pensó en corregirla. Habían estado allí desde hace más de un año.

—Y desde hace meses que hace falta despejarlos.

—Y tienes que hacerlo justo ahora.

John levantó la vista.

—¿Necesitas que haga otra cosa?

—Sí. Efectivamente. —Todavía de brazos cruzados. Parecía que lo estaban acusando de un pecado capital—. Tengo que corregir trabajos escolares y poner a lavar la ropa, y Will necesita ayuda con su tarea. —Hizo una pausa y caminó hacia él, como un asalto frontal que avanzaba hacia su zona desmilitarizada, y luego se detuvo a un metro de él, mirándolo como un comandante en jefe a un soldado desertor—. Entonces, ¿esto puede esperar, o todavía necesitas más tiempo para hacer pucheros?

John sintió que los engranajes internos se ponían en marcha, un agitar de fluidos que normalmente mantenía a raya. Hoy no. Se levantó y la miró directamente.

—¿Perdón?

Amy levantó las manos y sonrió:

—¿Sabes qué? Ya entiendo. Eres un entrenador de básquetbol sin equipo. Y ahora tienes que ser entrenador de campo traviesa. Pero no es el fin del mundo, John.

Se paró firmemente mientras le resbalaban las gotas de sudor y las palabras:

—Ah, ¿así es de simple? Me alegro de que sea tan claro para ti. Pero olvidas el recorte salarial del 10 por ciento, nada de beca para nuestro hijo, ninguna posibilidad de ganar con una sola corredora que además tiene asma. Todo lo que me queda es un trabajo sin sentido. Me alegra que lo entiendas tan bien.

—¡Basta! —En la voz de ella, había emoción—. Nadie pidió esto. Pero esto es lo que tenemos. Así que deja de hacerte la víctima.

John frunció el ceño, con la tormenta que bullía en su interior.

—¿Estás tratando de ayudarme? ¡Porque no lo estás logrando!

No bien lo dijo, supo. Era el momento que todo hombre casado experimentaba, la necesidad de justificarse por atacar verbalmente. Como un extintor de incendios que crea presión hasta que alguien que lo ama gira la válvula, y el agua explota por todos lados.

Los ojos de Amy se inundaron de lágrimas. ¿Por qué no lo dejaba tranquilo? ¿Por qué no se guardaba sus palabras, se guardaba la crítica y el desafío para otro momento? ¿Por qué sencillamente no lo dejaba manejar su enojo y su desilusión como él quería?

Amy se dio la vuelta y caminó enojada hacia la casa, cerrando la puerta de un golpe.

Años atrás, después del nacimiento de Will, habían ido

a sesiones de consejería. Amy había recurrido al pastor para que la ayudara con algunas de sus luchas, noches sin dormir, ansiedad. John la había acompañado para intentar ayudarla a «componerla», pero en el proceso había visto algunas cosas suyas también, en relación con la forma en que se comunicaban. Amy estaba más familiarizada con sus sentimientos, lo que significaba que se daba cuenta cuando estaba enojada e intentaba descubrir la causa. John, por otro lado, no admitía que estaba enojado hasta que la represa se rompía. Y aun así, era posible que gritara que no estaba enojado.

Levantó un ladrillo y sintió el peso en la mano. Algo estaba pasando detrás del conflicto con Amy, la situación en la ciudad, la escuela, el equipo de básquetbol, la iglesia; toda esa lucha lo arrastraba en una dirección no deseada. Habían trabajado arduamente para construir algo, y ahora todo parecía una pila de ladrillos.

En un arranque de furia, levantó un ladrillo por encima de su cabeza y lo lanzó contra el piso de cemento, partiéndolo en pedazos. Se sintió bien. Los ladrillos no lloran. Pero al mirar los trozos rotos, los restos de lo que antes era un todo, pensó en su vida, su esposa y su familia. ¿Estarían siendo reducidos a pedazos porque él era incapaz de abandonar sus temores y su autocompasión?

Siempre les había dicho a sus jugadores que las circunstancias no eran lo más importante, sino cómo uno respondía a ellas. Si un compañero de equipo estaba fallando en los tiros al aro, o se había lesionado, los demás podían elegir criticarlo o alentarlo.

Se puede arrojar ladrillos o construir algo con ellos.

Una antigua voz volvió con acusaciones y condena. *¿Quién se cree que es? ¿Qué sabe ella de la presión que se siente por tener que mantener y cuidar a una familia?*

Todo eso le pesaba. ¿Y Amy le estaba diciendo que lo superara? ¿Que dejara de hacerse la víctima? ¿Acaso no era ella, junto con su consejero, quienes le habían dicho que necesitaba *sentir* las cosas? ¡Eso era justamente lo que estaba haciendo! ¿Y qué había conseguido? Críticas.

«Nadie pidió esto. Pero esto es lo que tenemos».

Las palabras de Amy le resonaban. Por supuesto, tenía razón. Siempre tenía razón cuando se trataba del panorama general de su vida. Hay que prestar atención a lo que se tiene en lugar de mirar lo que no se tiene. Hay que comenzar por donde uno está, no por donde uno quiere estar.

Pero si Dios estaba en control de todo...

Se sentó en la hielera, en la tapa donde dice: «No sentarse», y apoyó los codos en las rodillas. Creía en Dios y que Él estaba en control de todo. Si eso era cierto, en el mejor de los casos Dios había permitido todo esto. Había permitido que el equipo se esparciera como hojas secas en el viento. Había permitido que se nublara la visión de John para el futuro de su hijo. Había permitido que John terminara siendo entrenador de un equipo de campo traviesa con una sola corredora asmática.

Luego pensó en Hannah. La había visto más temprano ese día luchando por respirar. ¿Acaso Dios había permitido eso en la vida de ella por alguna razón, o era todo producto del azar? ¿Era solo una mala jugada de la genética o había algo más en la historia?

«Todo lo que me queda es un trabajo que no tiene sentido».

Por el rabillo del ojo, vio movimiento y volteó cuando Amy se detuvo junto a la cerca de la entrada del auto. Ambos estaban a la sombra del aro y el tablero. No bien la vio, supo qué ocurriría. Amy atacaría. Le haría una lista de las formas en que la había herido con sus palabras. De modo que armó una pared para defenderse. Debía protegerse de cualquier dolor que ella estaba a punto de causarle.

Amy tomó un taburete de metal y lo ubicó cerca de donde John estaba sentado. No sonreía y no intentó mejorar las cosas. John estaba seguro de que ya aparecerían las garras y los colmillos. Amy acercó el taburete aún más, arrastrándolo por el cemento, haciendo que John se encogiera por el sonido chirriante. Amy estaba demasiado cerca de él, invadiendo su espacio.

Luego se acercó tanto que sus rodillas tocaban las de él. John se inclinó hacia atrás, intentando retener una pizca de dignidad. Estaba a punto de recibir una reprimenda y probablemente lo merecía.

Amy agachó la cabeza y reunió valor como si necesitara fuerzas para el salto que estaba a punto de dar.

—Tengo un problema que a veces aflora. Veo cosas en mi esposo que en realidad no me gustan y entonces intento arreglarlas. Pero no soy muy buena en eso —dijo riendo entre dientes a pesar de la emoción—. Y a lo mejor no tengo que serlo. Porque él se enoja mucho conmigo.

John la miró fijamente. Amy debería estar gritándole. Debería estar arrojando sus propios ladrillos, una bola rápida lanzada en represalia. En lugar de eso, parecía un lanzamiento amoroso que formaba una curva directa a su corazón.

—Pero el asunto es que realmente, realmente lo amo. Es un muy buen esposo. Y un padre estupendo. Y quiere mantenernos y protegernos, y estoy muy agradecida por eso. Y sé que no se lo digo lo suficiente.

Las palabras de Amy, su semblante, su emoción, lo tocaron en algún lugar inalcanzable, y la pared que había construido, el hielo que se había instalado en su corazón, comenzó a derretirse.

Amy se estiró y le acarició la cara.

—Por eso, cuando él está desanimado y dolido, quiero ayudarlo. Y no siempre sé cómo hacerlo. De manera que, tal vez, si simplemente se lo digo y le recuerdo que lo amo y que estoy orando por él y que estoy aquí para apoyarlo, que estoy justo aquí para apoyarlo...

John sabía que tenía una elección. Podía contenerse, limpiarse la cara, poner una sonrisa... o podía rendirse a las emociones. Rendirse al amor que le ofrecía su esposa. Rendirse a la curva que ella le había lanzado...

—¿Puedo hacer eso? —preguntó ella.

¿Qué podía responderle cuando le había abierto el corazón? Su alma se había ablandado mientras la escuchaba, así es que respiró hondo, se acomodó el nudo en la garganta y dijo:

—Te amo.

El rostro de Amy se iluminó y dejó correr una lágrima por su mejilla.

—Yo también te amo.

John le puso la mano en la cabeza y la acercó a él, hasta tocarse la frente, y lloraron juntos. Ella le repitió que lo amaba.

—Lo siento por haber sido un tarado —dijo John—. Por favor, perdóname.

Se quedaron unos minutos sentados, y John pudo sentir la inexorable atracción que sentía su corazón por el de ella. Cuando se tranquilizó, observó el ladrillo roto sobre el cemento. Partes de su vida también parecían estar en pedazos y casi hechas polvo. Pero se había casado con alguien muy superior a él. Dio gracias a Dios por una buena esposa que podía alentarlo e inspirarlo, a pesar de que la había herido con sus palabras y sus acciones.

—¿Qué harás ahora? —dijo Amy.

—Voy a decirles a mis hijos qué clase de mujer buscar si alguna vez se casan.

CAPÍTULO 16

✦ ✦ ✦

Hannah colocó su bandeja en una mesa vacía del comedor, justo cuando Robert Odelle habló detrás de ella. Lo hubiera esquivado si lo hubiera visto a tiempo. Pero él tenía una forma de acercarse a ella sigilosamente y golpearla con sus palabras. ¿Es que algunas personas nacían acosadoras? ¿U otros niños lo habían tratado mal en la escuela primaria? ¿Acaso sencillamente hacía a otros lo que le habían hecho a él?

«¿Sentada con tus amigos imaginarios, Hannah?».

Hannah puso los ojos en blanco y respiró hondo, intentando ignorarlo. ¿Por qué alguna profesora no veía lo que él le hacía? La escuela hablaba de hacer que todos se sintieran bienvenidos. Ella había creído en eso, pero cuando Robert le lanzaba sus bombas verbales, toda esa charla le parecía palabras huecas y vacías.

Robert desapareció, y Hannah se quedó mirando las sillas vacías a su alrededor. Algunas chicas atraían amigos fácilmente, y entre más tenían, más aparecían. Era como la gente rica que gana dinero porque ya tiene dinero. Para ella, hacer amigos era lo más difícil del mundo. La señora Harrison había hablado de magnetismo y polarización en la clase de Ciencias. Hannah era un imán con la polarización invertida. Repelía a otros en lugar de atraerlos.

—Hola, Hannah. ¿Puedo sentarme contigo?

Hannah levantó la vista y se encontró con la señora Brooks, la directora. Su sonrisa hizo sentir bien a Hannah, pero al mismo tiempo la puso nerviosa. ¿Había hecho algo malo? ¿Sabía la señora Brooks de su «problema»?

—Claro —dijo Hannah, picoteando zanahorias de su bandeja. De repente, ya no sintió hambre.

—Me enteré de que vas a correr tu primera carrera de campo traviesa mañana. ¿Estás entusiasmada?

Nerviosa era una palabra más adecuada. Se sentía tensa. Y le dolía el estómago cada vez que pensaba en Gina Mimms. Podía ver a la chica corriendo adelante, cruzando la meta, bostezando y pintándose las uñas cuando Hannah cruzaba la línea. El temor de Hannah era ser la última en llegar... o, peor, ni siquiera llegar. Tenía una pesadilla recurrente en la que cruzaba la meta en la oscuridad, cuando ya no quedaba nadie, nada de aplausos, solo grillos.

—Un poco —respondió Hannah—. En realidad, no tenemos un equipo.

La señora Brooks hizo un puchero.

—Niña, eso me hace admirarte más. Aun así representas a la escuela. ¿Te gusta correr?

¿Admirar? ¿La señora Brooks la admiraba? ¿Por qué? Era evidente que no la conocía.

Hannah se encogió de hombros.

—En realidad, es lo único para lo que soy buena.

La señora Brooks la estudió.

—Vamos, eso no es cierto. La señora Harrison dice que eres un genio para las ciencias. Tus notas en las otras asignaturas son buenas.

—Eso no cuenta —afirmó Hannah.

—¿Por qué no?

—No lo sé. Porque se supone que todo el mundo tiene que hacer esfuerzos en la clase. Es algo que simplemente se hace.

Una leve sonrisa. La señora Brooks dio un mordisco y masticó. Algo al verla comer, algo tan simple, le dio a Hannah el permiso para hacer lo mismo. La mujer se limpió la boca con una servilleta.

—Estás poniendo lo mejor de ti en todas tus clases, incluso las que no crees que son tus mejores asignaturas. Eso es lo que me dicen tus otros profesores.

—¿Les ha estado preguntado?

—Hablo con los profesores de muchas cosas. Y los nuevos

alumnos están a la cabeza de la lista. Quiero asegurarme de que te sientas bienvenida.

Otra vez esas palabras. Pero esta vez, de alguna manera, supo que la mujer era sincera en lo que decía. Hannah pensó que ese era el momento perfecto para sacar el tema de Robert y cómo ese acosador flacucho estaba haciendo todo lo posible por hacerle la vida difícil. Pero se contuvo. No quería que la señora Brooks pensara que se quejaba de todo. Además, ella podía manejar el asunto de Robert. No necesitaba la ayuda de la directora. Todo se arreglaría. Había que darle tiempo nomás.

—¿Recuerdas ese pasaje que mencioné en el discurso al comienzo de año escolar? Estuviste en la asamblea, ¿verdad? —dijo la señora Brooks.

—Sí, señora.

—Cualquier cosa que hagas, hazlo con todo tu corazón, como si estuvieras trabajando para el Señor y no para otras personas. Eso es lo que dice básicamente. Y significa que cada vez que corras una carrera de campo traviesa o escribas un ensayo o comas tu almuerzo, lo puedes hacer con todo lo que tienes en tu interior.

Hannah no estaba segura de lo que se esperaba que hiciera con esas palabras, de modo que tomó otro bocado y asintió. Nadie espera que hables cuando tienes la boca llena.

—¿Qué piensas de la clase bíblica que tienes? ¿Te ayuda en algo?

—Es interesante.

La señora Brooks sonrió:

—¿Qué significa eso?

—No lo sé. Nunca he leído mucho la Biblia fuera de la iglesia.

La señora Brooks asintió como guardando algo en la mente.

—Entonces, cuando dices que no eres buena en ninguna otra cosa, dime lo que quieres decir con eso.

Tantas preguntas. Pero la mujer parecía realmente interesada.

—No sé. Supongo que significa que no soy buena en nada que valga la pena.

—¿Quieres saber algo que vale la pena? —dijo la señora Brooks—. Tú. Y no puedo esperar para verte en el nuevo uniforme mañana, corriendo con todas tus fuerzas.

—¿Estará usted allí?

—No me lo perdería.

Al día siguiente, Hannah se había levantado antes que el sol y estaba vestida con su nuevo uniforme. Se detuvo frente al espejo y se dio la vuelta, estudiando el celeste brillante y el blanco. Se puso las manos en la cabeza como si estuviera rompiendo la cinta de la meta. ¿Lograría terminar? Cuando entró en la cocina, su abuela se quedó boquiabierta.

—Mírate, Hannah, ¡qué bonito color! Serás la mejor vestida del juego.

—Es una carrera, no un juego. Y no dan medallas por el mejor uniforme, abuela.

La abuela soltó una risita y el brillo en sus ojos hacía pensar que veía algo más que a Hannah allí parada.

—Bueno, yo no sé mucho sobre carreras y demás, pero deberían dar una medalla al mejor vestido. Tal vez lo haría más emocionante. Y sin duda ganarías el primer lugar. Te ves tan linda como un sol.

Cuando los Harrison se detuvieron afuera, Hannah salió y bajó los escalones. Su abuela les agradeció por llevarla y se marcharon.

Hannah revisó casi cien veces su inhalador y seguía allí, en el lugar donde lo había puesto.

El entrador Harrison miró por el espejo retrovisor.

—Lindo día para una carrera larga, ¿no crees, Hannah?

—Sí, señor.

La señora Harrison se volteó.

—¿Te sientes bien?

Hannah asintió. Su asma no era un problema ahora, pero la señora Harrison parecía estar preguntando algo más.

—Creo que vas a ganar —dijo Will—. El primer puesto.

—Me conformo con no ser la última —afirmó Hannah.

Will sonrió y se puso los audífonos, moviendo la cabeza al ritmo de la música.

Hannah observó el tráfico, los vehículos a toda velocidad que luego la reducían cerca de los semáforos, y recordó sus viajes en autobús cuando corría para su antigua preparatoria. El recuerdo le provocó un gesto de dolor.

Era estudiante de primer año y sentía que no encajaba. El entrenador y las otras niñas no eran malos. Sencillamente no la notaban. Hannah generalmente era la última en terminar la práctica, y cuando el entrenador daba consejos e indicaciones para mejorar el desempeño, nunca le decía nada a ella. Se sentía invisible.

La mejor corredora en su antigua preparatoria era una chica del último año, Jessica Simons. Todo lo que decía el entrador Harrison sobre Gina Mimms era insignificante en comparación con la atención que recibía Jessica en la preparatoria pública. Estaba en forma, era bonita, popular, siempre sonriente, siempre bien vestida y estaba preparándose para alguna universidad en el oeste del país que le había otorgado una beca. El equipo padecía de lo que Hannah llamaba *envidia de Jessica*, una enfermedad con síntomas que incluían vestirse igual que Jessica, peinarse como ella y andar siempre cerca de ella. Hannah también la padecía, pero se veía obligada a observar a la distancia.

En la última carrera de la temporada, Hannah había decidido hacerse notar. Cuando sonó el disparo de inicio, se lanzó hacia delante y corrió zancada a zancada con las que lideraban. Se sentía bien que hubiera corredoras detrás de ella para variar. A los cuatro minutos de la carrera, en verdad pensó que tenía la oportunidad de terminar entre las primeras diez.

Su idea de seguir adelante se acabó cuando llegó la primera subida. Las corredoras la pasaban como si estuviera parada, y sentía un dolor en los pulmones y en las piernas. Logró superar la pendiente y cuando entraba a una banda estrecha del camino del otro lado, resbaló sobre tierra suelta y tuvo que estirarse para no perder el equilibrio. En ese preciso momento, Jessica Simons pasaba por la izquierda de Hannah. Hannah cayó de golpe; su pierna se enredó con la de Jessica. Ambas niñas rodaron.

Hannah rodó hacia el lado derecho de la ruta, reunió fuerzas y se puso de rodillas. Las otras corredoras pasaban entre Jessica y ella. Luego, una corredora del mismo equipo se detuvo. Jessica no se ponía de pie. Su pierna derecha estaba doblada en un extraño ángulo. Claramente, estaba muy adolorida.

Hannah esquivó la siguiente oleada de corredoras y se apresuró a ayudar.

«¡Aléjate de mí!», gritó Jessica.

Hannah retrocedió, sorprendida. Volvió hasta la parte alta de la cresta para alertar a las siguientes corredoras que había una compañera caída. Sintió que era algo amable que podía hacer. Cuando terminaron de pasar las rezagadas y Jessica seguía desplomada en el suelo, Hannah corrió a buscar a su entrenador.

El resultado de la caída de Jessica fue un ligamento roto. Se programó la cirugía para la semana siguiente. Los médicos dijeron que recuperaría todo el movimiento, pero la rehabilitación se prolongaría durante meses. Cada vez que Hannah veía a Jessica con sus muletas en el corredor, se escondía.

Hannah se preguntaba si su antigua preparatoria participaría en la carrera hoy. Y se preguntaba si Jessica se había recuperado o había perdido todos sus sueños. Si era así, era culpa de Hannah.

Entraron en el estacionamiento, y el entrenador
Harrison y Will instalaron el toldo mientras Hannah hacía
estiramiento. Unas niñas con mochilas conversaban y reían
nerviosamente. Otros equipos hacían precalentamiento
juntos, zancadas aeróbicas, elongación, e incluso algunos
oraban abrazados. Hannah observó al entrenador Harrison
conversando con otro entrenador, pero no escuchó la conversación.

Cuando faltaba poco para la carrera, el entrenador
Harrison se le acercó.

—Bien, Hannah. ¿Cuál fue el mejor consejo que te dio
tu entrenador el año pasado?

Hannah pensó un momento. Su entrenador no le había
dado consejos individuales, por supuesto, pero eligió algo
que le había escuchado decir a las otras corredoras.

—¿Que modere el ritmo y reserve algo de energía para
el final?

El entrenador Harrison pareció aliviado.

—Eso es exactamente así. Tendremos eso en mente
cuando corras hoy. Te irá muy bien. —Le dio una palmadita en el hombro—. ¿Por qué no te acercas a la línea de
partida?

Hannah se alejó y oyó a la señora Harrison decir:

—¿Eso es todo?

Llegó a la línea de partida sabiendo que el entrenador
Harrison no tenía más confianza en ella de la que ella
misma tenía. Una vez allí, comenzó a saltar y a hacer
estiramiento. Los padres y hermanos que estaban en la

banda lateral aplaudían y alentaban. Hannah examinó la muchedumbre, buscando algún indicio de su abuela, pero ya sabía que no iba a estar. Su abuela tenía que trabajar, y con el horario que tenía, era probable que no viera correr a Hannah en todo el año.

Luego Hannah divisó a la señora Brooks en la multitud de espectadores. Vestía la camiseta de Brookshire y la saludó con un pulgar arriba. A Hannah le calmó el alma saber que la mujer había mantenido la promesa de estar ahí.

Antes de empezar, Hannah vio a Gina Mimms a su derecha. La muchacha parecía fuerte, intensa, determinada. Se veía enfocada, como un campeón de boxeo preparado para golpear a un oponente más débil.

Cuando sonó la pistola, Gina salió disparada de la línea de partida. Comenzó a correr a toda velocidad y Hannah la perdió de vista entre la oleada de corredoras que las separaban.

Modera tu ritmo, se dijo a sí misma. Pero era difícil retenerse y no seguir al grupo que corría a toda máquina, especialmente con el nivel de alentadores en los laterales. Echó una mirada al entrenador Harrison, que sostenía su cronómetro.

«*No se trata de cómo comienzas, sino de cómo terminas*».

Lo había oído del entrenador en su antigua preparatoria. Intentó olvidarlo y correr.

El recorrido era un camino sinuoso y ondulado a través de pinos. El aire se sentía pesado por el olor de las agujas recién caídas. Hannah pasó por una sección del recorrido donde se jugaba golf de disco. Nunca había jugado. Parecía algo que solo hacían los niños ricos.

Aunque mantenía lo que consideraba un buen ritmo, las corredoras la pasaban con facilidad. Le costaba no aumentar la velocidad e intentar alcanzarlas, pero cada vez que lo hacía, se cansaba enseguida. Los equipos corrían juntos en línea y oía a las corredoras alentarse unas a otras. A mitad del camino, le ardían las piernas y le costaba respirar. Se preguntaba cómo sería correr sin asma, y ese simple pensamiento la metió en un espiral en descenso. Desear algo que no podía tener siempre le producía esa sensación.

La gente alentaba con voz fuerte desde la línea del final. Lamentablemente, Hannah oía el sonido a través de los árboles porque todavía le quedaban 750 metros.

Banderines coloridos indicaban el camino e intentó repuntar para el tramo final. Para entonces, tenía el tanque vacío, y varias niñas la pasaron en los últimos noventa metros.

La señora Harrison fue la primera en recibirla, felicitándola por una gran carrera. Will la saludó con un choque de manos.

—Estuviste impresionante.

—Te equivocaste —le respondió Hannah, luchando para respirar—. No llegué en primer lugar.

—Sí, pero no llegaste en último.

—Es un gran comienzo para el año, Hannah —dijo el entrenador Harrison—. Deberías sentirte orgullosa de tu carrera.

—¿Qué puesto obtuve?

—No me enfocaría en eso, sino en tu tiempo. Según mis notas, creo que fue un récord personal para ti.

—¿Qué puesto obtuve? —repitió Hannah.

—Creo que el treinta y cuatro —dijo, bajando la voz—. Te repito, no está nada mal para ser tu primera carrera del año.

La forma en que lo dijo, el tono de voz y la manera en que miró su papel la hicieron sentirse avergonzada. Sus palabras decían: «Un gran trabajo». Pero su expresión decía otra cosa.

Hannah vio que los equipos se reunían y le pareció curioso que un deporte solitario se practicara en una multitud.

Mientras cargaban el auto y partían, Hannah divisó a Gina Mimms con una medalla en el cuello, abrazando a sus compañeras de equipo y sonriendo para las cámaras.

¿Alguna vez podría sentirse bien por su desempeño si no llegaba entre las primeras? El entrenador quería que compitiera contra el reloj, pero los relojes no ganan medallas. Solo lo hacen las corredoras veloces.

CAPÍTULO 17

✦ ✦ ✦

John Harrison había luchado por encontrar qué decirle a
Hannah antes de su primera carrera. Amy lo había animado
a que tuviera una charla incentivadora, algo como lo que le
salía naturalmente antes de cada partido de básquetbol que
dirigía. Las palabras le salían con facilidad en esas situaciones,
pero, con Hannah, su pozo de estímulo estaba seco. Cuando
Hannah cruzó la línea final, Amy le había preguntado cuál
era su plan para el futuro de la niña, y esa pregunta ahora lo
perseguía.

Los domingos eran un día de descanso para la familia
Harrison. Iban a la iglesia por la mañana y por la tarde
descansaban, a veces viendo deportes en la televisión y otras
jugando juegos. Will había ido a la casa de un amigo y Ethan

dijo que él y unos amigos jugarían un partido amistoso en el gimnasio de Brookshire. A John se le ocurrió una idea.

—¿Adónde vas? —preguntó Amy.

—Voy a buscar un plan para el futuro de mi equipo, como tú me sugeriste.

La abrazó y condujo hasta el hospital, donde tomó el ascensor hasta el cuarto piso. Encontró a Thomas Hill en la cama, con la mirada en la distancia, perdida en algo que nunca vería, sujetando el control remoto del equipo de música. John tocó a la puerta abierta.

—¿Thomas?

—Sí.

—Hola, soy John Harrison.

Un aire de reconocimiento llenó el rostro del hombre.

—Ah. Es el quizás sí, quizás no entrenador de básquetbol —dijo sonriendo. Incluso siendo ciego, había mucha luz en los ojos del hombre.

—Sí. Ahora parece que es más posible que no —dijo John—. ¿Tienes tiempo para una visita?

—Permítame revisar mi nutrida agenda —dijo Thomas—. Sí, creo que puedo hacerte un lugarcito.

John se sentó y le explicó su frustración como entrenador.

—Presencié desde los laterales cómo llegaba cada corredora. Y pensé, necesito hacer algo diferente. Necesito un plan para mi equipo, y no lo tengo. Me preguntaba si puedes entrenarme para ser un mejor entrenador.

Thomas se quedó pensando un momento y John vio

una sonrisa en su cara. Parecía estar reviviendo sus días de corredor.

—El primer paso para llegar a ser un buen entrenador es comprender lo que no se sabe. En realidad, se trata de humildad. De modo que te elogio por atreverte a preguntar.

—Bueno, me llevó un tiempo llegar hasta aquí, pero estoy listo para aprender —dijo John apretando el botón de su bolígrafo, a cuyo sonido Thomas giró la cabeza.

—El mejor entrenador que tuve no sabía mucho del deporte. En realidad, era un poco panzón. Solo tenía una cosa que dar.

—¿Y qué era?

—Creía en mí. Creía que yo podía correr. Ves, puedo darte ideas para tu equipo, formas de entrenar, técnicas para aumentar la velocidad de tus corredores y ayudarlos a progresar. Pero primero tienes que creer. Tienes que ver lo que es posible y luego comunicarles tu visión. ¿Comprendes?

—Admito que mi visión de lo que podemos lograr es bastante estrecha.

—Tener un entrenador que cree es lo más valioso. Piénsalo en términos de básquetbol. Hacia el final del partido, busca hacer un tiro de tres puntos al aro. ¿Quieres un entrenador que diga: "No, pásala"? ¿O prefieres un entrenador que diga: "Sé que puedes hacerlo"? Un corredor que llega al límite, y en toda carrera se llega a un límite y se piensa que no se puede dar un paso más, siempre se aferra a las esperanzas de alguien más. En lo que otro cree. Eso puede impulsarte de maneras que jamás te imaginarías. Esa es la clase de esperanza que debes tener y comunicar a tu equipo.

—Me alegro de que hayas tenido ese tipo de entrenador, Thomas.

—¿Sabes una cosa? Yo creo en ti, John Harrison. El solo hecho de plantear estas preguntas indica que puedes ser ese tipo de entrenador.

Thomas le indicó a John cómo encarar la semana siguiente la práctica, los ejercicios y el entrenamiento progresivo que fomenta la resistencia. John tomaba notas aceleradamente, intentando no perderse nada. Y cuando Thomas comenzó a hablar del umbral de velocidad, John lo detuvo y le pidió una explicación.

—El umbral de velocidad es lo más rápido que se puede correr a un ritmo constante. Todo lo demás se vuelve anaeróbico, lo cual se reserva para el envión del final.

John estaba agachado tomando notas y apenas se dio cuenta de la llegada de la enfermera que venía a revisar los signos vitales de Thomas. Cuando terminó, la enfermera dijo:

—Bien, señor Hill, tengo lo que necesito. ¿Hay algo que usted necesite?

—Estoy bien ahora, Rose. Gracias.

—Muy bien. Vuelvo a verlo más tarde.

Se evidenciaba una buena comunicación entre ambos y John aprovechó la pausa en la conversación para completar un par de notas. Cuando Rose se fue, Thomas se dio la vuelta y continuó donde había terminado.

—El entrenamiento intermitente también es bueno. Correr un minuto rápido. Luego un minuto lento. Después pasa a dos minutos rápido, uno lento. Tres minutos rápido... y sigues así.

—Oh, esto es bueno —comentó John, absorbiendo la información.

Cuando Thomas hablaba, agitaba el control del reproductor de CD como un director de orquesta moviendo la batuta.

—No debes olvidar que la comida sana y el sueño suficiente son fundamentales para el equipo.

John se sintió mal por no haberle dicho a Thomas toda la verdad sobre su equipo. Este parecía un buen momento.

—Bueno, por ahora tengo una sola corredora y padece de asma, así que tengo que ver...

Thomas lo interrumpió con una carcajada.

—Un momento, un momento. Perdiste tu equipo de básquetbol. Cambiaste de deporte. Y aun así no tienes equipo. Bueno, eso es triste, incluso para mí. —Cacareó como para sí mismo.

John lo acompañó en la risa.

—Ahora ves por qué estoy tan frustrado.

—Sí, efectivamente.

A John le afloró la emoción apasionada.

—Este año, tenía los jugadores, tenía el programa. Quiero decir, este iba a ser nuestro año. —Se detuvo, controlando la tensión que sintió crecer en su interior. No estaba aquí para hablar de sus sueños destrozados. Sencillamente, se habían desmoronado—. Disculpa. No quería molestarte con mis problemas.

Thomas se calló y se puso más serio.

—Bueno, seguro que también has pensado en mudarte de ciudad.

—No sabría adónde ir.

Ese hombre destruido y aislado había logrado entrar en el dolor de John. No era justo cargarlo con eso, pero de alguna manera, Thomas parecía estar dispuesto. Y con cada parpadeo del monitor de su corazón, parecía que esa amistad se hacía más estrecha. Lenta pero deliberadamente, el hombre giró la cabeza.

—John, si te preguntara quién eres, ¿qué sería lo primero que se te ocurriría?

John pensó por un momento.

—Soy entrenador de básquetbol.

—¿Y si eso te fuera arrebatado?

—Bueno, también soy profesor de Historia.

—Bien —dijo Thomas—. Si te arrebatamos eso, ¿quién eres?

Había algo en Thomas y su manera de hablar que hizo que John bajara sus defensas.

—A ver, soy esposo, soy padre.

—Y, Dios no permita que eso cambie, pero si ocurre, ¿quién eres?

Esa pregunta lo perturbó. Como con algunas de sus discusiones con Amy, Thomas había tocado una fibra sensible. El punto débil de su corazón. Había venido a pedir consejos como entrenador. De repente, el enfoque había pasado a su vida personal.

—No entiendo este juego.

—Viejo, no es un juego —dijo Thomas—. ¿Quién eres?

John descruzó las piernas y se inclinó hacia adelante.

—Soy un hombre estadounidense blanco.

Thomas echó la cabeza hacia atrás y se rio.

—Sí, eso está claro.

John miró sus notas. Quería que Thomas volviera al tema del campo traviesa.

—¿Hay algo más? —preguntó Thomas, sin disminuir la presión.

John sondeó su biografía mental.

—Bueno, soy cristiano.

Thomas se quedó en silencio un momento y luego dijo:

—¿Y qué significa eso?

—Significa que soy seguidor de Cristo —dijo John directamente.

—¿Y qué tan importante es eso?

Hubo un destello en la memoria de John. Estaba sentado en el suelo de su dormitorio en la universidad. Desolado. Una herida lo había llevado al fin de sí. Pero un amigo lo había acompañado para ayudar a orientarlo en la dirección de quién realmente era él.

—Es muy importante —respondió John.

—Es curioso que esté tan abajo en tu lista, entonces.

John se inclinó hacia atrás, sintiéndose como si acabaran de marcarle falta al hacer un tiro bajo el aro.

—Un momento. Fácilmente podría haber dicho que soy cristiano primero.

—Sí, pero no lo dijiste.

John sabía que Thomas no podía ver, pero sentía que su mirada lo atravesaba por completo.

—Mira, John, tu identidad siempre estará atada a cualquier cosa a la cual le entregues todo tu corazón. No suena como si el Señor estuviera en primer lugar.

—¿Me estás diciendo que soy un mal cristiano?

—Permíteme ser un poco directo —pidió Thomas.

¿Un poco? pensó John.

—La última vez que estuviste aquí, dijiste que orarías por mí.

Las palabras calaron hondo y John supo lo que se venía. Quería detener a Thomas, protestar, explicarle que no era un ministro profesional, que estaba ocupado con el trabajo y su familia, y ahora se había tomado el tiempo, generosamente, y que ahí estaba él usando todo eso...

Decidió no ir por ahí. En lugar de eso, prestó atención y escuchó palabras que penetraban como una navaja afilada.

—¿Lo hiciste? —preguntó amablemente Thomas.

Preguntas sencillas con frecuencia llevan a callejones ocultos. El mundo gira y los corazones encuentran su rumbo cuando a las preguntas simples se les da el espacio para respuestas honestas. John intentó evitarla, pero sabía que Thomas lo desafiaría. Fue la palabra más dolorosa que John había pronunciado jamás:

—No.

—No —repitió Thomas, de alguna manera absorbiendo el dolor y mostrando que sus palabras nunca habían tenido una intención acusadora. Lo siguiente lo dijo lentamente y con compasión:

—Para alguien que conoce al Señor, estás actuando como alguien que no lo conoce. Lo que me hace dudar. ¿Qué cosa has permitido que te defina como persona? Cuando perdiste a tu equipo, no te desalentó simplemente: te devastó. *Algo* o *alguien* siempre va a ocupar el primer lugar en tu corazón.

John se quedó mirando a Thomas. En el aire, había un sentido de libertad. Comprendió que sin importar cómo respondiera, Thomas lo aceptaría. Con sus siguientes palabras, el rostro de Thomas cambió, como si estuviera percibiendo algo nuevo, algo que John ni siquiera podía captar.

—Pero cuando encuentres tu identidad en Aquel que te creó, cambiará toda tu perspectiva.

Thomas tenía los ojos húmedos, y John vio vida en ese hombre. Estaba enfermo, a lo mejor muriendo, pero también estaba expresando algo que venía de un pozo profundo de su vida, y lo ofrecía como un regalo.

—Me has dado mucho en qué pensar —dijo John, moviendo la silla hacia atrás para ponerse de pie.

Thomas sacó la mano y la tendió en el aire. Cuando John la tomó en la suya, Thomas la apretó con firmeza.

—Espero no haber sido demasiado duro contigo, John Harrison. Y tengo una confesión.

—¿Sí?

—He estado orando por ti desde el día que entraste

trastabillando en mi habitación. Oro por todos los que entran aquí. Y voy a seguir orando por ti. Quería que lo supieras.

John salió de la habitación y tomó las escaleras, bajando lentamente hasta la planta baja y la salida lateral. Una vez en la camioneta, le entró la emoción. Ahora veía la verdad. Thomas y Amy habían visto algo y estaban tratando de correr la cortina, pero solo Dios podía abrir los ojos de los ciegos.

John había tratado de seguir a Dios y vivir bien. Pero, de alguna manera, había reducido la vida a los logros. Y Thomas lo había desafiado a una nueva perspectiva. Le había mostrado la vacuidad de perseguir el éxito.

John puso las manos sobre el volante. Nunca se había sentido tan lejos de Dios y a la vez tan cerca de Él. Las capas de su vida se estaban desprendiendo y le permitían ver en qué ponía realmente su confianza. La única palabra que podía decir era: «Perdóname». En vez de juicio y condenación, sintió un abrazo.

«Perdón, Señor. Tú estás primero. Tú estás primero».

Mientras los vehículos pasaban a su alrededor, John agradeció a Dios por Su bondad y por revelarle lo que era más importante. Ese estacionamiento de hospital se convirtió en la línea de partida de un nuevo comienzo en su vida. Dios había utilizado a un hombre ciego para mostrarle lo que él no podía ver. Ese pensamiento le hizo brotar una sonrisa a través de sus lágrimas.

CAPÍTULO 18

✦ ✦ ✦

Hambrienta y agotada, Barbara atravesó la puerta con un
puñado de facturas. Sentía como si cada vez que pagaba
una cuenta, aparecían dos en su lugar. Era como tratar de
tapar un hueco en una embarcación llena de agua. Dejó a
un lado su bolso y vio el desorden de la cocina. El cesto de
la basura estaba desbordado, de modo que cerró la bolsa y
la llevó al contenedor.

Regresó al fregadero lleno de platos sucios. Había más
sobre la mesa. El lavaplatos había dejado de funcionar hacía
un año y ni siquiera podía pagar la consulta de un técnico
para que diagnosticara el problema. Por lo tanto, había que
lavar los platos a mano. ¿Por qué no podía su nieta hacer su
parte?

«¿Hannah?», llamó con fuerza.

No hubo respuesta. Probablemente, estaba en su cuarto con audífonos y la música a todo volumen. Le había advertido a Hannah sobre el peligro de dañar sus oídos, pero a los que están solos no les interesa el nivel de los decibeles. A veces, Hannah estudiaba con el televisor encendido, porque decía que las voces la hacían sentirse menos sola. Barbara sentía una punzada en el corazón, pero ¿qué podía hacer?

Respiró hondo como para bucear en busca de un tesoro hundido bajo el agua, y limpió la mesa. Detestaba dejar a Hannah sola mientras trabajaba, pero la niña era demasiado grande para tener una niñera. Su vecina, la señora Cole, iba a verla e informaba a Barbara de vez en cuando. Hannah pasaba tiempo en la escuela, corría campo traviesa y estaba en el programa de la YMCA. Todo eso la mantenía ocupada y la alejaba de los problemas.

Pero siempre había más que Barbara podía hacer. Tenía una lista mental de cosas que debería hacer para que Hannah no se convirtiera en...

Otra vez esa vieja herida. No tardaba mucho en volver ahí, divagar hasta su «zona cero» de máximo impacto del dolor. Lo único bueno de los recuerdos como ese era que ayudaban a Barbara a hacer más cosas, más rápido. Mantenerse ocupada alejaba el dolor y lo mantenía en la distancia. Cuanto más trabajaba, más fácil le resultaba dormir. Pero los últimos pensamientos antes de dormirse eran generalmente remordimientos. Cosas que habían quedado sin decir y sin hacer y la culpa que persistía.

La mochila de Hannah estaba sobre la mesa, y sus zapatos estaban al lado de la puerta de entrada, tirados allí donde se los había sacado. Le había pedido a la niña que colgara la mochila del gancho que ella había instalado junto a la puerta, en lugar de arrojarla sobre la mesa o el sofá. La recogió para despejar la mesa y, como tenía la cremallera corrida, se abrió sola. Algo adentro le llamó la atención. Levantó la solapa, y entre los cuadernos, papeles y libros de texto había un reloj de hombre con correa negra.

Se le paró el corazón. La habitación se quedó sin aire. Extrajo el reloj y lo estudió.

—¡No puede ser! —se dijo a sí misma. Volvió a levantar la voz—: ¡Hannah!

No hubo respuesta.

Fue a tropezones hasta la habitación de Hannah y cada paso aumentaba su dolor. El corazón le latía alocadamente. Si Barbara tenía un tanque para la ira, ahora estaba rebosando.

«Mi copa se desborda», pensó.

Se detuvo en la puerta abierta del cuarto y vio a Hannah sobre la cama, con los audífonos puestos, leyendo una revista deportiva. Sus libros de historia y biología estaban abandonados sobre la mesa de noche. Barbara gritó el nombre de Hannah con tanta fuerza que incluso ella se sorprendió.

Hannah levantó la vista con los ojos muy abiertos, asustada. Había estado absorta en lo que estaba leyendo y escuchando.

—¿De dónde salió esto? —dijo Barbara, sosteniendo en alto el reloj.

Hannah se quitó los audífonos.

—No sabía que ya estabas en casa.

Barbara levantó más alto el reloj como evidencia, como un fiscal en un juicio, y sacudió la cabeza. No permitiría que la niña cambiara de tema. Antes de hablar, observó a qué estaban conectados los audífonos de Hannah.

—¿No es ese el iPod que debías devolver...?

Hannah la miró, encerrada en su propia trampa.

—Esto no lo voy a permitir, Hannah —dijo Barbara, sintiendo que se le terminaban la paciencia y la capacidad de amar—. No puedo hacer esto sola. Estoy haciendo todo lo que puedo para mantenerte, y sigues haciendo cosas así. —Los nudillos se le pusieron blancos de tanto apretar el reloj—. ¿Por qué?

Barbara se sintió transportada a otro cuarto, años atrás. Había usado la misma pasión y las mismas palabras con Janet. Y ahí estaba otra vez, repitiendo sus propias palabras, caminando en la misma cuerda floja sobre un precipicio tan profundo del que no alcanzaba a ver el fondo.

Con voz apagada y suave, Hannah dijo:

—No lo sé.

—¿No lo sabes? —preguntó Barbara con los ojos en llamas—. Nenita, déjame decirte algo. ¡Esto está mal! ¡Y lo sabes muy bien!

Hannah la miraba, inmóvil. Presa del miedo y la vergüenza.

—Hija, si sigues haciendo esas tonterías, vas a lograr que te encierren, y no hay nada que yo pueda hacer al respecto.

Ese era el peor temor de Barbara. Que enviaran a Hannah a un centro de detención juvenil. O se le acabaría la suerte más adelante y sería atrapada y juzgada como adulta.

Barbara miró fijamente a Hannah, sosteniéndole la mirada. Luego arrojó el reloj sobre la cama junto a la niña y se fue. Quería gritar, quería esposarla para evitar que hiciera una estupidez más con su vida. La expulsarían de esa nueva escuela. Y entonces, ¿qué haría ella con Hannah?

Bajó lentamente hasta la cocina y se sentó a la mesa poniendo la cabeza entre las manos. Su hambre había dado paso a la frustración y la desesperación. La impotencia que sentía casi la hizo ponerse a orar.

Casi.

CAPÍTULO 19

✦ ✦ ✦

John encontró a Ethan solo en el gimnasio de Brookshire y lo miró desde las sombras. Ethan tenía un tiro tan limpio. Y tenía una manera de percibir tantas cosas sobre la cancha. Anticipaba no solo los movimientos de sus compañeros de equipo, sino también los de sus oponentes. Era el tipo de cosa que no se puede enseñar. Uno solo puede observarlo con admiración. Ahora, mirando a Ethan hacer sus tiros, John recordó las palabras de Thomas y su perspectiva de la vida.

John pasó la mitad de la cancha cuando Ethan hizo un tiro en suspensión de casi cinco metros.

—Todavía puedes ser un suplente en alguna parte, ¿sabes?

Ethan se puso el balón en la cadera. Tenía las mejillas al rojo vivo y la frente traspirada.

—Eso no pagará la universidad.

John asintió.

—Entonces, gánatelo. Muchos jugadores obtienen una beca cuando ya están en un equipo. O logran calificar por sus notas.

Ethan se quedó mirando el balón. Luego, cuando levantó la vista, había algo en sus ojos.

—¿Y si no lo consigo?

John miró hacia otra parte, discerniendo la duda en la voz de su hijo. Quería darle confianza.

—Yo te voy a ayudar en todo lo que pueda. Pero tal vez tengas que conseguir un empleo y abrirte camino trabajando como la mayoría de la gente.

Ethan miró hacia la cancha, y John pensó en todos los partidos que habían compartido en ese gimnasio. Quería decir algo profundo, algo que su hijo recordara por años. En lugar de eso, levantó ambas manos, pidiendo el balón. Ethan le lanzó un pase y la Wilson salió silbando de sus manos.

John atrapó el balón y lo giró, estudiando la confección. Y entonces se le ocurrió. Ecos de lo que Thomas había dicho. Miró a Ethan.

—Si nunca llegas a jugar en la universidad, yo te amo. Y ya estoy orgulloso de ti.

Ethan absorbió las palabras. Miró a John a los ojos y asintió como si las hubiera recibido y archivado para un uso futuro.

John hizo rebotar el balón entre las manos.

—Pero, para que sigas siendo humilde, estoy a punto de hacerte pedazos en un partido de uno a uno. —Le lanzó el balón a su hijo—. Dale.

Una gran sonrisa.

—Vamos, papá. No te hagas esto a ti mismo.

—Pásame el balón. Te voy a hundir.

Ethan le lanzó el balón.

—No me puedes ganar.

John hizo un rápido tiro suspendido de siete metros, justo pasando la línea de triple y la embocó.

—Oh... ¿permites que haga algo así en tu cara?

Ethan tomó el rebote y lo llevó a la pista defensiva.

—No, no, no, esto es el que la mete la lleva. Pásame el balón.

Ethan sacudió la cabeza.

—¿Hablas en serio?

John tomó el balón y esta vez Ethan vino por detrás intentando arrebatarlo, empujándole el hombro mientras procuraba acercarse a la canasta.

—Falta —dijo John, todavía dribleando el balón.

—¡No es falta! —dijo Ethan, moviendo los pies y protegiendo la canasta.

John hizo un tiro suspendido con giro que entró milagrosamente, lo que lo hizo gritar un hurra y levantar ambas manos en señal de victoria.

—Falta mucho para el veinte, viejo —dijo Ethan riendo.

John recuperó el balón y comenzó de nuevo, pero esta

vez Ethan se lo arrebató. El balón rebotó en la rodilla de John y salió fuera del límite.

—El balón es mío, zona de tiro libre —dijo Ethan—. Veamos tu defensa.

Fue un partido que John jamás olvidaría. Se había ido un peso de sus hombros al hablar con Thomas, y estaba pasando ese alivio a Ethan de una manera que no podía explicar pero que sentía intensamente.

En la cena, John y Ethan relataron alegremente el partido. Amy quería saber quién había ganado. Ethan dijo que él, pero John lo contradijo con el número de faltas que Ethan había cometido.

—Papá, tú me enseñaste a ser agresivo en el juego.

—Sí, pero no contra mí —dijo John impávido—. Soy tu padre, y tienes que respetar a los mayores.

Amy se rio.

—Da la impresión de que Ethan te venció.

—Bueno, en algún sentido, siento que gané.

—Oye —dijo Ethan—, tú dijiste que los sentimientos no determinan los hechos.

—Eso dijiste —confirmó Amy.

John se quedó mirando su plato de fideos. Y luego de una larga pausa, dijo:

—Sí. Ethan ganó.

Ethan mostró una sonrisa radiante.

—Gracias —dijo.

Cuando terminaron la cena, John se inclinó hacia atrás

y miró a cada miembro de la familia. Era hora de ponerle palabras a lo que había ocurrido en su interior.

—Necesito decirles algo que me ha estado atormentando. Perder el equipo de básquetbol fue decepcionante, pero no debió haberme derrotado. Creo que es porque tenía otras cosas fuera de lugar.

Ethan y Will lo miraban fijo. Amy esbozó una leve sonrisa, sabiendo más que los muchachos sobre el proceso que John había experimentado. La voz de John le tembló un poco cuando dijo:

—Mi fe en Dios debería ser la parte más importante de quién soy. Pero creo que permití que cosas menos importantes ocuparan un lugar más importante que Él. Así que necesito decir que lo siento, y le he pedido a Dios que me ayude a mantener mis prioridades en orden.

John se había sentido nervioso de tener que abrirse frente a su familia. Pero no recibió otra cosa más que apoyo. Estaban de su lado. Querían lo mejor para él, como él para ellos.

—No debo preocuparme por lo que no puedo controlar. Debo confiar en Dios, no importa lo que ocurra.

Will lo miró y dijo:

—Genial.

—¿Genial? —dijo John sonriendo.

—Genial —confirmó Amy.

Ethan miraba su plato, sonriendo con los demás, pero era evidente que todavía tenía preguntas.

—Está bien, genial —dijo John.

CAPÍTULO 20

✦ ✦ ✦

—*Me hubiera gustado que lo vieras* —dijo John de pie junto a la cama de Thomas—. Will tenía los ojos como platos mientras hablaba de cómo mejorar el deporte de campo traviesa.

Thomas se rio.

—¿Qué se le ocurrió?

—Bueno, dijo que cada jugador debería correr haciendo picar un balón.

—¿A lo largo de cinco kilómetros? ¿Subiendo y bajando lomas?

—Sí, y escucha esto: cuando se llega a la línea final, hay que clavar el balón en un aro de tres metros de altura, a menos que te tacleen.

—¿Te pueden taclear? —dijo Thomas, riéndose más fuerte.

—¡Claro que sí! Y si le robas el balón a alguien, se obtiene doble puntaje.

Thomas sacudió la cabeza.

—Es un chico muy creativo... campo traviesa "de contacto".

—Tendrías que haber visto su expresión cuando sugerí que se debería poder taclear, robar el balón y clavar los dos balones en la canasta, uno tras otro. Quedó fascinado.

Thomas echó hacia atrás la cabeza riendo a carcajadas.

—¿Y qué le dijiste?

John miró por la ventana donde entraba el sol a la habitación.

—Le dije que me gustaba la idea. Pero que este año no podía introducir cambios. La llamó "Balón Tacleado Extremo".

Thomas sonrió.

—Bueno, de tanto en tanto cambian las reglas.

John se sentó junto a la cama de Thomas.

—Hay algunas escuelas intentando que se autoricen los audífonos para los corredores.

—¿En las carreras?

—Sí, pero no va a ocurrir.

John estudió al hombre. Thomas estaba atado al monitor. No se había movido de esa cama desde el día que se conocieron. Y nunca se había quejado de su situación.

John le había hecho preguntas y había recibido respuestas

y consejos de entrenamiento, pero hoy quería agradecerle a Thomas y compartir con él algo más profundo que un relato sobre su familia.

—He comenzado a implementar tus consejos para las carreras. Hannah ahora está practicando con intervalos.

—Bien. Entonces seguramente vas a notar mejoras.

John respiró hondo.

—También quiero agradecerte por lo que me dijiste. Creo que soy más hipócrita de lo que quisiera admitir.

Thomas giró lentamente la cabeza.

—John, eso también es cierto respecto a mí. Hace tres años, Dios tuvo que hacerme perder la vista para que pudiera ver.

—¿Eres cristiano desde hace solo tres años?

—Sí. Tiendo a aprender las cosas por el camino difícil. —Thomas hizo una pausa para pensar mientras hablaba y parecía estar reviviendo el pasado—. Cuando era mucho más joven, *mi identidad* se basaba en el atletismo. Luego, en mi trabajo y mis amigos. Y de ahí pasé a las drogas y las mujeres. Lastimé a mucha gente, John.

John casi podía pesar en una balanza el remordimiento del hombre. Parecía que cada palabra le producía dolor, pero, al mismo tiempo, era algo sanador. Ese es el efecto de la verdad en las personas. A medida que Thomas compartía su pasado, John miraba hacia otra parte como si a Thomas le afectara el contacto visual. Entonces, John decidió observar conscientemente el rostro del otro hombre mientras revelaba su corazón.

—Todo eso me pasó factura —dijo Thomas—. Y ahí fue que me volví a Dios. Enfermo y destruido. Ahora, Él es todo lo que tengo. Es todo para mí.

John recordó algo que había dicho Thomas el primer día que conversaron.

—Dijiste que te habías criado aquí.

—Efectivamente. Abandoné Franklin hace quince años, huyendo de todas mis responsabilidades. Tuve una hija con mi novia. Pero ella y yo nos hicimos adictos a la anfetamina, y eso le costó a ella la vida. Dejé a la criatura con la abuela. Y hui. Simplemente, hui.

John no dejó de percibir la ironía. Thomas había sido un corredor de primera, y cuando no pudo enfrentar el dolor que había provocado, hizo lo que mejor sabía hacer: correr.

—¿Tuviste una niña?

Thomas sonrió, con el rostro iluminado.

—Una niña. Nació el día de San Valentín.

Quince años... algo chispeó en la mente de John, las matemáticas del pasado de Thomas. Se alegró de que Thomas no pudiera ver la expresión en su rostro. A medida que seguía develándose la historia de Thomas, John no podía dejar pasar el sorprendente detalle de la fecha de nacimiento de la hija del hombre.

Cuando terminó, John le agradeció a Thomas por haber compartido su historia, y le dijo que él era una inspiración. Luego, condujo a casa con cierto aturdimiento, y llamó a Amy antes de llegar, preguntándole si podían hablar.

«Hay algo que necesito compartir», le dijo.

John le relató la historia al llegar a casa, y Amy se mostró tan sorprendida como él.

—Un momento, ¿crees que ese hombre que te ha estado ayudando a entrenar...?

John asintió con la cabeza.

—Hannah dijo que su padre había fallecido.

—A lo mejor eso fue lo que le dijeron.

—Entonces, crees que no fue así —dijo Amy.

John sacudió la cabeza.

—Esa pobre niña —dijo Amy—. ¿Qué vas a hacer?

—Buena pregunta.

CAPÍTULO 21

✦ ✦ ✦

Hannah viajó con los Harrison a la siguiente carrera, y se veían muy callados, como si hubieran discutido entre ellos. A lo mejor algo relacionado con sus hijos los tenía preocupados. Hannah percibía esos pequeños cambios: como la manera que evitaban hacer contacto visual. Luego se preguntó si su abuela habría hablado con ellos sobre su «problema». A lo mejor, la directora Brooks les había comentado por qué la habían echado de la escuela pública.

Hannah sentía la boca tan seca como algodón, de modo que bebió un sorbo de su botella de agua. Vivía con el temor de que descubrieran que robaba cosas: una nube negra que pendía sobre ella cada día. Hubiera sido suficiente para evitar que volviera a robar, si la lógica hubiera tenido algo que ver con su problema. ¿Quién querría vivir con esa culpa?

Cuando su abuela le había preguntado por qué robaba cosas, Hannah le había dicho la verdad. Realmente no lo sabía. Si lo hubiera sabido, ya hubiera dejado de hacerlo. Simplemente, cada vez que veía algo de valor, como los audífonos en la banca o el reloj en las gradas, se accionaba una perilla en su interior. Era como si cada objeto que veía tenía una señal que solo ella podía detectar, una voz que le susurraba: «¡Llévame! ¡Me necesitas!». Tenía que acercarse y apropiárselo. ¿Era la adrenalina la que la impulsaba a hacerlo? ¿U otra cosa en su cerebro?

En la clase de Ciencias, la señora Harrison había hablado de todos los químicos y las hormonas que había en el cuerpo humano y de la forma tan compleja en que estaban diseñadas las personas. Pero, a veces, las cosas perdían su equilibrio. ¿Acaso su problema sería exceso de alguna hormona? A lo mejor, el asma le quitaba algo, perturbaba algún proceso químico vital del cerebro, y por eso ella robaba. Hannah tenía todo tipo de teorías y posibles explicaciones, pero no tenía cómo saber la verdad.

Otra teoría era que sus padres se lo habían provocado. Un día, le había preguntado a su abuela acerca de su madre:

«Cuando ella era niña, ¿alguna vez hizo algo que te enojó?».

La sola mención de su madre mandaba a su abuela a otro mundo. Sacudía la cabeza y fruncía el ceño. Hannah ya nunca preguntaba sobre su padre. Esa puerta estaba cerrada firmemente y con llave. De manera que no le quedaba otra que intentar adivinar y crear sus propias ideas.

La señora Harrison también había hablado de conductas y patrones de pensamiento que se convertían en huellas en la mente. Dijo que era como agua que corría por un canal y terminaba cavando un río o un arroyo. Se hace algo una y otra vez y termina siendo difícil cortar el hábito.

La verdad era que Hannah quería culpar a cualquier otra cosa por su problema, en lugar de culparse a sí misma. Quería sentir que no podía controlar sus acciones, que no podía decir no. Si había algo que no funcionaba en su cerebro, no necesitaba sentirse culpable. Pero ahí estaba el asunto: igual se sentía culpable. Aun ahora, en el asiento trasero del auto de los Harrison, el peso de todas las cosas que tenía en la caja azul la arrastraba hacia abajo. Era como correr con una mochila llena de piedras, y cuanto más tiempo la cargaba, más pesada parecía. Sabía que necesitaba quitarse esa mochila y arrojar todas esas piedras, pero no sabía cómo hacerlo. Llevaba mucho tiempo cargándola.

No necesitaba las cosas que había robado. No era como alguien que se estaba muriendo de hambre y se apropiaba del almuerzo de otra persona. Eso podría explicarse. Pero ella tomaba cosas como la pulsera de pendientes brillantes de una niñita de la YMCA. La niña la había usado todos los días ese verano, y la primera vez que Hannah vio la pulsera asomándose de un bolsillo abierto de la mochila, la tomó. Más tarde, la niña había ido de persona en persona, preguntando con lágrimas en los ojos si alguien la había visto.

«Mi papi me la regaló —dijo la niña—. Está en el ejército, desplegado a Afganistán».

Eso afectó mucho a Hannah. ¿Cómo se hubiera sentido ella si alguien le hubiera robado algo que le regaló su madre o su padre? Hannah no tenía nada de sus padres, excepto las fotografías que ocultaba en su armario. ¿Sería por eso que quería las cosas que otros tenían? ¿Es que esas cosas intentaban llenar un espacio interior? Había algo en esos objetos: la cámara digital, el precioso reloj azul con flores. Jamás usaba esos relojes, nunca había usado la cámara, pero tenerlos le hacía sentir algo. Hannah sabía dónde vivían los dueños de todas esas cosas y que no eran personas ricas ni mimadas. No podían salir así nomás y reemplazar los objetos robados. ¿Por qué entonces los retenía en lugar de devolverlos? ¿Por qué no le devolvía esa pulsera a la niña ya que tenía tanto significado?

Muy en el fondo de sí misma, Hannah sabía que podía resistir el impulso de robar. Había pasado muchas veces. Podía haber algo sobre la mesa, el bolso abierto de una maestra donde Hannah veía una billetera. Pero como había otras personas en la habitación que podrían verla, se contenía. Sabía que podía elegir un mejor camino. Sencillamente, no lo hacía. Y eso era lo que le molestaba y la hacía sentirse culpable.

Cuando llegaron al lugar de la competencia, Hannah hizo estiramiento y se preparó para la carrera. Otras corredoras se agrupaban con miembros de su equipo o con entrenadores, pero Hannah hacía calentamiento sola. De algún modo, sentía que no merecía tener a otras personas cerca.

—¿Cómo te sientes? —preguntó el entrenador Harrison.

Hannah encogió los hombros.

—Bien —dijo.

—Tengo grandes esperanzas en ti hoy. Todo ese entrenamiento de intervalos que estuvimos haciendo en las prácticas... apuesto a que harás tu mejor tiempo de carrera. ¿Qué te parece?

—Haré lo mejor que pueda, entrenador —dijo Hannah mirando el piso.

—Y eso es todo lo que pido.

Cuando sonó el disparo, Hannah salió corriendo, observando a las muchachas que corrían delante de ella como un solo cuerpo, compañeras de equipo al mismo ritmo. El primer kilómetro y medio, Hannah iba codo a codo con varias corredoras, luchando por mantener la posición. Luego, sintió un estallido de velocidad. Cuando corría sola en las prácticas, evaluaba su éxito a su propio ritmo y mirando un reloj. Durante una carrera, podía hacerse al costado y pasar a otras rápidamente. Cada vez que lo hacía, sentía que estaba progresando. Y de alguna manera, parecía tomar algo de valor de las personas a las que pasaba. Había estado en la posición de ellas y no le gustaba. Se sentía bien siendo la que pasaba adelante.

Se esforzó por enfocarse en la carrera, pero no podía sacarse de la cabeza el rostro de su abuela. La veía sosteniendo el reloj del entrenador Harrison. La veía arrojándolo sobre su cama. Parpadeó e intentó olvidar la mirada que su abuela le había dado antes de abandonar su habitación. Había absoluta desilusión en los ojos de su abuela. Había percibido veneno en su voz cuando gritó su nombre.

«Hija, si sigues haciendo esas tonterías, vas a lograr que te encierren».

Hannah se imaginó en el traje color naranja de la prisión en lugar de su uniforme de campo traviesa. Vio alambres de púa y rejas de hierro y el rostro serio de su abatida abuela visitando un comedor triste, sentada frente a ella, sacudiendo la cabeza.

«Y no hay nada que yo pueda hacer al respecto».

Correr una carrera de campo traviesa es bastante difícil cuando uno puede controlar sus pensamientos. Pero es más difícil cuando los pensamientos andan libres en el alma. Intentó espantar esos recuerdos, intentó aumentar la velocidad y dejarlos atrás, pero cada vez que respiraba, la acusaban, la condenaban, la señalaban con el dedo; la pasaban y volvían la mirada frustrados. El rostro del muchacho de los audífonos le pasó por la cabeza.

«¡Si la veo otra vez, me las va a pagar!».

Hannah corrió más rápido, como si él la persiguiera. ¿Podría aprovechar para algo bueno esos pensamientos negativos?

Al pasar a una corredora por la derecha, algo salió mal. Miró a las chicas que tenía por delante y se le nubló la vista. Oyó un sonido extraño y comprendió que no venía del bosque, sino de ella misma. Era el jadeo seco tan familiar.

Cada paso comenzó a pesarle como una bolsa de arena. Ya no podía mirar al frente, de modo que miró hacia abajo e intentó respirar, enfocarse solo en esa simple cosa: respirar. Pero sus pulmones no la obedecían. Estaban protestando.

Hannah odiaba el asma. Odiaba tener que darse por vencida y aminorar el paso. Quería hacer como si no lo padeciera, pero había regresado, más fuerte que nunca, robándole la respiración.

Las corredoras la fueron pasando una a una hasta que todas estuvieron mucho más adelante que ella. No le importaba. Cuando no se puede respirar, se pone todo el enfoque y la energía en esa única cosa. Redujo el paso, doblándose para intentar recuperar el aliento. Fue tambaleándose hacia un árbol y apoyó la mano en el tronco, y al recuperar el equilibrio, recordó el inhalador.

Lo extrajo de su bolsa y se lo acercó a la boca; el tubo le pareció una pesa. Inhaló una vez y esperó. Se le aflojaron las piernas y cayó, raspándose la espalda con la corteza áspera del árbol al hacerlo. La transpiración le resbalaba por la nariz. Los árboles se desdibujaron. Pensó en tomar otra calada, pero hasta sus pensamientos le pesaban ahora. Todo pesaba demasiado. Dejó caer el inhalador, y este se perdió entre las hojas.

¿Dónde estaba? ¿A mitad del camino? Nadie la oiría si gritaba. De todas maneras, no podía gritar. ¿Cómo haría para volver? ¿Qué pensaría el entrenador Harrison si no terminaba? Le pesaban sus palabras. Él pensaba que mejoraría su tiempo. Quería terminar entre las veinte primeras. A lo

mejor terminar entre las diez primeras y sorprender a todos.
Pero ahora, sentada sobre las agujas caídas de los pinos,
con un picazón en la espalda, supo que no terminaría esa
carrera. ¿Y qué sentido tenía?

Sintió una ráfaga de viento entre los árboles y levantó la
vista. El mundo giraba a su alrededor y debajo de ella. Un
lugar tan pacífico. Y qué tormenta en su interior. Oyó voces
a la distancia. Parecían ecos de un país lejano.

—¡Ahí está!

—¡Hannah!

No se dio cuenta de que eran los Harrison hasta que
llegaron hasta ella, la tomaron de los brazos y la ayudaron a
ponerse de pie. La señora Harrison encontró su inhalador en
el suelo y Hannah dio otra calada. La medicina no le estaba
llegando.

—¿Necesitas que te llevemos al hospital? —dijo la señora
Harrison.

Hannah sacudió la cabeza. Su abuela la mataría.

—El cartucho... reemplazo.

—¿Tienes uno? —dijo la señora Harrison.

Hannah asintió.

—Mochila —*Jadeo*—. Bolsillo delantero. —*Jadeo*—. En
un contenedor refrigerante.

El entrenador Harrison salió corriendo por el bosque. Se
veía preocupado pero determinado. Desapareció entre los
árboles y la señora Harrison la ayudó a caminar, pero apenas
hicieron cien metros. Pocos minutos después, una corredora
con uniforme de la preparatoria Tucker las encontró. Tenía

el cabello atado en una trenza rubia y llevaba tobilleras. Le alcanzó a Hannah el cartucho de reemplazo.

—El entrenador Harrison dijo que yo podría traerte esto más rápido que él —dijo.

—Gracias —dijo la señora Harrison, mirando entre los árboles.

La muchacha estudió a Hannah.

—Pasé a tu lado en el recorrido y escuché que respirabas fuerte, pero no sabía que tenías asma. Discúlpame. Debí haberme detenido.

—Está bien —dijo Hannah, conectando la nueva carga y tomando una calada del inhalador. Inmediatamente sintió la diferencia—. Gracias por traérmelo.

—No hay problema. Como te dije, si hubiera sabido, me hubiera detenido.

Cuando el entrenador Harrison regresó, su camiseta azul de entrenador estaba empapada de sudor. No quitó los ojos de Hannah, obviamente afligido. Caminó con ellas hasta la partida, donde esperaban padres y entrenadores. Hannah no quería que la vieran. No quería sus miradas de compasión. Miró al suelo hasta que llegaron al auto y esperó adentro hasta que recogieron la tienda y guardaron las cosas.

Odio el asma.

¿Era así como Dios la castigaba? ¿Es que todos sus robos se habían apilado de tal manera que finalmente Dios la había golpeado durante la carrera? A lo mejor, así funcionaba la vida. Si uno hacía más cosas buenas que malas, Dios lo dejaba tranquilo. Pero cuando algo inclinaba la balanza, Dios

actuaba. A lo mejor por eso su madre y su padre habían fallecido. Habían hecho demasiadas cosas malas y Dios los había
castigado.

Su abuela preguntó, pero Hannah no le contó mucho de
la carrera, solo que tuvo que detenerse a mitad del camino.
El domingo descansó, quedándose toda la mañana en cama,
y luego intentó estudiar para una prueba, pero no pudo
concentrarse.

El lunes, regresó a la escuela con una mejor actitud.
Había decidido no permitir que ese fracaso estropeara
su meta como corredora. Era solo una carrera. Tenía que
dejarla atrás y seguir andando. Por otra parte, nadie en la
escuela lo sabía salvo los Harrison.

Dos muchachas de su clase de Álgebra se sentaron a una
mesa del comedor y, para su sorpresa, invitaron a Hannah a
sentarse con ellas. Leslie era alta, tenía cabello castaño largo
y había jugado en el equipo femenino de básquetbol el año
anterior. Grace era afroamericana y un genio en álgebra.
Sabía todas las respuestas a las preguntas de la profesora.
Hannah hubiera querido pedirle ayuda con su tarea, pero
era nueva en la clase y se quedaba con sus dudas e intentaba resolverlas por su cuenta.

—Leslie me estaba contando de un retiro al que fue el
fin de semana —dijo Grace.

—¿Adónde fuiste? —preguntó Hannah.

—Estuve en un campamento que pertenece a mi iglesia.
Hay senderos para caminatas y un lago. Las cabañas son
bastante rústicas, pero la pasamos muy bien.

—¿Y qué cosas hicieron? —preguntó Hannah—. Nunca he estado en un campamento.

—Deberías venir a nuestro grupo de jóvenes —dijo Leslie—. Hacemos estudios bíblicos y jugamos juegos. La mejor parte del fin de semana fue la fogata. Cantamos y asamos malvaviscos y los comimos con barras de chocolate y galletas.

Hannah había oído hablar de esos dulces bocadillos, pero no tenía la menor idea de cómo asar malvaviscos, y no quería preguntar y verse tonta. El corazón se le agitó un poco y sintió que de alguna manera su mundo estaba cambiando. A lo mejor, podría probar con ese grupo de jóvenes, si su abuela se lo permitía. A lo mejor, no tendría que estar siempre del lado de afuera mirando a todos en la escuela.

Oyó una voz conocida y levantó la cabeza justo cuando Robert se paraba delante de ella. Habló con desdén:

—Hannah, oí que ni siquiera terminaste la carrera. ¿Qué pasa con eso? —Lo dijo en una voz suficientemente alta para que Leslie y Grace lo oyeran.

Hannah se quedó mirando su comida. Para su sorpresa, Grace habló:

—Vete, Robert.

Nunca nadie la había defendido de esa manera y sintió la piel de gallina en sus brazos. Hannah siguió mirando su comida con la esperanza de que para cuando levantara la vista, Robert ya se hubiera marchado. En lugar de eso, se aproximó más, mirándola como si esperara ver la expresión de Hannah cuando se burlara nuevamente de ella.

—Quiero decir, renunciar es mucho peor que llegar último.

Algo surgió en el interior de Hannah y tomó lo primero que encontró, un vaso de refresco rojo, y se lo arrojó. Se desparramó por su camisa a rayas. *Buena suerte con quitar esa mancha*, pensó Hannah.

De repente, Robert estaba recibiendo algo que no esperaba. Era evidente que no tenía mucha experiencia con que alguien respondiera a sus burlas. El comedor se quedó en silencio cuando él dejó caer su bandeja sobre la mesa. Abrió la boca horrorizado.

—¿Qué te ocurre? ¡Eres una perdedora!

Si Robert se hubiera marchado, nada de eso hubiera ocurrido. Si hubiera mantenido la boca cerrada, no tendría esa mancha en su colorida camisa. Pero Robert finalmente había alcanzado el nervio de la ira de Hannah, y ella no había terminado con darle una lección.

Se levantó de la mesa y, de un solo movimiento, le arrojó todo el contenido de su bandeja. Robert retrocedió, pero no lo suficientemente rápido. La bandeja se aplastó contra el pecho de Robert y la comida se desparramó por el piso. Los otros estudiantes tomaron aire en coro y se quedaron mirando la escena, repentinamente callados, mirando a ambos fijamente como si fuera un *reality show*.

Robert tenía papa en el cuello y en el mentón y la lasaña había dejado una mancha de salsa de tomate en su camisa. Hannah pensó que si hubiera habido jueces deportivos observando el tiro, hubiera obtenido el puntaje máximo por su precisión.

Hannah estaba buscando algo más para arrojarle cuando entró corriendo la señora Charles, la encargada del comedor.

«¡Basta, Robert! Límpiate y ve a la oficina».

Robert se dio la vuelta y salió sin decir palabra, chorreando mientras caminaba lentamente. Hannah se sintió reivindicada. Era obvio que la señora Charles había observado cuán cruel había sido Robert con ella y que merecía vestir su almuerzo. Hannah miró a las dos muchachas en la mesa. Leslie y Grace se veían horrorizadas. Hannah no estaba segura de si acababa de perder su única oportunidad de tener amigas en la escuela.

«Y tú —dijo la señora Charles, mirando directamente a Hannah—, vienes conmigo ahora mismo».

Era la misma mirada que le había dado su abuela, y la voz denotaba desilusión y juicio. Hannah hizo el largo camino, atravesando el comedor mientras la gente susurraba y se reía nerviosamente a su alrededor.

Pasó frente a Ethan Harrison, el hijo del entrenador. Se lo contaría a su padre, y si no la expulsaban de la escuela, sentía que su carrera como corredora de campo traviesa había llegado a su fin.

La señora Charles llevó a Hannah a la oficina de la directora: un largo camino por el corredor de la vergüenza mientras otros estudiantes la observaban. Hannah se sintió en la antesala mientras la secretaria contactaba a la señora

Brooks y le avisaba que había una «SD» y la necesitaban. Hannah había sido reducida a un acrónimo.

Esperar siempre era lo peor. Si hubiera podido entrar y explicarlo todo, simplemente soltar la historia, seguramente la señora Brooks hubiera entendido. Pero cuanto más esperaba, más inquieta se ponía, y más sentía que todos estaban en su contra.

Había oído al pasar a uno de los chicos en el comedor decir que la directora Brooks era severa. Hannah se sentía propensa a estar de acuerdo. La directora tenía una linda sonrisa, pero se notaba que tenía autoridad, como un general a cargo de un ejército. Había sido amable con Hannah, e incluso había recordado su nombre. Pero ahora Hannah estaba segura de que estaba a punto de ser puesta en evidencia.

Hannah oyó tacones golpeando el suelo y enseguida llegó la señora Brooks. Miró a la señora Charles y luego bajó la mirada y se quedó boquiabierta.

—Hannah, ¿qué haces aquí?

La señora Charles estaba más que dispuesta a responder. Entraron a la oficina de la señora Brooks y cerraron la puerta, dejando a Hannah esforzándose por escuchar. Pero el ruido de la oficina y el hermetismo de la puerta lo hicieron imposible.

Finalmente, la puerta se abrió.

—Ven, vamos —dijo la señora Brooks cuando la señora Charles se fue, indicando con un gesto de la cabeza que Hannah debía entrar a la oficina.

Había dos sillas frente al escritorio de la directora, y Hannah eligió la más próxima a la ventana. La señora Brooks cerró la puerta y se sentó lentamente en su escritorio. Su oficina estaba decorada con fotografías de la familia Brooks, y su escritorio, lleno de cosas pero en orden. Había una gran taza con la insignia de Brookshire junto al almanaque más grande que Hannah había visto. Había notas autoadhesivas en el monitor de la computadora de la señora Brooks y una fotografía de ella y un hombre que Hannah supuso era su esposo. El hombre la abrazaba, y la señora Brooks estaba inclinada sobre su hombro. Se veían felices. Enamorados. Una verdadera familia, como la propaganda en la revista que Hannah tenía sobre su mesa de noche.

—¿Qué te dijo Robert? —preguntó la señora Brooks—. La señora Charles no alcanzó a oír.

—No importa.

La señora Brooks ladeó la cabeza.

—Hannah, si no importara, no te lo hubiera preguntado. La señora Charles te vio arrojarle tu bebida y oyó que decía algo. Allí fue cuando evidentemente decidiste que se merecía vestir tu almuerzo.

Hannah levantó la vista y vio que la mujer la miraba, no con una sonrisa... pero algo que se le parecía.

—¿Qué dijo?

Hannah se lo contó.

La señora Brooks apretó los labios.

—Conociendo a Robert, sospecho que no es la primera vez que te hace algo así. ¿Estoy en lo cierto?

Hannah asintió.

—Lo viene haciendo desde el primer día.

—¿Y no se lo dijiste a nadie porque...?

—Pensé que, si no le hacía caso, dejaría de molestarme.

—¿Y cómo te resultó eso?

—No muy bien.

—De manera que te lo guardaste y se fue amontonando y hoy explotaste.

Hannah se enderezó, sintiendo un aumento de adrenalina.

—Yo no lo comencé.

—Sé que no lo comenzaste. Pero no se vence el mal haciendo algo malo.

Hannah miró por la ventana, esperando malas noticias. Esperando la palabra *expulsión*.

La señora Brooks se mantuvo en silencio hasta que los ojos de Hannah volvieron a mirar los suyos.

—Hannah, no puedes controlar lo que dicen otras personas. Solo puedes elegir la forma en que respondes.

Volvió a mirar por la ventana. Había una linda vista de los árboles al frente. Recordó los árboles bajo los que estaba cuando los Harrison la encontraron jadeando desesperada por respirar, dos días antes. Sentía lo mismo que ahora.

Apretó los dientes y dijo algo que no esperaba decir:

—Odio el asma.

Ahí estaba. La verdad sobre su vida. Su vida era el asma. La enfermedad siempre la había controlado. Siempre la había tenido atrapada. Estaba con ella cada mañana cuando despertaba y cada noche cuando se iba a dormir.

Esperó los gritos, como siempre oía de su abuela. Esperó las palabras severas y una mirada enojada. Pero no llegaron. En lugar de eso, la señora Brooks corrió hacia atrás la silla del escritorio y se sentó en la silla junto a Hannah. La miró directo a los ojos.

—Lamento que tengas que lidiar con eso. Realmente lo siento. Pero tu vida vale mucho más que esto.

Sonaba como algo que diría cualquier directora de escuela cristiana. Hannah la miró y dijo:

—¿Para quién vale más?

—Para mí. Para nosotros. Para tu abuela. Hannah, más que eso, para Dios.

Hannah se había estado preguntando cuándo sacaría la señora Brooks el tema de Dios. Pero esperaba que lo usara en su contra. En cambio, la señora Brooks parecía estar ofreciéndole algo.

—Él te creó —la señora Brooks hablaba como si realmente lo creyera—. Él te ama. ¿Crees eso?

Hannah se sintió atrapada. Si decía lo que realmente creía, a lo mejor la echaban de la escuela. Si uno no cree que Dios lo ama, ¿lo harían? Quería decir: *Si Dios me ama tanto, ¿por qué me dio el asma? ¿Por qué permitió que mi madre y mi padre murieran? No parece que Dios se preocupe tanto por mí.*

En lugar de eso, dijo lo que más se parecía a la verdad:

—No lo sé.

211

La señora Brooks miró a Hannah y su mirada denotaba dolor, como si las palabras de Hannah hubieran tocado un punto profundo. Había una conmoción afuera de la oficina, y Hannah oyó la voz de Robert.

«Ella arruinó mi camisa nueva. Se supone que hay una política de tolerancia cero. Si no la expulsan, mi padre vendrá y tendrán que darle una explicación».

La señora Brooks se levantó con expresión seria. Abrió la puerta y salió, cerrándola tras de sí. Hannah oyó a la mujer hablar en voz baja y a Robert decir de tanto en tanto: «Pero...».

Unos minutos después, la señora Brooks regresó y Robert ya no estaba.

—¿Es cierto lo de la política de tolerancia cero?

—Yo soy la directora, Hannah. Mi tarea es ser justa y afirmar las políticas. Lo que hiciste estuvo mal. ¿Lo admites?

—Sí, señora.

—Hablaré con Robert. Está enfadado por lo que hiciste. Pero dada la información que me diste, estoy segura de que él querrá que sea justa también con él en lugar de cumplir la política al pie de la letra. Todos quieren justicia hasta que *ellos* cometen algo malo. Entonces quieren misericordia.

—Entonces, ¿no me expulsarán?

—No.

—¿Puedo seguir en el equipo de campo traviesa?

La directora asintió.

—No veo por qué eso tenga que cambiar. —Hizo una pausa—. La señora Charles dijo que prácticamente no comiste. Traje un sándwich de más para mi almuerzo. ¿Lo quieres? O te ofrezco la camisa de Robert, si la prefieres.

La señora Brooks levantó una ceja y Hannah casi creyó ver una sonrisa. Hasta hizo que Hannah pensara que algún día quizás le gustaría ser directora.

CAPÍTULO 22

✦ ✦ ✦

John se enteró de la confrontación entre Hannah y Robert por Bonnie Reese, que trabajaba en el comedor. Bonnie no había visto todo, pero había limpiado la comida y la bebida roja después del incidente. John habló con Olivia Brooks, que le aconsejó simplemente seguir adelante sin darle mucha importancia al asunto. Hannah necesitaba estabilidad, estímulo y gracia.

«Están pasando muchas cosas en el interior de esa muchacha», dijo Olivia.

John asintió. Quería decirle lo que había descubierto sobre Thomas Hill, pero dudó.

Esa tarde en la práctica, Amy ayudó a Hannah a hacer

estiramiento y Will se quedó en la banca, trabajando en el nuevo deporte «Balón Tacleado Extremo», con figuras y diagramas. Había decidido agregar una sección de *paintball* en cada carrera.

John estudiaba los tiempos de Hannah. No había duda de que estaba más fuerte. En cada práctica reducía algunos segundos.

—Hannah, has venido haciendo intervalos por algún tiempo. ¿Quieres ver si puedes superar los veintiún minutos?

Antes de que Hannah pudiera responder, alguien dijo:

—Yo puedo superar los veintiún minutos.

John se dio la vuelta y vio a Ethan acercándose... más bien, pavoneándose.

—¿Qué haces aquí?

—Fui a trabajar y estaba cerrado —dijo Ethan—. Roger me dijo que trasladará Race2Escape a Fairview.

John sacudió la cabeza. ¿No tendrían fin las malas noticias? Pero había algo diferente en la respuesta de Ethan, algo en el tono de su voz.

—¿Contra quién corro entonces? —preguntó Ethan.

—¿Quieres correr? —dijo John.

Ethan miró a Hannah que seguía haciendo estiramiento.

—Quiero ver si Hannah puede alcanzarme.

Hannah levantó la vista y sonrió.

—¡Eh! Quiero ver esto —dijo Will riendo.

John podía prever el desastre para su hijo porque ya lo había experimentado.

—No has estado corriendo últimamente. ¿Crees que puedes con cinco kilómetros?

—Sí, claro —dijo Ethan levantando una pierna para estirarse.

—Es hijo tuyo... —dijo Amy.

John miró fijo a Ethan. Hay cosas que se les pueden decir a los hijos sobre la vida y otras que deben experimentar por ellos mismos. Y, de alguna manera, John pensó que esta era una lección que Ethan necesitaba *sentir*.

Ethan y Hannah se alinearon, Will fingió disparar un tiro, y arrancaron. Ethan se lanzó hacia delante como si estuviera corriendo de una línea de base a otra para hacer un tiro en bandeja. Después de unos cien metros, miró sobre su hombro para ver cuán adelante iba. Tenía las mejillas rojas y la camiseta ya manchada de transpiración.

Cuando estaban prácticamente fuera de vista, Will señaló una elevación sobre el campo.

—Allá —dijo. Llevó a John y a Amy a esa posición elevada. Desde ese punto ventajoso, podían ver a ambos corredores en diferentes momentos del recorrido.

Ethan era rápido, no había dudas. Y tenía una ventaja considerable. Pero el ritmo regular de Hannah era tan confiable como un reloj. Ignoraba la velocidad de Ethan y parecía correr con una nueva confianza.

—¿Crees que Ethan pueda mantener la ventaja sobre ella?

—Espera hasta que doblen para volver y veremos.

Ambos desaparecieron en el bosque. El recorrido giraba

nuevamente hacia ellos y, en la marca de kilómetro y medio, apareció un corredor entre los árboles.

—¡Vamos, Hannah! —gritó John, levantando un puño al aire.

Will se rio.

—¡Ethan estaba tan adelante!

—Ya no —dijo Amy.

Dos minutos más tarde, Ethan salió del bosque respirando con evidente dificultad, sujetándose el costado y con movimientos torpes como el monstruo de Frankenstein.

—No podemos dejarlo seguir así —dijo Amy.

—Él dijo que quería ver si Hannah lo alcanzaba. Debemos dejarlo enfrentar la realidad.

Regresaron al campo, y Amy y Will comenzaron a guardar las cosas. Hannah apareció sobre la cresta de la loma, con las piernas y los brazos perfectamente posicionados. Sus pies golpeaban el suelo mientras ganaba ímpetu en el descenso y así cruzó la meta.

—¿Cómo te sientes? —preguntó John, siguiéndola mientras caminaba el largo del campo.

—Mucho mejor que en esa última carrera —respondió Hannah—. ¿Qué tiempo hice?

—20:56.

Quedó boquiabierta.

—¿En serio? ¡Superé los veintiún minutos!

John asintió.

—Hannah, algo pasó allá cuando Ethan corría a toda velocidad por delante. No lo estabas persiguiendo. Estabas

VENCEDOR

FOTOS DE LA PELÍCULA

El entrenador John Harrison (Alex Kendrick) enseña Historia en la Escuela Cristiana Brookshire.

John Harrison juega básquetbol con su hijo Ethan (Jack Sterner).

Una crisis en la ciudad ha dejado a la directora Olivia Brooks (Priscilla Shirer) enfrentando muchos desafíos en la Escuela Cristiana Brookshire.

La directora Brooks habla con una estudiante que enfrenta dificultades en Brookshire.

Hannah Scott (Aryn Wright-Thompson) espera en las gradas para conocer a su nuevo entrenador de campo traviesa.

John Harrison conoce a un nuevo amigo, Thomas Hill (Cameron Arnett), de manera imprevista durante una visita al hospital.

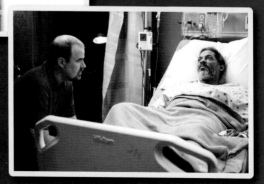

^ John y Amy Harrison (Shari Rigby) hacen una pausa para orar con sus hijos, Ethan y Will (Caleb Kendrick).

< La directora Olivia Brooks, John y Amy Harrison discuten la idea de revelar un gran secreto a uno de sus estudiantes.

John Harrison instruye a Hannah antes del entrenamiento de campo traviesa.

Barbara Scott (Denise Armstrong) lucha por asegurar que su nieta, Hannah, no se meta en problemas.

Hannah Scott ora con la directora Brooks.

Al leer Efesios, Hannah anota todo lo que el pasaje dice que ella es como una nueva creyente en Cristo.

John y Amy acuden a Dios por ayuda para su familia durante un tiempo difícil.

El entrenador Harrison, Amy Harrison y Hannah Scott discuten su estrategia antes de un encuentro de campo traviesa.

John y Amy esperan a Hannah en la meta final.

La corredora de Brookshire, Hannah Scott, compite contra todo pronóstico en el encuentro estatal de campo traviesa.

Olivia Brooks aclama a Brookshire en el campeonato estatal.

La directora Brooks demuestra su apoyo por Hannah.

Barbara Scott y su nieta, Hannah, hacen reparos después de batallar durante años por entenderse entre sí.

Vencedor fue grabada en la escuela Brookstone en Columbus, Georgia.

VENCEDOR

FOTOS DETRÁS DE CÁMARAS

⌃ El hijo de Alex Kendrick en la vida real, Caleb Kendrick, desempeña el papel de Will Harrison, su hijo en la película.

⌃ La familia Harrison de la película *Vencedor*: Ethan (Jack Sterner), Amy (Shari Rigby), John (Alex Kendrick) y Will (Caleb Kendrick).

Los hermanos Stephen (productor/escritor) y Alex Kendrick (director/escritor) en grabación de una entrevista detrás de cámaras en el plató de *Vencedor*.

El director Alex Kendrick discute una escena con el actor Cameron Arnett (Thomas Hill).

El director Alex Kendrick orienta a las actrices Priscilla Shirer (la directora Brooks) y Aryn Wright-Thompson (Hannah).

consciente todo el tiempo, y cuando bajabas la loma al final, parecía como si pudieras correr otros cinco kilómetros.

Hannah sonrió.

—Cuando lo pasé, tenía las piernas un poco acalambradas y se estaba agarrando el costado. Casi me detuve a ayudarlo. —Tenía expresión pícara—. Casi.

—A lo mejor deberíamos llevar el carrito y salir a buscarlo —dijo Amy.

—No, esperemos —dijo John. Miró su muñeca vacía.

Cuando Ethan finalmente cruzó la meta, John estaba sentado solo en las gradas. La camiseta de Ethan estaba empapada y se movía como un zombi.

—¿Estás bien? —preguntó John.

Ethan reunió fuerzas para poder responder.

—No —Se tiró de espaldas—. Eso fue demasiado difícil.

John se relajó mientras apreciaba la vista.

—Dijiste que este no era un deporte —dijo Ethan, señalando a su padre.

John rio y se enderezó.

—Sí, estaba equivocado. Tu mamá, Will y Hannah querían verte terminar, pero se cansaron de esperar. Se fueron a casa. Necesito que tú me lleves.

Se levantó y le dio una palmadita al hombro de su hijo.

—Si tú conduces —dijo Ethan.

—Está bien —respondió John, haciendo una pausa para estirarse frente a su hijo—. Vaya, estoy cansado.

John sonrió todo el camino hasta el auto y, mientras

conducía a casa, Ethan mencionó que estuvo en el comedor cuando Hannah le arrojó la comida a Robert.

—Me dan ganas de darle una lección a ese chico para que aprenda.

—A lo mejor deberíamos traerlo aquí para que corra contra Hannah —dijo John.

—No se lo deseo a nadie, ni siquiera a Robert. —Se inclinó de repente hacia delante para frotarse la pierna.

—Tal vez necesitas tomar agua. Como unos cuantos litros. De lo contrario, tus piernas te molestarán toda la noche.

—Suena como si hablaras por experiencia —comentó Ethan.

John sonrió,

—¿Y por qué decidiste correr hoy?

—No lo sé. Me siento mal por ella. Pensé que a lo mejor así podía alentarla, ya sabes, darle desafío por un par de kilómetros y luego dejarla adelantarse.

John se rio, pero luego se puso serio.

—Hannah está pasando por cosas que nadie debería pasar a su edad.

—¿Como qué?

—No puedo entrar en detalles. Pero confía en mí. Creo que está tratando de saber quién es realmente.

—Más o menos como todos nosotros —dijo Ethan.

John pensó en lo que Thomas le había dicho en el hospital: la pregunta que le había hecho. John sabía que en algún momento debía planteárselo a Hannah, cuando estuviera preparada.

—Ethan, tengo una pregunta.

—No voy a entrar en el equipo.

John se rio.

—No, no ese tipo de pregunta. ¿Quién eres?

Ethan lo miró con el ceño fruncido.

—¿Qué quieres decir?

—¿Qué es lo primero que se te ocurre cuando te hago esa pregunta? ¿Quién eres?

La conversación duró todo el camino a casa, y cuando se detuvieron en la entrada para vehículos, John apagó el motor y le explicó de dónde había sacado la pregunta.

—Yo recién lo estoy aprendiendo, Ethan. Si lo entiendes, y realmente vives la verdad de tu identidad, nada te detendrá.

John y Amy pidieron reunirse con Olivia Brooks al día siguiente. Olivia vino al aula de Ciencias de Amy y escuchó toda la historia del encuentro fortuito de John con un hombre llamado Thomas Hill.

Olivia quedó boquiabierta.

—¿Te encontraste con El Tigre? Así le decían todos antiguamente.

—¿Lo conocías?

Olivia ignoró la pregunta.

—¿Qué te dijo?

John se lo contó sin guardarse nada. Cuando terminó, ella miró por la ventana por donde entraban los rayos del sol, arrojando sombras en la sala. Olivia se dio la vuelta y los miró de frente.

—Y ustedes piensan que Barbara dijo a propósito que había fallecido.

—Eso es lo que me pregunto —dijo John—. Quiero decir, si la influencia de él provocó la muerte de su hija, y luego él abandonó a Hannah, tiene sentido que Barbara no hubiera querido tener nada que ver con él.

Con palabras precisas y medidas, Olivia dijo:

—Bueno, yo diría que tu valoración es correcta.

—¿Por qué lo dices?

—Porque yo conocía a su hija —respondió Olivia.

—¿Conocías a la madre de Hannah?

Había un profundo dolor en la mirada de Olivia.

—Éramos amigas, hasta un año antes de su muerte. Cuando apareció cierto sujeto mayor y encantador, le advertimos que tuviera cuidado. Pero no nos escuchó. Pronto supimos que estaba embarazada. Y dejó de tener contacto con todas nosotras. Luego, después del nacimiento, se volvió adicta.

John sintió que la sala se quedaba sin aire. Era demasiado el peso de la historia. Su mente volaba con ideas de lo que Hannah sabía y lo que no, y de cómo ayudarla a cruzar el puente entre las dos partes.

—Yo ni siquiera supe que había fallecido hasta después del funeral —dijo Olivia—. Fui a ver a Barbara, pero solo vi amargura. Me volví a conectar con ella este año y vi más de lo mismo.

A John se le encendió una lamparita. La abuela de Hannah claramente no podía pagar la mensualidad de la escuela.

—Nos preguntábamos cómo Hannah pudo venir a esta escuela. Tú estás pagando por ella.

La expresión de Olivia lo decía todo. Asintió.

—Thomas Hill ya no es el mismo hombre, pero está enfermo —dijo John—. Si él y Hannah van a conocerse, más vale pronto que tarde.

—Barbara puede no estar diciéndole la verdad a Hannah —dijo Amy—. Pero, aun así, tiene la responsabilidad de la niña. ¿Cómo podemos esquivarla?

Olivia miró fijamente al piso. A John le pareció que estaba sopesando cuidadosamente sus palabras, como si fuera una clase de procedimiento judicial. No podía imaginar la carga que ella sentía como amiga de la familia, alguien que tenía un profundo interés en el caso.

—En mi capacidad oficial como directora de esta escuela, no puedo recomendarles que esquiven a Barbara. Pero puedo decirles que, si la incluyen, probablemente Hannah jamás conozca a su padre.

Las palabras quedaron resonando en el aire mientras Olivia salía con determinación de la sala. La mente de John trabajaba a toda máquina. Si Amy no lo hubiera ofrecido como voluntario para visitar el hospital, jamás hubiera conocido a Thomas. Si no hubieran ocurrido todas las cosas negativas en la ciudad, no hubiera conocido a Hannah, y no lo hubieran asignado como su entrenador. Su matrimonio se había fortalecido gracias a todas las cosas aparentemente negativas. Estaban pasando más cosas de las que él podía entender. Algo más grande estaba ocurriendo en la vida de todos ellos, uniéndolos.

Volvió a pensar en Hannah. Algo estaba ocurriendo también en ella. Miró a Amy.

—Si fueras tú, ¿querrías conocer a tu padre?

Amy lo pensó unos momentos, y John supo que era una pregunta muy difícil para ella. La relación de Amy con su padre también había sido difícil, con cosas que había tenido que resolver, desilusiones y preguntas. Amy asintió sin decir una palabra. A ambos les quedaba claro que habían sido puestos en esta situación, entre padre e hija, por una razón. Pero ¿qué cosa harían ahora?

—Bueno —dijo John—. Tenemos que orar.

Amy tomó a John de la mano.

—Padre, estamos abrumados por lo que nos ha contado Olivia. Y se me parte el corazón por esa niña que ha vivido todos estos años creyendo que su padre había muerto. Pero en Tu misericordia, lo has alcanzado y le has dado un nuevo corazón. Y estamos agradecidos. Te damos gracias por eso. Pero no sabemos qué hacer. No sabemos qué es lo mejor para ella. Por eso, estamos pidiendo sabiduría. Dices en Tu Palabra que si alguien carece de sabiduría, que Te la pida, y se la darás generosamente. Por eso, hoy te pedimos sabiduría, Señor.

John apretó la mano de Amy y continuó con la oración:

—Señor, necesitamos sabiduría para saber qué decirle a Hannah. Necesitamos sabiduría para saber cómo y cuándo hablar con Thomas. Thomas ya ha pasado por tantas cosas, Señor. Y necesitamos sabiduría para ser sensibles con Barbara. Está claro que tiene roto el corazón por la pérdida de su hija y por todo el dolor que ha sufrido estos quince años. Ablanda su corazón, Señor. Ayúdanos a mostrarle el tipo de amor que solamente puede venir de Ti. Ayúdala a ver que Thomas ha cambiado y que se trata de una obra que Tú has hecho en él.

—Y yo oro para que lo protejas, Padre —dijo Amy—, que restaures su salud para que pueda pasar tiempo con su hija y dedicarle su vida. No sé si Hannah Te conoce. No creo que tenga una relación contigo. Te pido que la atraigas a Ti por medio de esta situación, a su Padre Celestial y su padre terrenal. Y utilízanos como Tú quieras. Danos sensibilidad respecto a todo lo que realmente está pasando. Impide que lastimemos a alguien. Sabes que queremos hacer lo que Tú has dispuesto para nosotros y no otra cosa. Muéstranos el camino a seguir, te pido, en el nombre de Jesús. Amén.

Sonó el timbre. John se puso de pie y limpió una lágrima de la mejilla de Amy. Él también se sentía conmovido. Eran lágrimas buenas, emociones buenas. Esa lucha era una señal de vida, una señal de que Dios estaba actuando. Y John deliberadamente elegía creerlo.

CAPÍTULO 23

* * *

John y Amy caminaron tomados de la mano, pasando frente a la oficina de enfermeras del cuarto piso. John se sentía cada vez más en casa en el hospital. Solía evitar ir allí a toda costa, pensando que era un lugar solo para enfermos. Ahora lo veía de otra manera. La vida misma era un hospital, donde todo el mundo requería distintos niveles de cuidado y compasión. La mayoría de las personas no sabe cuánto necesita hasta que su condición se agudiza.

Cuando llegaron a la habitación de Thomas, John miró a Amy y ella asintió, diciéndole sin palabras que estaba preparada para caminar juntos en lo que viniera por delante. De la habitación brotaba música de alabanza y John golpeó suavemente la puerta entreabierta.

—¿Thomas?

Thomas presionó el botón de pausa en el control remoto de su equipo de música y se le iluminó el rostro.

—¡John!

—¿Cómo estás?

—Méteme al juego, entrenador, estoy harto de estar en la banca. —Sonreía ampliamente, incapaz de contener su alegría por el amigo que había venido a visitarlo.

John se paró al pie de la cama.

—Primero, tengo que presentarte a mi principal compañera de equipo. Traje conmigo a Amy.

—¡Vaya! —dijo Thomas extendiendo la mano—. En serio, eso no lo vi venir.

—Hola, Thomas, que gusto conocerte —dijo Amy sonriendo.

—El honor es mío —dijo Thomas con calidez.

John estudió a Thomas, que miraba directo hacia el frente. Podía ver que algo se aceleraba en la mente de Thomas, que percibía que había algo diferente.

—Bueno, el entrenador trajo a su esposa. Este debe ser un día importante.

—Es un día importante —dijo Amy.

John había ensayado una docena de veces lo que diría, pero su corazón todavía estaba agitado. *Dame las palabras adecuadas, Señor*, oró.

—Tenemos algo de lo que quisiéramos hablarte —dijo finalmente.

—Está bien.

—Sabes que tengo una corredora que estoy entrenando.

—Sí.

—Bueno, esa corredora tiene quince años. Vive con su abuela —dejó que los detalles calaran hondo—. Nació el día de San Valentín.

John no podía quitar los ojos del rostro de Thomas. Había una resignación solemne mientras escuchaba. Como si escuchara un nuevo diagnóstico de un médico que tenía una radiografía de su alma. Los ojos de Thomas vagaban de un lado a otro, intentando ver cosas invisibles. Como no hablaba, John le dijo toda la verdad amablemente:

—Se llama Hannah Scott.

Thomas vaciló ante la revelación. Él y John habían estado, sin saberlo, entrenando a la hija de Thomas. Cada consejo, cada indicación que le había dado para ayudar al «equipo» de John a correr más rápido, había sido para su propia hija.

Amy rodeó el borde de la cama y puso la mano en el hombro de Thomas.

—¿Estás bien? —dijo suavemente.

La voz de Thomas temblaba.

—¿Tu corredora es mi hija?

Las palabras eran más que una pregunta. Mostraban el corazón de un hombre que luchaba con sus decisiones pasadas, su condición presente y todos los años entre medio.

—Háblenme de ella —dijo Thomas suavemente, cambiando de posición en la cama.

—Es hermosa —dijo Amy—. Es callada. Es observadora. Es atlética.

Mientras Amy hablaba, Thomas no podía ocultar su emoción. Tensó el rostro, los ojos se le llenaron de lágrimas y John pensó que estaban pisando suelo sagrado. ¿Habría orado Thomas para tener noticias de su hija? ¿Cuánto tiempo? ¿Era algo que creía posible siquiera?

—Nos preguntábamos —dijo John lentamente— si querrías conocerla.

Thomas luchaba con la emoción. Una vena le saltaba en la frente.

—¿Sabe ella de mí?

—No, no le hemos dicho nada todavía —dijo Amy—. Ni siquiera sabemos cómo responderá. Queríamos hablar contigo primero.

Thomas dejó ver su quebranto. Las lágrimas corrían por sus mejillas hasta su barba gris. Movía la cabeza de un lado a otro.

—He conversado mentalmente con ella cientos de veces. Quería poder hablar con ella. Pero ¿qué hija querría un padre como yo?

John quería acercarse, decir algo, hacer cualquier cosa para ayudar con el dolor de su amigo. Pero la voz consoladora de Amy era lo que Thomas necesitaba oír.

—Thomas, ella necesita un padre. Todavía tienes mucho que ofrecerle.

Las palabras salieron sofocadas por la emoción:

—Se desilusionaría.

—No, eso no es verdad.

Las lágrimas seguían fluyendo y Thomas no hizo nada por contenerlas.

—Thomas —dijo John—, ¿querrías orar por esto? Si ella estuviera dispuesta a conocerte, ¿aceptarías?

Thomas se calmó, como si buscara algo perdido en un camino oscuro.

Un pasaje se encendió en la mente de John. *«Sigue pidiendo y recibirás lo que pides; sigue buscando y encontrarás; sigue llamando, y la puerta se te abrirá»*.

Luego vino la voz suave de la entrega, la puerta de un corazón que se abría a la obra de Dios.

—Sí, podemos orar por eso.

Con eso, Thomas extendió ambas manos. John se acercó a un lado de la cama y Amy al otro, y los tres oraron a través de las lágrimas. Agradecieron a Dios por haberlos reunido. Agradecieron a Dios por haber preservado a Thomas.

«Señor, sabes cuánto tiempo he orado por mi hija. Y cuánta vergüenza y culpa siento. Sé que Tú me has perdonado, pero no sé si Hannah lo podrá hacer. Ni Barbara. Oh, Padre, ella ha pasado por tanto sufrimiento. Gracias porque ella crio a Hannah. ¿Me darías la fe para creer que Tú estás en esta situación? No quiero vivir el resto de mi vida con temor. Quiero vivir por la fe, no por la vista. Pero necesito que me ayudes. Señor, siento mucho miedo».

CAPÍTULO 24

✦ ✦ ✦

En la siguiente carrera, Hannah sentía confianza. Los Harrison la recogieron temprano y la señora Harrison caminó con ella todo el recorrido. Había un terreno ondulado que parecía desafiante y dos áreas pantanosas, llenas de lodo. Era conveniente saber lo que había por delante en lugar de llevarse una sorpresa al correr con todo el grupo.

Hannah hizo estiramiento y luego se sentó en una banca con los Harrison antes de comenzar. Había superado los veintiún minutos en las últimas dos prácticas y esperaba poder mantener ese ritmo.

El entrenador Harrison le preguntó cómo se sentía y Hannah dijo que estaba bien.

—Bueno, en la reunión de entrenadores dijeron que este recorrido muestra quiénes son las corredoras realmente. Así que veremos si los nuevos ejercicios han sido de ayuda. ¿Tienes tu inhalador?

—Lo tengo aquí a mi lado —respondió Hannah.

El entrenador Harrison hizo una pausa y la miró a los ojos.

—Hannah, quiero orar por ti. ¿Puedo?

Nunca había dicho eso antes de una carrera, de modo que le pareció extraño. Pero su voz era reconfortante y tranquilizadora. Hannah asintió y observó que la señora Harrison cerraba los ojos e inclinaba la cabeza. Ambos actuaban como si hablar con Dios fuera algo real.

«Señor, te agradecemos la oportunidad de estar hoy aquí. Gracias por Hannah. Y, Señor, te pido que la protejas hoy y la ayudes a dar lo mejor de sí. Lo pido en el nombre de Jesús, amén».

Mientras oraban, Hannah levantó la cabeza y los observó. Cuando el entrenador Harrison terminó, ella sintió una sensación cálida por dentro.

—¿Estás lista?

—Creo que sí.

Hizo un poco más de estiramiento y se dirigió a la línea de salida. Cuando se acomodó, observó que Gina Mimms estaba nuevamente a su derecha. En sus sueños, perseguía a Gina. Y la mayoría de las veces lo sentía como una pesadilla. Hannah intentaba espantar los nervios, pero siempre estaban presentes al comienzo de una carrera. En lugar de intentar echarlos, esta vez comenzó a saltar en sitio. A lo mejor los nervios la ayudarían.

Alguien gritó su nombre desde los laterales, y Hannah estudió el grupo de espectadores. Era Ethan Harrison. Ella había estado bromeando con él en el comedor el día anterior por el tiempo que le había llevado terminar la carrera con ella. Ahora Ethan le sonrió y la señaló.

—¡Tú puedes! —gritó. Y un grupo de Brookshire aplaudía y gritaba alentándola.

Todo ese alboroto por una sola corredora, pensó Hannah. Echó una mirada a los padres y entrenadores, y vio a los Harrison observando a Ethan y los demás. Era bueno tener una sección de animadores, pero secretamente deseaba que su abuela pudiera venir a una carrera. No podía por su trabajo, por supuesto. Hannah ya lo sabía. Aun así, le hubiera gustado tener a algún familiar alentándola.

Hannah respiró hondo, se puso en línea y, cuando sonó el disparo, salió rápido. Oyó su nombre aclamado a gritos y, cuando pasó frente a los espectadores, se acomodó a su propio ritmo.

Protégela. Ayúdala a dar lo mejor de sí. Eso era lo que el entrador Harrison había orado. ¿Podía Dios hacer eso? ¿Acaso Dios tenía interés en ella? ¿No tenía cosas más importantes que hacer que observar la carrera de una muchacha de quince años?

La primera pendiente fue dura, pero Hannah mantuvo un buen ritmo y la encaró. Por adelante tenía varias corredoras, pero después de un kilómetro y medio, miró sobre el hombro y vio que había más detrás que delante de ella.

Concéntrate, pensó. *Quiero estar entre las diez primeras.*

Las piernas le pesaban en las secciones barrosas, y una vez se resbaló, pero logró mantener el equilibrio. Cuando llegó a un sector pavimentado junto a un lago, le llegó una brisa y parecía como si alguien hubiera encendido un ventilador justo en el momento oportuno.

Algo extraño ocurrió después del tercer kilómetro. En vez de que otras corredoras la fueran pasando, era ella quien las pasaba. Estaba cansada, tenía las piernas fatigadas, pero el entrenamiento había dado resultado. Tenía más resistencia, más potencia, y su ritmo en realidad aumentó.

Estaba tan enfocada en la técnica y en sus zancadas que no se preocupó por su respiración. Tenía su inhalador al costado, pero no lo necesitó.

Al bajar la pendiente final, miró hacia adelante y vio a Gina Mimms. Hannah siempre estaba a la zaga de ella. Pero esta vez por lo menos podía *verla*. Eso ya era un avance. Y eso la hizo alargar la zancada y lanzarse hacia la meta.

Los espectadores aclamaron cuando las corredoras aparecieron a la vista, y cuando a Hannah le faltaban unos cien metros para llegar a la meta, la gente estaba gritando y aplaudiendo. Escuchó al entrenador Harrison al pasar.

—¡Vamos, Hannah! ¡Échale ganas, Hannah! ¡Tú puedes!

En los últimos metros antes de la meta, se sintió agotada. En lugar de alcanzar a la chica que corría adelante, la muchacha que venía detrás se le adelantó. Hannah cruzó la línea y aplaudió mientras las otras llegaban.

Tomó un poco de agua mientras los Harrison se le acercaron.

—Estuviste muy bien. Fue asombroso —dijo la señora Harrison.

—Buen trabajo —dijo el entrenador—. ¿Y no necesitaste el inhalador?

—No. ¿En qué puesto llegué?

—El número once —dijo Harrison con vacilación.

Hannah sacudió la cabeza y se alejó, pero el entrenador Harrison no lo iba a permitir.

—Ni se te ocurra amargarte. Acabas de correr tu mejor carrera.

—Es cierto. No hay de qué avergonzarse —agregó la señora Harrison—. Estuviste fantástica.

Sus palabras eran alentadoras, pero Hannah no podía quitarse de encima el hecho de que se había quedado sin combustible al final.

—Pensé que por lo menos llegaría entre las diez primeras.

—Si sigues corriendo así, lo harás —dijo el entrenador. Saludó a alguien—. Creo que hay un par de amigos que quieren saludarte.

Ethan y un grupo de Brookshire la rodearon, aplaudiendo y alentándola. Grace estaba entre ellos, y la envolvió con un abrazo, transpirada como estaba. Y Ethan le hizo un choque de manos. Una cosa era que la felicitaran los chicos que no eran atletas, pero alguien como Ethan sabía lo que implicaba competir. ¿Lo hacía solo porque su padre era el entrenador? Su entusiasmo parecía sincero.

Empacaron las cosas y la multitud se dispersó. El entrenador Harrison la apartó y caminó con ella junto al lago. Se sentó sobre una hielera mientras que Hannah se sentaba en una banca.

—Todo atleta competitivo que he conocido tiene esta cosa en su interior que lo hace querer ganar. Y cuando no se desempeña tan bien como querría, se siente muy mal. Pero lo que tú has hecho en poco tiempo ha sido asombroso. ¿Lo sabes?

Hannah asintió.

—Creo que el entrenamiento me ha dado más velocidad.

—Hannah, ¿hay forma de que sepas antes de una carrera si podrías tener o no un ataque de asma?

—A veces. Hoy me sentía muy bien.

Recordó la oración del entrenador. *Protégela.* ¿Había pasado eso?

La señora Harrison se sentó junto a Hannah, y ella se preguntaba por qué no se iban al auto.

—Eres una buena corredora, Hannah —dijo el entrenador.

—Ethan dijo que recogería a Will —dijo la señora Harrison—. Así que tenemos tiempo.

Se miraron entre ellos y asintieron, como si tuvieran un código secreto. El entrenador Harrison se inclinó hacia delante.

—Bueno, quiero hacerte una pregunta, y quiero que pienses en ella, ¿está bien? ¿Quién es Hannah Scott?

La miró como si se suponía que ella supiera la respuesta. Como si fuera una prueba sorpresa en una clase introductoria sobre Hannah Scott. Cuánto más la miraba, más nerviosa se ponía Hannah. Finalmente, dijo lo único que se le ocurrió:

—No lo sé.

El entrenador asintió como si supiera que esa sería la respuesta.

—¿Crees que Dios te ama?

Hannah se encogió los hombros.

—Te ama. Y más de lo que te imaginas.

Algo se alzó en su interior. Generalmente, se quedaba quieta y dejaba que la gente hablara de Dios y Su amor. Pero esta vez, respondió:

—Entonces, ¿por qué se llevó a mis padres?

El entrenador Harrison inclinó la cabeza como si Hannah hubiera jugado una carta con la que vencía a todos los demás jugadores. John hizo una pausa, y luego dijo:

—Creo que a veces es fácil culpar a Dios por las decisiones que nosotros tomamos. O que toma otra gente. ¿Qué sabes de tu padre?

—Era corredor —respondió—. Se metió en las drogas, y eso lo mató.

—Te lo dijo tu abuela.

Hannah asintió.

—¿Sabes cómo se llamaba?

No había mencionado su nombre por mucho tiempo. Nadie quería escucharlo, especialmente su abuela.

—Thomas Hill —dijo. Se sentía bien decirlo, el solo hecho de sacarlo afuera.

El entrenador Harrison miró a su esposa y otra vez ese código. Una mirada. Un gesto con la cabeza. ¿Qué pasaba con esta gente?

John tomó aliento como si estuviera intentando reunir fuerzas para un salto largo.

—Hannah, hace poco estuve en el hospital y allí conocí a un hombre. No está muy bien. La diabetes le ha quitado la vista. Hemos llegado a conocernos bien. Solía ser un corredor. Y se metió en las drogas. Tuvo una hija, una niña. Y la dejó con un familiar cuando se fue de la ciudad hace quince años.

Hannah se estremeció. Escuchaba las palabras del entrenador, pero se sentía como si estuviera en otro lugar. Vio la mirada de preocupación en su rostro, pero sentía un hormigueo en los brazos. ¿Estaba diciendo lo que ella creía escuchar?

John la miró directo a los ojos.

—Él se llama Thomas Hill.

Hannah se echó hacia atrás. Lo único que pudo decir fue:

—¿Qué?

—Hannah, te dijeron que tu padre había fallecido, y creo que eso fue para protegerte. No quiero esquivar a tu abuela, pero no sé cuánto tiempo les queda.

Ahora Hannah tenía la respiración entrecortada. Y el corazón le latía aceleradamente. No podía ser verdad. Pero ¿qué motivo tendría su entrenador para mentirle?

—¿Mi padre está vivo? —preguntó.

—Quiere conocerte —dijo el entrenador—. Pero solo si tú quieres.

La señora Harrison se inclinó y habló con suavidad:

—Hannah, no tienes que hacer nada que no quieras hacer.

Hannah tenía un millón de preguntas. La primera que se le ocurrió plantear fue:

—¿Por qué se fue?

El entrenador Harrison se veía apenado.

—Lo lamenta mucho. Lo lamenta con todo su corazón.

—Pero mi abuela me dijo que...

La señora Harrison le puso una mano sobre el hombro.

—A veces, las personas que nos aman y que quieren lo mejor para nosotros no siempre toman las decisiones acertadas. Tu abuela solo hizo lo que pensó que era mejor para ti.

Hannah se quedó mirando el suelo, y luego volvió a mirar a su entrenador.

—¿Es realmente él? ¿Están seguros?

El entrenador asintió y Hannah vio algo en sus ojos, algo que la hizo pensar que realmente se preocupaba por ella.

—¿Cuánto hace que está en el hospital?

El entrenador dijo que no hacía mucho tiempo y que había venido de Fairview.

—Lo mandaron aquí para que pudiera recibir diálisis.

—¿Qué es diálisis? —dijo Hannah.

El entrenador miró a su esposa. Como si un corredor le pasara la batuta al siguiente, ella continuó inmediatamente:

—Cuando los riñones de una persona trabajan muy lento o dejan de funcionar, se usa un aparato para reemplazar la función que llevan a cabo los riñones sanos. Tu padre la necesita, por eso lo enviaron aquí.

El entrenador se inclinó.

—Tu papá tiene una actitud muy positiva. Es gracioso. Me ha enseñado mucho sobre el deporte de correr. Pero también me ha desafiado en cuanto a la forma en que vivo.

—¿Y la diálisis es lo que lo mantiene vivo?

El entrenador Harrison asintió.

Hannah sacudió la cabeza.

—No entiendo. ¿Cómo lo encontraron? ¿Estuvieron buscándolo?

El entrenador explicó que había conocido a Thomas accidentalmente.

—Pero pensándolo bien, creo que nada de esto sucedió por casualidad. Creo que Dios está involucrado en esto.

Se quedaron en silencio, y se dirigieron al auto. Cuando llegaron a la casa de Hannah, ella se bajó apresuradamente y, sin decir nada, corrió hacia adentro. Saludó a los Harrison mientras cerraba la puerta. Sabía que debía haber dicho algo, que les tendría que haber agradecido, pero estaba tan conmocionada por dentro que no pudo hacerlo.

Puso sus cosas sobre el sofá y corrió a su habitación. Sus pasos resonaron en la casa vacía. Se duchó y se vistió, y después entró sigilosamente a la habitación de su abuela. Su abuela estaba en el trabajo, pero su habitación era un lugar prohibido, de modo que Hannah no podía dejar ninguna evidencia de haber estado allí.

Abrió el armario y allí estaban los uniformes de su abuela. Pero no era ropa lo que buscaba. Muy para arriba, en el estante superior, había una pequeña caja verde. Había sido de su madre. Hasta donde Hannah sabía, su abuela no había tocado las fotografías que había allí. Tampoco le había hablado de ellas a Hannah. Hannah las había encontrado cuando tenía diez años, lo que había llevado a su abuela a establecer la regla de no «andar hurgando en su habitación».

«Tú no te metas en mis cosas, y yo no me meteré en las tuyas», había dicho su abuela con severidad, poniendo la caja en ese estante alto.

Hannah la bajó, y luego se sentó al borde de la cama de su abuela y levantó la tapa. Adentro había fotografías viejas, algunas desteñidas por el tiempo, y las fue pasando hasta encontrar la que quería.

Un hombre joven con un #77 en la camiseta estaba corriendo en una carrera de campo traviesa. Sus piernas se veían fuertes y su postura, perfecta. Estaba inclinado hacia adelante, aprovechando su propio impulso, y se destacaban los músculos de sus brazos. Sus ojos llamaron la atención de Hannah. Acababa de pasar un árbol y miraba directamente a la cámara. ¿Habría sido la madre de Hannah quien sacó la foto? ¿El reportero deportivo de un periódico local? No lo sabía. Todo lo que sabía era que ese era su padre. Y las pocas veces que había visto la fotografía, pensaba que estaba muerto. Eso la hacía una fotografía triste. Sus ojos tenían un aire fantasmal. Era simplemente un recuerdo que ella no compartía, un nombre que no podía mencionar en presencia de su abuela.

Cada vez que preguntaba por él, su abuela se enojaba. De manera que Hannah dejó de preguntar. No le gustaba hacer que su abuela se fastidiara.

Ahora, con las noticias que le habían dado los Harrison, la fotografía cambió. Su padre estaba vivo, en un hospital que quedaba a la distancia de una carrera de campo traviesa de su casa. Él podría haber muerto allí y ella nunca se hubiera enterado. Y le asombró que la fotografía seguía siendo la misma. *Ella* había cambiado con la verdad de que su padre vivía.

Pensó en las palabras del entrenador Harrison y en lo que había dicho la señora Brooks. ¿Tendrían razón? ¿Sería real Dios? ¿Acaso se interesaba por ella? Cada vez que alguien mencionaba a sus padres, Hannah culpaba a Dios por haberlos dejado morir. Pero ¿habría Dios preparado un camino para que ella pudiera conocer a su padre?

Colocó la tapa sobre la caja y volvió a ubicarla en el estante alto, exactamente donde la había encontrado. Cerró las puertas del armario y abandonó la habitación, y luego regresó para alisar el cubrecama. Una vez en su habitación, sacó un libro para estudiar, pero no podía quitar los ojos de la fotografía.

CAPÍTULO 25

✦ ✦ ✦

Barbara Scott revisaba su reloj cada cuantos minutos durante
su turno en el hotel, tratando de imaginar por lo que
estaría pasando Hannah en ese momento. Se dio cuenta
cuando era el momento en que la recogían. Cuando era el
momento en que comenzaba la carrera. Sabía que Hannah
terminaría más o menos veinte minutos más tarde, depen-
diendo de cómo corriera y si tenía uno de sus ataques de
asma. Eso era lo que más le preocupaba.

Habían pasado varios días después del último encuentro
deportivo cuando Barbara se enteró de por qué Hannah
no había terminado la carrera. Quería poner fin a todo el
asunto. No tenía sentido morirse por un evento deportivo.

Había levantado el teléfono para llamar al entrenador Harrison, pero Hannah la detuvo.

—Abuela, no me puedes quitar esto. Siento que nací para correr.

—Si hubieras nacido para correr, Dios no te hubiera dado esos pulmones.

—Eso no lo puedo cambiar. Pero no voy a permitir que el asma me impida hacer algo para lo que fui creada.

—Mi nena, ¿de dónde sacas todo eso?

Hannah la miró desconcertada.

—¿Qué quieres decir?

—Lo que estás diciendo. Ese empeño en correr.

—No lo sé, abuela. Simplemente lo llevo aquí, supongo. —Hannah se señaló el corazón y Barbara bajó el teléfono. Hannah tenía tanta determinación como su madre. Cuando se le metía algo en la cabeza, nada podía interponerse en su camino. Hannah era igualita a Janet, y Janet había sido igualita a Barbara. Algunas cosas están profundamente arraigadas en el ADN.

Barbara rio a lo bajo mientras terminaba de aspirar la alfombra y cambiar las sábanas en la habitación 327 del hotel Franklin City Inn. La gente dejaba propinas en el restaurante, pero la mayoría no veía ninguna razón para dejar propinas al personal que limpiaba las habitaciones del hotel. Muy de vez en cuando encontraba efectivo dejado sobre la cómoda o alguna mesa de noche, pero en general se trataba de unas monedas que alguien había olvidado. Ella y sus compañeras tenían una jarra en la lavandería donde iban poniendo las monedas, y cuando se llenaba, intentaban adivinar cuánto dinero había. Quien se acercaba más a la cantidad se llevaba todo el contenido. Era una diversión que esperaban cada cuantas semanas. Solo una jarra llena de lo que la gente no quería cargar.

Repasó la planilla de turnos y suspiró. Solo le faltaba la habitación 332. Había pasado frente al cartel «No molestar» dos horas antes, y ya se había pasado la hora de desocupar la habitación. Llamó por la radio a la recepción y le dijeron que el huésped no había salido aún. Golpeó la puerta.

—Servicio de limpieza —dijo con voz fuerte.

No hubo respuesta. No quería importunar, pero tenía que hacer su trabajo. Volvió a consultar su reloj. La carrera ya estaría por comenzar. Quería limpiar la habitación, conducir hasta la carrera y sorprender a Hannah en la línea de meta. El sueño se estaba esfumando mientras miraba el cartel de «No molestar». Si no llegaba para la carrera, podría ir a casa y preparar el almuerzo. Cuando Hannah llegara, podrían pasar tiempo charlando sobre su día. A Hannah le encantaban los macarrones con queso y las hamburguesas. Barbara podría tenerlas preparadas, calientitas, para cuando Hannah entrara a la casa. Y aunque era un peso permanente para Barbara, no sacaría a relucir hoy el «problema» de Hannah. No hoy.

Utilizó su tarjeta de acceso y la cerradura respondió. Abrió la puerta un par de centímetros y repitió:

—Servicio de limpieza.

No hubo respuesta.

El corazón se le aceleró un poco. En una ocasión, había descubierto a una mujer inconsciente en el baño y tuvo que llamar al 911. El personal la había llamado una heroína. La señora que había sido llevada por los paramédicos le gritó. Barbara sabía que la mujer no estaba en sus cabales.

Esperó que la puerta se atrancara con la traba interior, pero no fue así. La habitación estaba totalmente a oscuras, con las cortinas cerradas. Puso un pie adentro y dijo:

—¿Hola?

Sin respuesta.

Prendió el interruptor de luz a su izquierda y se quedó sin aliento. La habitación no solo era un desastre; parecía que hubiera entrado un tornado de los más terribles y se hubiera quedado dos días, llamando a la recepción para avisar que saldría tarde del hotel. Estudió los daños. Por lo menos las paredes estaban intactas.

Encendió la luz en el baño y calculó el tiempo que le llevaría limpiar todo eso. Fue al teléfono y llamó a la recepción. El gerente iba a querer fotografías.

Dos horas más tarde, se apuró al auto y condujo hasta el río. Se sintió aliviada y a la vez frustrada cuando vio las cosas de Hannah. ¿Cuántas veces le había dicho a esa muchacha que no arrojara sus cosas sobre el sofá?

La llamó, y Hannah respondió desde su habitación. Barbara la encontró en la cama con la nariz pegada a un libro de texto grande, con dos cuadernos al lado. No tenía puestos sus audífonos, lo cual era extraño. A lo mejor eso era un avance.

—Hola, mi nena. ¿Cómo te fue en la carrera hoy?

—Terminé en el puesto once —dijo Hannah, como disculpándose.

Terminó. Eso significa que no hubo ataque de asma.

—Bueno, estás mejorando —dijo Barbara—. Realmente me hubiera gustado estar ahí, pero estuve pensando en ti todo el tiempo en el trabajo.

Hannah la miró fijamente. De la nada, pronunció las palabras que dejaron a Barbara sin respiración:

—¿Alguna vez viste correr a mi padre?

Tranquila. No reacciones de forma exagerada.

Barbara apretó la correa de su bolso.

—Una vez, en una carrera de la ciudad. —Soltó la correa del bolso y respiró hondo—. Tendría ya unos treinta años.

Bien. Había respondido a la pregunta. No había gritado y ni siquiera levantado la voz. Hannah probablemente se preguntaba de dónde había heredado su capacidad atlética. Estaba en la edad en la que las preguntas surgían cuando se estaba solo y pensando cosas. Cuando no estaba escuchando música tal vez. Si tan solo Barbara hubiera llegado a casa más temprano, Hannah no hubiera tenido tiempo de pensar en su padre.

—¿Y cómo murió? —preguntó Hannah, interrumpiendo los pensamientos de su abuela.

Barbara estudió el rostro de su nieta y luego miró a otro lado. Otra vez con esto. Pensaba que habían terminado este tipo de preguntas. Pensaba que Hannah las había superado. Con firmeza, con toda la amabilidad que pudo reunir, miró a su nieta a la cara.

—Nena, ya te lo dije. Esas drogas se apoderaron de él. No necesitas preocuparte por eso. Lo mejor que puedes hacer es seguir con tu vida. A él le gustaría eso.

Barbara se sintió bien con su respuesta. En los últimos quince años, se había dicho a sí misma tantas veces esa historia que prácticamente la creía cierta. Seguramente, las drogas habían acabado con El Tigre. No había sabido nada más de él desde aquel día en el que el mundo dejó de girar.

Cambió rápidamente la conversación:

—Entonces, ¿ya has comido algo? Porque puedo preparar algo. Estoy muerta de hambre.

Hannah no parecía dispuesta a abandonar la pregunta que había hecho sobre la historia, pero asintió levemente y dijo:

—Está bien.

Barbara forzó una sonrisa y se marchó a la cocina. Hirvió agua y puso la sartén al fuego mientras sacaba la carne de la nevera. Mientras trabajaba, no podía controlar su mente, no podía contener las imágenes que se habían arraigado hace quince años. Cortó una cebolla para las hamburguesas y le ardieron los ojos. Pensó en la habitación del hotel hecha un desastre. Se parecía mucho a su vida. Pero, en su vida, no había habido nadie para limpiarla, para aspirar la alfombra y tender las camas.

Barbara sabía por qué Hannah hacía preguntas sobre su

madre. La sacaba a colación tantas veces porque era curiosa. Y de una extraña manera, para Barbara era sanador hablar de Janet. El solo pronunciar su nombre y hablar de algunas de las cosas graciosas que habían ocurrido hacía que su vida fuera real y no un sueño.

Pero ¿por qué preguntaba Hannah por su padre? ¿Qué provocaba que su corazón anduviera por ese camino poco trillado?

Cuando el almuerzo estuvo servido, llamó a Hannah y el rostro de la muchacha se iluminó ante la vista de su comida preferida.

Después de que comenzaron a comer, Barbara dijo:

—¿Por qué me preguntaste por tu padre?

—No lo sé.

—¿Te preguntabas para saber de dónde sacaste tu aptitud para correr?

Hannah se encogió de hombros.

—Supongo.

—Bueno, sé que es difícil no recibir las respuestas que esperas. Pero me alegro de que no tengas que pasar por la tristeza que te provocaría conocerlas. ¿Comprendes?

—Sí, abuela.

CAPÍTULO 26

✦ ✦ ✦

John Harrison nunca había orado tanto por algo como lo estaba haciendo por Hannah y Thomas. Ambos estaban constantemente en sus pensamientos, lo mismo que Barbara, la abuela de Hannah. Era un misterio la forma en que ella reaccionaría ante la noticia de que Thomas estaba en Franklin y quería conocer a Hannah.

Amy llamó a Mark Latimer y le dijo que tenían una situación difícil en la escuela y le pidió que orara. No le dio ningún detalle.

—No necesitas darme detalles —dijo el pastor Mark—. Dios sabe lo que está pasando. Ahora mismo divulgaré la petición.

John les dijo a Ethan y a Will que apreciaría que también oraran por Hannah. Will oró en la mesa a la hora de cenar esa noche y le pidió a Dios que ayudara «a Hannah con su asma y con todas las demás cosas que le están pasando».

Ethan miró a John después de la oración y dijo:

—¿Cuándo podrás contarnos?

—Espero que pronto.

John llamó por teléfono a Thomas el sábado por la noche y le contó sobre la conversación con Hannah. Thomas quería saber cada detalle de su reacción.

—Da la impresión de estar confundida —dijo Thomas—. No la culparía si no quisiera conocerme después de la forma en que la traté. La forma en que la abandoné.

—Creo que tenemos que darle el tiempo que necesita. No recuerdo haber tenido que procesar algo ni remotamente parecido a esto a los quince años.

—Yo tampoco —dijo Thomas—. Pero al mismo tiempo...

John oyó la señal del monitor en el trasfondo mientras Thomas buscaba las palabras.

—Mi temor es que para cuando ella acepte verme, yo ya no esté.

—Bueno, Amy y yo estamos orando. Hay gente de la iglesia y del grupo de estudio bíblico que también lo están haciendo.

Thomas se quedó en silencio, y eso hizo que John quisiera ser valiente con sus palabras.

—Thomas, quisiera orar por ti ahora mismo. ¿Puedo?

—Sí —dijo Thomas débilmente.

John le agradeció a Dios por la amistad que habían desarrollado. Pidió por la sanidad de Thomas, de cuerpo y alma. Pidió que Dios se mostrara de manera poderosa y le diera esperanzas a Thomas, sin importar qué decidiera Hannah.

—Sí, Señor —susurró Thomas por el teléfono.

Cuando John terminó, Thomas le agradeció.

—Me siento más animado. Creo que el mejor lugar para poner toda esta situación es en las manos de Dios. La vida es una entrega tras otra, ¿verdad, John?

—Seguro. Pero saberlo no hace más fácil la espera.

—No. Es cierto.

John cerró los ojos y pudo imaginar el rostro del hombre, con su cabeza contra la almohada del hospital. Recordaría esa imagen de Thomas por mucho tiempo. Era un hombre aparentemente desamparado pero que había decidido confiar en Dios para todo.

—¿Sabes?, una vez que toqué fondo y Dios me cambió el corazón, comencé a orar por Hannah —dijo Thomas—. Pero cada vez que lo hacía, me sentía muy avergonzado. Y culpable. Eso casi me impedía orar. Sé que esa voz que oía no era de Dios porque Él no es el acusador. Y cuando lo comprendí, cambié mi oración. Dejé de pedir que la trajera a mi vida, y comencé a pedirle a Dios que la acercara a Él. Oraba para que hiciera por ella lo mismo que había hecho conmigo. Pedía en oración lo mismo para Barbara. Así es que mi mayor esperanza ha sido que Hannah llegara a conocer el amor de Dios que yo he experimentado.

—Yo he estado orando por lo mismo, Thomas. Parece que aquí está pasando más de lo que podemos entender.

—Espero que tengas razón —dijo Thomas—. Pero puedes estar seguro de que esto no alegrará mucho a los enemigos de Dios.

—Más razón para orar, entonces —dijo John.

En la siguiente práctica, John encontró a Hannah haciendo calentamiento en el campo. Amy había tenido que llevar a Will a una cita con el dentista, de manera que estaban los dos solos. John quería hacerle preguntas sobre su padre, pero prefirió darle espacio. Tenía que ser una decisión de ella.

Después de correr con intervalos, Hannah preguntó si podía salir a correr el circuito completo de una carrera.

—¿Seguro que puedes?

Hannah asintió.

—Creo que me ayudará.

¿Ayudará con qué?, pensó John.

Puso el cronómetro y la observó trepar la pendiente y perderse entre los árboles. Con el básquetbol, se sentía comprometido con cada uno de los aspectos de la práctica. Estaba al tanto de todo lo que pasaba en la cancha. Con el campo traviesa, Hannah pasaba mucho tiempo fuera de su vista. Hoy decidió que lo mejor que podía hacer era orar.

Se sentó en las gradas, los codos sobre las rodillas y la cabeza inclinada. Cualquiera que pasara pensaría que estaba analizando su planilla, pero estaba profundamente inmerso en oración por Hannah y su necesidad de una relación con Dios. Y cayó en la cuenta de que había un paralelismo entre el Padre Celestial y el padre terrenal de Hannah. Ambos querían relacionarse con ella.

«Padre, lo más importante para Hannah es que te conozca a Ti. Por eso, pido que obres en su corazón y lo ablandes, la prepares para que te busque, reciba Tu perdón y llegue a conocerte. Hazme sensible. Ayúdame a no presionar o contenerme demasiado cuando no debería hacerlo. Usa a Amy en la vida de Hannah... sé que ya lo has hecho. O haz que aparezca alguien más que pueda ayudarla a entender Tu amor por ella y la razón por la que la creaste. Lo has hecho por mí, Señor. Y has sido muy paciente».

Oyó pasos y levantó la vista para ver a Hannah bajando la pendiente a toda velocidad.

«Gracias por ella, Señor», susurró.

Se levantó y la esperó en la meta, con el cronómetro en la mano. Hannah parecía ganar impulso con cada zancada.

«Vamos, ¡termina con fuerza! —dijo John—. ¡Bien, bien, bien!».

Hannah cruzó la meta y John presionó el cronómetro y miró los números fijamente.

—20:45. Hannah, cada vez corres más rápido.

El rostro de Hannah brillaba de transpiración. Estaba agotada pero no exhausta.

—¿Cómo sientes tu respiración?

—Bien —respondió.

—Te busco un poco de agua —dijo John, volviendo a las gradas. Recogió una botella de agua y la oyó decir:

—Quiero ir.

John se detuvo y se dio la vuelta. ¿Había oído bien? La miró fijamente, esperando una explicación y esperanzado de que significara lo que creía que significaba.

—Quiero ir a verlo —dijo.

John le alcanzó la botella de agua, entusiasmado pero también cauteloso.

—¿Y qué hay de tu abuela?

—Ella dijo que está muerto.

John asintió.

—¿Quieres ir esta noche?

—Mi abuela llegará a casa pronto.

—Claro. ¿Mañana? Podemos faltar una vez a la práctica, creo.

Hannah se detuvo un momento.

—¿Cree que...?

—¿Qué cosa, Hannah?

—Quizás sea mucho pedir.

—¿Qué cosa?

—¿Cree que la señora Harrison podría acompañarnos?

John sonrió.

—Eso la pondrá muy contenta, sobre todo que tú lo hayas sugerido. Creo que le gustaría mucho acompañarnos.

Le parecía que acababa de presenciar un descubrimiento. Sentía como si acabara de ganar un partido clasificatorio. Y mientras caminaba hacia su oficina, se detuvo en la puerta, cerró los ojos y le agradeció a Dios por lo ocurrido.

Luego llamó a Amy.

Luego llamó a Thomas.

Luego llamó al pastor y le pidió que le dijera a la gente que orara más que nunca. Estaba ocurriendo algo bueno, y quería que eso continuara.

CAPÍTULO 27

✦ ✦ ✦

Hannah sintió mariposas en el estómago todo el día. Antes de salir al trabajo, su abuela le preguntó si tenía alguna prueba o la entrega de un informe, o si pasaría «algo especial» hoy.

Hannah quería decir que estaba pensando en hacerse de un nuevo amigo, su padre. Pero solo se encogió de hombros.

Ni en sus sueños más increíbles había imaginado encontrar a su padre. En la clase de Literatura, había leído la historia de un chico adoptado que miraba por la ventana preguntándose si alguno de los hombres que pasaba por ahí sería su padre. La historia se le había grabado, pero siempre le parecía un cuento de hadas.

Eligió cuidadosamente su ropa. Hurgó en su armario, sacó una blusa y una falda, y luego las volvió a colgar. Tenía tres vestidos, pero ninguno le pareció adecuado. Se decidió por una camisa y unos lindos pantalones deportivos y se miró al espejo. No fue hasta que iba caminando a la escuela y vio a una mujer con gafas oscuras y un bastón que recordó que su padre era ciego. No vería la ropa que llevaba. Nunca lo haría. Y eso estaba bien. No era necesario que la viera. De hecho, eso le restó un poco de presión al momento. Ella solo quería verlo a él, escuchar su voz, ver si lo que decía el entrenador Harrison era cierto.

La señora Harrison le hizo un cumplido sobre su ropa en la primera hora y le guiñó un ojo. Después de la clase, le preguntó:

—¿Preparada para hoy?

—Creo que sí. Estoy un poco nerviosa.

La señora sonrió y dijo:

—Me sentiría preocupada si no lo estuvieras.

Eso tranquilizó a Hannah durante unos quince minutos. A mediodía, no pudo comer. No podía concentrarse en las clases. En todo lo que podía pensar era en el aspecto de su padre y lo que él diría. Y en la forma en que reaccionaría su abuela si se enteraba. Por eso, sentía el estómago revuelto: su abuela le había mentido todos estos años. O a lo mejor realmente creía que su padre había muerto. ¿Habría recibido alguna información incorrecta? No, su abuela conocía los pormenores de todo.

Hannah encontró a los Harrison a la salida de la escuela

y condujeron hasta el hospital. A Hannah no le gustaban los hospitales. Los asociaba con el dolor que había sentido la última vez que había estado en uno y la mirada en el rostro de su abuela cuando miraba las facturas. Eran muchas. Llegaban en el correo, y su abuela tuvo que negociar un plan de pago. Y luego comenzaron a llegar unos cobradores, cosa que Hannah entendía apenas vagamente. Era un desastre, y Hannah juró que jamás volvería a estar internada en un hospital.

Subieron por el ascensor hasta el cuarto piso. Hannah caminaba detrás de los Harrison, sujetando con fuerza su inhalador. Para ser un hospital, le pareció siniestramente silencioso. Hannah oía cada paso que daban. Los Harrison se miraban el uno al otro en el ascensor y a lo largo del corredor, sin decir una palabra. ¿Es que así se volvían los matrimonios después de algunos años de casados?

Cuando se acercaban a la habitación de su padre, sintió que se iba a enfermar, pero con los Harrison allí, no podía echarse atrás. Tenía que seguir adelante.

Parte de su temor era que la condición de su padre pudiera alarmarla. Si estaba próximo a la muerte, podía verse extraño. Como un esqueleto. Luego, recordó que él no podría ver sus reacciones. No se alegraba de que estuviera ciego, pero una vez más, eso le restó parte del temor.

—Es aquí mismo —dijo el entrenador Harrison, aminorando el paso al acercarse a la habitación 402. La puerta estaba entreabierta y Hannah echó una mirada y vio una cama. Luego fijó la vista en las baldosas del piso.

—Hagamos una cosa. Déjenme entrar un segundo, ¿está bien? —dijo el entrenador. Hannah nunca lo había oído hablar con tanta suavidad.

Cuando él entró, la señora Harrison le puso una mano sobre el brazo.

—Hannah, ¿estás bien?

—Estoy bien. —Sintió la presión en los pulmones.

Tomó una calada del inhalador y luego volvió a deslizarlo en el bolsillo de sus pantalones.

—Escucha, si necesitas más tiempo, no tienes que hacerlo ahora mismo.

Sintió alivio. Podía entrar en el ascensor e irse. No, no podía, no estando tan cerca.

—Quiero hacerlo. Estoy bien.

El entrenador Harrison volvió al corredor.

—Bien, muchachas, ¿listas?

Cuando Hannah entró a la habitación, fue como si entrara a otra realidad. Oyó el *bip, bip* de un aparato junto a la cama. Había ese olor extraño, antiséptico de alcohol y solución de limpieza. Y allí estaba su padre. Estaba ligeramente incorporado en la cama, mirando directamente al frente, como si estuviera estudiando la pared del lado opuesto de la habitación.

Su padre tenía barba y bigotes entre gris y negro. Eso no se lo esperaba. Su cabello era entrecano. La única fotografía de su padre que tenía en la mente era en la que estaba corriendo con una camiseta #77, y este hombre no se parecía en absoluto a aquel. Tenía los brazos extendidos a cada lado de la cama y no se movía a excepción de la subida y bajada de su pecho al respirar. La luz de la ventana solo iluminaba la mitad de su rostro. Vestía una bata de hospital y ella recordó lo incómodas que eran.

—Bueno, Thomas, aquí estamos —dijo el entrenador Harrison—. Emm, ya conociste a Amy.

—Hola, Amy.

Esa voz. Esa era la voz de su padre. Profunda. Rica. Pero también tensa. Parecía estar conteniéndose. El entrenador había dicho que tenía mucho sentido del humor. ¿Por qué no sonreía?

—Hola, Thomas —dijo la señora Harrison, acercándose para apretarle la mano—. Lindo verte otra vez.

Thomas volteó la cabeza cuando ella lo tocó.

—Intenté vestir un mejor conjunto, pero no sabía si me combinaban las piezas.

Su padre sonrió y se rio bajito, pero parecía forzado. ¿Estaría tan nervioso como ella?

La señora Harrison se rio.

—Bueno, te ves muy bien.

—Y Hannah está aquí —dijo el entrenador Harrison.

La presentación formal. El momento que ella tanto había esperado. El que él había esperado, tal vez. Hannah miró a su entrenador. Tenía la boca seca y el pecho apretado. El entrenador no volvió a hablar y Hannah supo que era su turno.

No tenía palabras.

Todo el día, había practicado lo que diría. Había imaginado ese encuentro antes de dormirse la noche anterior. Y ahora, no se le ocurría qué decir. Miró a su padre. Tenía algo en el dedo índice de la mano izquierda que estaba conectado a un aparato junto a la cama.

—Hola, Hannah —dijo él.

Todos en la habitación esperaban que ella hablara. Lo único que pudo decir fue:

—Hola.

Bip, bip.

—El entrenador me dice que eres su corredora número uno —dijo su padre.

Algo goteaba de una bolsa plástica junto a la cama y los ojos de Hannah siguieron el tubo de goma hasta el brazo de su padre.

—Supongo —dijo Hannah suavemente.

El entrenador Harrison dijo algo que Hannah no pudo oír. Algo alentador, supuso, por el tono de su voz.

—Espero que sigas andando en eso —dijo su padre.

No era un esqueleto. Sus brazos parecían fuertes. Y quería preguntarle por qué no había vuelto a buscarla. ¿Por qué se había alejado todos esos años? Pero no pudo. No todavía. No quería herir sus sentimientos. Pero había tantas cosas que se agitaban en su interior.

—Thomas, entiendo que llegaste a ser tercero en el campeonato estatal —dijo la señora Harrison, rompiendo el incómodo silencio.

Su padre rio.

—Sí, así fue. En aquellos tiempos.

Esa era una expresión que a veces usaba su abuela. *En aquellos tiempos.* Eso significaba hace mucho tiempo. Y hace mucho tiempo, su madre estaba viva y se conocían entre ellos. Y ella quería hacerle miles de preguntas sobre ella y lo que realmente había pasado. ¿Alguna vez había pensado en encontrar a su hija? ¿Alguna vez se había preguntado cómo había estado ella durante los últimos quince años?

Rápidamente, se inmiscuyó la voz de su abuela. Reprendiéndola por hacer preguntas. La atravesó el miedo y Hannah se preguntó si en cualquier momento su abuela entraría por la puerta, gritándole,

«*¡Hannah! ¿Qué crees que estás haciendo?*».

Su padre sonrió nerviosamente.

—Y bien, Hannah, ¿cómo le está yendo al entrenador?

Por alguna razón que no entendía, ahora Hannah estaba imaginando a su madre, cómo se vería si estuviera con vida. Estaría de pie junto a esa cama, a lo mejor sosteniéndole la mano a su padre. Dirían las cosas que se decían los Harrison. Ella y su padre se verían el uno al otro con miradas cómplices, el código secreto.

Se esforzaba por respirar, pero le costaba. Las paredes parecían estrecharse a medida que sus pulmones se cerraban.

—Lo está haciendo bien —logró decir Hannah.

—Apenas bien —dijo secamente el entrenador. Estaba tratando de levantar el ánimo. De romper el hielo.

Ahí estaba. Hannah se sentía bajo el agua, cubierta de hielo, y no llegaba a la superficie para respirar.

Entró una enfermera con un estetoscopio y una carpeta bajo el brazo. Sonrió.

—Permiso. Necesito revisar sus signos vitales, por favor.

—Hola, Rose —dijo su padre, a plena voz—. ¿Te unes a la fiesta? —Parecía sentirse cómodo con la enfermera. Más que con Hannah.

Mientras ambos charlaban, Hannah se dio la vuelta hacia la señora Harrison y le susurró:

—Necesito salir.

—Está bien —dijo la señora Harrison.

Hannah salió de la habitación. En el corredor, sintió que podía respirar. Apretó los puños, tratando de recuperar el tacto en las manos, y vio un médico y un par de enfermeras por el corredor. Todo el mundo estaba ocupado, todo el mundo tenía un trabajo, todos sabían dónde debían estar y lo que debían hacer. Y ahí estaba ella, afuera de la habitación de su padre moribundo sin saber qué sentir, qué hacer, qué decir.

—Hannah, ¿estás bien? —dijo la señora Harrison, haciéndola girar para mirarla de frente.

Hannah asintió, esperando que le dijeran que debía decirle adiós a su padre, que no podía simplemente irse. En lugar de eso, la señora Harrison la miró a los ojos y dijo:

—Vayamos a sentarnos en el auto. John bajará en unos minutos.

Y sin más, se dieron la vuelta y Hannah sintió que la señora Harrison le abrazaba los hombros, estrechándola mientras caminaban hacia el ascensor.

CAPÍTULO 28

✦ ✦ ✦

John vio a Amy seguir a Hannah al corredor. Cuando la enfermera se fue, Thomas volvió los ojos al pie de su cama y dijo:

—Entonces, Hannah, seguramente tienes muchas preguntas que hacerme...

—Thomas, Hannah salió —dijo John con amabilidad—. Creo que necesitaba marcharse.

—Ah —La expresión de Thomas cambió—. ¿Crees que dije algo que le molestó?

—Creo que fue mucho para asimilar, ¿sabes?

—Sí, supongo. —Thomas cruzó las manos sobre su regazo—. A lo mejor esto fue un error, John. A lo mejor era mejor dejarla seguir pensando que estaba muerto.

—Siempre he oído que la verdad nos hace libres.

—Yo también lo he oído. Pero al mismo tiempo, la verdad puede herir a las personas que amamos. Hay que poner eso en la balanza.

John echó una mirada a su reloj... que no estaba donde debía estar. No podía creer lo mucho que lo había buscado.

—Creo que debo bajar y llevar a Hannah a su casa.

—Claro. Anda. Entiendo. Y dile a Hannah que...

John miró los ojos de Thomas. Había en ellos cierta niebla.

—Dile que lo comprendo. Que no necesita volver si no lo desea. Y que...

—Se lo diré, Thomas.

—Solo cuídenla. Es todo lo que necesito saber. Que está bien cuidada. Aprecio mucho lo que intentaron hacer.

John apoyó una mano sobre el hombro de Thomas.

—Sigue orando.

Condujeron en silencio hacia la pequeña casa de Hannah junto al río. Cada vez que miraba por el espejo retrovisor, John la veía mirando por la ventana. John le contó a Hannah lo que había dicho Thomas, pero quería decir más, preguntarle a Hannah en qué estaba pensando. Le echó una mirada a Amy, quien parecía estar igual que él: dudando si hablar o mantener el silencio.

Cuando se detuvieron en la curva frente a la casa de Hannah, la muchacha abrió la puerta del auto y trepó las escalinatas de la entrada antes de que él y Amy pudieran bajar.

—Hannah, ¿quieres que te acompañe hasta que llegue tu abuela? —preguntó Amy.

Hannah volteó y sacudió la cabeza.

—Estoy bien. —Luego se enfocó en Amy con ojos penetrantes y maduros para su edad y agregó—: Necesito tiempo para pensar.

—Está bien. Tienes nuestro número —dijo Amy—. Por favor, llámanos si necesitas algo.

Hannah le agradeció y entró. John quería disculparse. Quería pedirle a Hannah que le diera otra oportunidad a Thomas.

Amy se detuvo junto al auto.

—Por favor, dime que hicimos lo correcto.

John quería responder inmediatamente, decirle que sí, pero no estaba seguro. Subió al auto y se quedó sentado allí, con las manos sobre el volante.

—Lo que sí sé es esto. Nada en mí desea hacer algo mal. Solo queríamos ayudar. Espero que Dios honre que teníamos buenas intenciones.

Esa noche, mientras estaba acostado y la casa en silencio, mientras oía la suave respiración de su esposa, John miraba en la oscuridad de la habitación, preguntándose sobre Thomas. Cerró los ojos. ¿Era eso lo que su amigo veía? ¿La ceguera producía una negra oscuridad? ¿O se veía gris, azul o carmesí?

Salió de la cama y bajó en silencio las escaleras para

sentarse en el sofá en la oscuridad. ¿Qué se hace cuando la vida no cumple con nuestras expectativas? ¿Cómo se reacciona cuando los hechos nos llevan en una dirección que no habíamos planificado? ¿Qué ocurre cuando nuestros esfuerzos generan más dudas y más preguntas que respuestas?

John había escrito el guion que quería ver desplegado en el hospital. Quería presentarle a Hannah a su padre, luego verlos abrazarse y reír y conectarse. Quería crear un momento conmovedor, una fotografía o un video que podría viralizarse porque era tan emotivo. Imaginaba que él y Amy se retirarían a la cafetería y, horas después, volverían a buscar a Hannah del lado de la cama de su padre. Cuando Barbara se enterara del lazo entre padre e hija, estaría de acuerdo y sonreirían y celebrarían el encuentro. Todo color de rosa y flores de primavera.

John escuchó un crujido en la casa. Un ruido inexplicable. ¿Había hecho todo eso por Thomas y Hannah, o lo había hecho por sí mismo? ¿Había actuado de una forma que tenía sentido solo para él sin tener en cuenta el daño que podría provocar?

John era un arreglador nato. Algo se rompe en la casa o en el auto, y uno lo arregla. Si se rompe la defensa del equipo, la apuntalas en una práctica. Si se rompe la podadora de césped, le pones un nuevo cabezal o la llevas a alguien que pueda arreglarla.

Pero esto no era una podadora de césped ni una defensa débil. Estas eran personas con alma y corazón, y allí sentado en la oscuridad, comprendió que tenía tan poco control sobre lo que había ocurrido entre Hannah y Thomas como sobre el equipo, el futuro de su hijo, la ciudad y todo lo que no había salido como estaba planeado.

El pastor Mark había dicho algo en un sermón reciente. Estaba hablando sobre 1 Corintios y dijo que en cualquier conflicto en una relación, se podía hacer una pregunta sencilla: «¿Qué aspecto tiene el amor aquí?».

«Muchos usan esa palabra como si fuera algo simple —había dicho el pastor—. Amar a otros puede ser dulce y tierno. Pero también puede significar ser audaz con las verdades difíciles. Asumir el riesgo de amar significa que se puede errar el blanco. A lo mejor habrá que pedir perdón. Si uno entra en ese lugar, se está en lo que yo llamo "territorio de Dios". Es un lugar donde Dios está obrando en otros y en uno también».

¿Qué aspecto tenía el amor en la situación de Hannah y Thomas? ¿Y qué de Barbara? ¿Y qué podía él aprender del doloroso proceso por el que estaban pasando? Abrió sus manos y oró. Había paz en medio de esa tormenta. Cuando regresó a la cama, la tranquila respiración de Amy lo ayudó a rendirse a Dios y al sueño.

Tercera parte

LA RESPUESTA

CAPÍTULO 29

✦ ✦ ✦

Hannah se sentía aturdida después de conocer a su padre.
Buscó la fotografía de él corriendo y la colocó nuevamente
en la caja del armario de su abuela. Luego, se sentó en su
cama con el anuncio de revista que prácticamente había
gastado de tanto mirar. Quería que su padre fuera como el
sujeto de la fotografía, que sonreía y llevaba a su hija en los
hombros. Quería crear «recuerdos para toda la vida», como
decía el anuncio. Aparecieron lágrimas mientras rasgó en
dos y luego en más trozos la imagen y la arrojaba al cesto de
la basura. ¿Cómo podía alguien atrapado en una cama de
hospital darle algo?

No había hecho ninguna de las preguntas que había
pensado. Él no se había disculpado. Su padre no le había

suplicado ningún perdón. Pero, en realidad, ella tampoco le había dado oportunidad de hacerlo. Se sentía mal por haber salido tan abruptamente, pero se había sentido muy confundida en esa habitación, junto a su cama. Con tantas expectativas de parte de todos allí.

Cuando llegó su abuela, Hannah fingió estudiar y dijo que no tenía hambre. Finalmente, se secó las lágrimas y le preguntó a su abuela cómo había sido su día de trabajo.

Su abuela levantó una ceja.

—¿Qué te está pasando? ¿Preguntándome sobre el trabajo? Nunca lo haces.

—Solo me lo preguntaba...

Su abuela contó una anécdota divertida sobre lo que había dicho un cliente en el restaurante y Hannah sonrió. Pero no duró. Solo podía pensar en su padre. Quería decirle a su abuela cómo se veía y cuán enfermo estaba. Quería preguntarle por qué le había dicho que estaba muerto cuando no era así. Pero no se lo podía decir. Tenía que guardarse todos esos pensamientos. Y eso la hizo sentirse más sola que si su abuela se hubiera marchado por un año.

Mientras dormía, escuchaba el *bip, bip* del monitor del corazón, y soñó que corría por el pasillo de un hospital: un pasillo que nunca terminaba. Las luces fluorescentes destellaban a su paso y en cada habitación había un extraño. No podía encontrar a su padre.

Al día siguiente, tenía un examen de Ciencias en la primera hora. Miraba fijamente las palabras y las múltiples opciones, pero lo único que podía ver era el rostro de su padre sobre la funda azul de la almohada. Miró a la señora Harrison durante la prueba y vio que su profesora la miraba de vuelta. Las pruebas eran muy importantes. Pero había algo más importante que se cernía sobre su vida.

Divisó a Robert en el corredor después de clases y logró esquivarlo entrando rápidamente al vestidor de mujeres. Se vistió para la práctica de campo traviesa y salió al campo por una puerta lateral. Se sentó en las gradas. El entrenador Harrison bajaba por la ladera y Hannah se preguntó si habría reconsiderado la idea de presentarle a su padre.

—¿Cómo estás hoy? —dijo el entrenador.

—No me siento con muchas ganas de correr.

John la miró fijamente y ella se percató de la zona clara en la muñeca del entrenador, donde antes estaba su reloj. Se llenó de culpa.

—Entonces, tal vez podemos tomarnos el día libre.

John se sentó en las gradas a poca distancia de ella y estudió su cronómetro. Después de un rato, se quitó la gorra y se dio la vuelta ligeramente hacia ella.

—Hannah, lamento que llevarte al hospital te haya causado dolor. Sé que debe haber sido muy difícil.

Fue el silencio entre ellos y la habilidad del entrenador Harrison para quedarse sentado sin decir palabra lo que la impulsó a responder. Finalmente, soltó algo que tenía adentro:

—Quiero ir a verlo nuevamente.

El entrenador Harrison la miró, obviamente sorprendido.

—¿Estás segura?

Ella asintió.

—Pero esta vez, ¿podríamos hablar a solas?

—Por supuesto.

—No dije nada de lo que quería decir.

El entrenador Harrison rio suavemente.

—Él tampoco.

—¿Podríamos ir ahora? —dijo Hannah.

—Déjame recoger a Amy. Te acompañaremos hasta la habitación y los dejaremos solos.

Treinta minutos más tarde, Hannah se sentó en la habitación de su padre. El rostro de Thomas se iluminó cuando oyó pasos. Cuando los Harrison anunciaron que habían llevado a Hannah para otra visita, sonrió ampliamente.

Una vez solos, su padre se puso serio y, en tono vacilante, dijo:

—Gracias por volver. Me preocupaba haber dicho lo equivocado.

Hannah sacudió la cabeza.

—No, no lo hiciste.

—Sé que debes tener muchas preguntas. Puedes decir lo que quieras, preguntar lo que sea. Prometo ser honesto.

Las lágrimas brotaron en los ojos de Hannah y solo pudo decir dos palabras:

—¿Qué pasó?

Ahí estaba. Dos palabras que sostenían todo el peso del pasado. Hannah estudió el rostro de su padre mientras pensaba.

—¿Sabes como a la gente le gusta pensar que son buenas personas? Yo creía que lo era. Pero no lo era, Hannah.

La sola mención de su nombre tocó algo en su interior, resonó en su corazón. La expresión de su rostro era sincera, como si no estuviera poniéndose ninguna máscara ni tratando de decir las cosas que ella querría oír.

—Viví en forma egoísta toda mi vida —continuó él—. Viví solo para mí. Lastimé a mucha gente. A tu madre, a tu abuela. A ti. Y a muchos más.

Cada palabra era como un peso que su padre levantaba con cada respiración. Hannah observaba su rostro a través de las lágrimas. Ella no dijo nada. No necesitaba hacerlo porque él estaba derramando toda su vida, todo su arrepentimiento, frente a ella.

—Me fui porque era un necio. Y no quise escuchar a nadie. Especialmente a Dios. Hui de todo lo que era importante. Pero como Dios me ama, permitió que fuera quebrantado. Era lo que necesitaba. —Su padre se inclinó un poco hacia adelante en la cama mientras hablaba de Dios, y grandes lágrimas brotaron en sus ojos—. Finalmente, Dios consiguió mi atención y le di mi corazón porque es lo único que me queda.

Hannah se había preguntado si los ciegos podían llorar. Cuando las primeras lágrimas rodaron por las mejillas de Thomas, algo se quebró en el interior de ella. Thomas luchaba por encontrar las palabras y Hannah lo observaba, sintiendo que había algo atrapado que finalmente lograba salir a la superficie.

—Lo siento mucho, Hannah. Lo siento por no haber estado ahí para ti. Si pudiera hacer retroceder todo, lo haría. Sé que no lo merezco, pero oro para que algún día puedas perdonarme.

Los ojos de Thomas vagaban. Hannah estaba tan callada que tal vez él ni siquiera sabía si todavía seguía allí. Finalmente, pudo decir otras dos palabras que tenía anudadas en el corazón:

—Es duro.

Thomas se reclinó en la almohada. Esas palabras le bastaban.

—Lo entiendo —susurró él—. Lo entiendo.

Hannah sintió como si hubiera recibido un regalo que ansiaba desesperadamente. Había oído a su padre pedirle perdón. Él había reconocido sus acciones y sentía el dolor que había causado. Y otra cosa que había dicho había tocado algo en su interior. Había dicho que todo eso era gracias al amor de Dios. Era lo mismo que ella había oído decir a la señora Brooks, a la señora Harrison y a su entrenador. Lo mismo que había oído en la clase bíblica. El profesor había dicho que la Biblia era una larga historia del amor de Dios que alcanza a quienes no lo merecen pero lo necesitan desesperadamente.

—No sé si puedo perdonarte —dijo Hannah antes de partir—. Quiero hacerlo, pero no sé cómo. Ni lo que significa.

—No tienes idea de lo que significa para mí que

siquiera lo consideres, Hannah. Estoy tan agradecido de
que hayas venido hoy.

Antes de salir, le tocó el hombro y él puso su mano sobre
la de ella.

—Gracias por volver.

En el camino de regreso a casa, los Harrison no preguntaron sobre lo que había ocurrido. Le permitieron viajar en
silencio, y mientras miraba por la ventana, las cosas parecían diferentes de alguna manera. El verde de la campiña
parecía más profundo y las tonalidades rojas más oscuras.
Si alguien le hubiera preguntado, no hubiera podido explicarlo, pero de tener que hacerlo, hubiera descrito la fotografía del anuncio que había rasgado. Se sentía como esa
niña en los hombros de su padre.

De algún modo, sentía como si hubiera comenzado una
nueva carrera. Pero no estaba segura de cuánto tendría que
correr para terminarla.

Al día siguiente, antes de la práctica, Hannah se sentó en
una silla en una sala de estudio de Brookshire, un lugar con
escritorios y sillas cómodas. Los estudiantes la llamaban el
Faro porque toda una pared con ventanales permitía que la
luz del sol iluminara cada rincón.

Mientras se ataba los cordones de los zapatos para
correr y se preparaba para salir al campo, la señora Brooks
entró a la sala. Vestía un traje color rosa brillante, y
Hannah pensó que parecía una publicidad en vivo para
docentes exitosas.

—Oye, Hannah, ¿qué distancia estás corriendo en tus prácticas?

—Cinco kilómetros. A veces siete.

La mujer pareció impresionada. Luego adoptó una mirada de preocupación.

—¿Vienen los Harrison?

Hannah le explicó que los miércoles tenían tutoría, de modo que no podían asistir a la práctica. Pero le habían autorizado correr si quería hacerlo.

La señora Brooks puso su bolso sobre una silla, acercó un taburete a Hannah y se sentó, mirándola a los ojos.

—Sé que has estado pasando por muchas cosas últimamente. He estado preguntándome cómo te encuentras.

Algo en la expresión de la mujer, en el tono de su voz, permitió que Hannah bajara la guardia.

—Conocí a mi padre.

—Eso es algo muy significativo —dijo la señora Brooks—. ¿Y cómo fue?

—Dijo que lamentaba haberme abandonado.

—¿Y cómo te hizo sentir eso?

—Todavía no lo sé —respondió Hannah con mariposas en el estómago—. Me pregunto por qué no me quiso.

La señora Brooks frunció el rostro, preocupada.

—¿Crees qué está arrepentido?

—Supongo que sí. —Hannah se encogió de hombros.

La señora Brooks se inclinó hacia delante.

—¿Sabes que tienes otro Padre que siempre te ha amado?

—¿Se refiere a Dios?

La señora Brooks sonrió.

—Sí. A eso me refiero. Y escucha, Dios no es como tu padre terrenal. Es un Padre perfecto. Y quiere que Lo conozcas.

Hannah se enderezó. No quería ser mala, pero toda esa charla sobre Dios y Su amor y la relación con Él no parecía muy real. Parecía algo de lo que la gente hablaba para evitar hacerse preguntas.

—¿Cómo conoce a Dios? —preguntó Hannah.

—Dios hizo todo lo posible para expresar Su amor por ti. Has oído en la clase bíblica que Jesús murió en la cruz, pero ¿entiendes por qué?

Hannah sacudió la cabeza.

—No, en realidad no.

—Fuiste creada para conocerlo. Y para adorarlo. Pero lo rechazamos cuando hacemos lo malo. Cuando pecamos, eso es lo que nos separa de Él.

Hannah pensó en la caja que tenía en su habitación. Una caja llena de los pecados que había cometido.

«Por eso, Dios envió a Su Hijo para pagar el precio para recuperarte. Y el precio fue penoso. Pero Jesús resucitó de la muerte y te abrió el camino para volver a Dios... si confías en Él. Si crees. Eso es la fe. Pero Dios no te obliga. Sencillamente, te lo ofrece porque te ama».

Mientras la señora Brooks hablaba, su voz se iba suavizando y casi parecía la de una madre hablando con su hija. ¿Habría hablado así su propia madre? ¿Cara a cara? ¿Mirándola a los ojos?

«Todos hemos pecado, Hannah. Todos hemos mentido o robado...».

El corazón de Hannah dio un brinco cuando la señora Brooks dijo *robado*.

«Pero cuando le damos nuestro corazón a Jesús —continuó diciendo la señora Brooks—, Él comienza a limpiarlo. Lo cuida mejor de lo que jamás podríamos hacerlo nosotros... si confiamos en Él. ¿Es algo que quisieras hacer?».

Hannah volvió a sentir el ardor de las lágrimas. Pero eran diferentes, de alguna manera. Quería decir que sí, pero no sabía lo que podría ocurrir, ni lo que la señora Brooks podría pedirle que hiciera. Muy dentro de su corazón, sabía que eso era lo que necesitaba. Era como en una carrera: poner un pie delante de otro y repetir el proceso.

Su padre había sido cambiado desde su interior. De alguna manera, Dios había llegado allí y lo había ayudado a dar un giro y a convertirse en una nueva persona. Y después de verlo, después de escuchar su corazón, Hannah sabía que ella también estaba preparada para dar un paso hacia Dios, aunque todavía tenía preguntas. Creía que Dios estaba allí y que se interesaba en ella como habían dicho la señora Brooks, la señora Harrison y su entrenador.

—Sí —dijo Hannah—. Pero no sé cómo orar.

—¿Está bien si te guío en la oración? —preguntó la señora Brooks.

Hannah asintió con la vista nublada. La señora Brooks

le tendió la mano y Hannah estiró el brazo para tomarla. La señora Brooks cerró los ojos y comenzó a orar mientras Hannah repetía lo que decía:

—Señor Jesús, soy pecadora. Y necesito un Salvador. Creo que Tú eres ese Salvador. De modo que hoy pongo mi fe solo en Cristo para el perdón de mis pecados. Ven a vivir en mí. En el nombre de Jesús, amén.

Cuando terminaron, Hannah miró el rostro sonriente de la señora Brooks.

—Hannah, eso fue hermoso. Sabes que la Biblia dice que cuando le pides a Cristo que venga a vivir en ti, te conviertes en una criatura completamente nueva. Eres completamente nueva.

Hannah sonrió y asintió. ¿Podía realmente ser cierto? ¿Era algo que ocurría solo en la cabeza de uno, o es que Dios realmente había borrado todas las cosas malas que había hecho? Pensó en la caja que tenía guardada. Pensó en la mochila de su vida y cuánto pesaba por todos los errores que había cometido y toda la mala suerte que le había tocado. Tal vez eso era lo que Dios había hecho. Había llegado hasta su interior y quitado todas esas piedras para que no tuviera que seguir cargándolas. Ya no podía sostenerse con el peso de esa mochila y tampoco podía quitar las piedras ella sola. De modo que Dios lo había hecho como solo Él podía hacerlo.

—Quiero que me hagas un favor —dijo la señora Brooks—. Hay un libro en la Biblia, en el Nuevo Testamento, que se llama Efesios. Quiero que leas los

dos primeros capítulos y que escribas todo lo que dice que
eres como creyente en Cristo. ¿Puedes hacerlo?

—Sí, señora.

—¿Tienes una Biblia en tu casa?

—Creo que mi abuela tiene una.

La señora Brooks le dijo que esperara y abandonó la
sala. Volvió con una Biblia y abrió la tapa. Escribió algo
adentro y se la entregó.

—Cuando llegues a casa, antes de leer esos capítulos,
quiero que hagas una sencilla oración. Solo di: "Padre, abre
mis ojos para que pueda ver en Tu Palabra la verdad sobre
mí y sobre Ti".

—Sí, señora.

—Estoy muy orgullosa de ti. Y creo que Dios tiene buenas cosas preparadas para ti. Estaré orando.

CAPÍTULO 30

✦ ✦ ✦

Hannah había leído partes de la Biblia y había escuchado sermones de pastores, pero no les encontraba mucho sentido. Conocía las historias de David y Goliat y el Diluvio de Noé. Los pastores hablaban de Jesús y ella escuchaba que los niños de la YMCA gritaban Su nombre cuando estaban alterados. Incluso había leído el Sermón del monte en alguna parte.

«Dichosos los que...». No podía recordar lo que seguía y no sabía qué significaba *dichosos*.

Jesús tenía algo especial, sin duda, pero ella no sabía qué era. Sin embargo, la conversación con la señora Brooks había prendido un interruptor en su interior. En lugar de considerar a Jesús solo como una persona histórica que enseñaba principios sobre el amor al prójimo y sobre realizar buenas obras, ahora ella lo veía como alguien que había venido a correr una carrera para Dios, a vivir una vida perfecta para que, al finalizarla, Él pudiera ofrecerse a Sí mismo por ella y tomar el castigo que a ella le correspondía. Él podía transformar el corazón de ella y perdonar su pecado. Y Él había obedecido completamente a Su Padre a cada paso.

Para Hannah, ser cristiana siempre se había tratado de hacer el bien, no hacer lo malo y conocer las respuestas a las preguntas de la vida. Ahora, entendía que ser cristiana era simplemente estar de acuerdo con Dios sobre su pecado y recibir el perdón que Él le ofrecía. Y eso significaba empezar una carrera nueva, solo siguiendo a Jesús. Punto. No se trataba de hacer más de lo bueno que de lo malo. Era tener una relación con Dios y estar «unida a Cristo». Eso es lo que había dicho la señora Brooks y, fuera cual fuera su significado, tenía que descubrirlo.

En lugar de ir a la pista de entrenamiento, Hannah se fue a casa. No veía la hora de empezar la tarea que la señora Brooks le había asignado. Empezó caminando, pero como si nada comenzó a correr ese kilómetro y medio. La mochila rebotó sobre su espalda cuando aceleró y, de algún modo, la sintió más liviana. Eso la hizo sonreír.

Las cosas empezaban a tener sentido. La Navidad, por ejemplo. No tenía que ver con árboles decorados ni con luces. Se trataba de Dios convertido en un ser humano. Jesús era Dios, pero nació como un bebé indefenso. ¿Por qué? Para poder correr una carrera perfecta y entregarse a Sí mismo por ella. Por su padre.

La Pascua no se trataba de conejitos y de vestidos lindos, sino una celebración de que ese hombre entregó Su vida por ella y, luego, resucitó de entre los muertos. Si era cierto, si Jesús realmente había vuelto de la muerte como creían los cristianos, todo era distinto. Y, si era verdad, ese mismo poder tenía la capacidad de transformarla de adentro hacia afuera.

Ahora, sintió que volaba mientras subía las escaleras y entraba corriendo a la casa. Sacó la Biblia y un cuaderno y arrojó su mochila sobre el sofá. Se sentó a la mesa de la cocina, abrió la tapa de la Biblia y vio la fecha escrita con tinta azul. Debajo, había unas palabras escritas en letra cursiva fluida:

Para Hannah, en el día de tu nacimiento espiritual. Le doy gracias a Dios por ti. Oro para que comprendas quién eres unida a Cristo, y para que Dios te dé un espíritu de sabiduría y abra los ojos de tu corazón para que veas la esperanza, la herencia y el poder que tienes en Él. Dios te bendiga, Hannah.

Con amor en Cristo, Olivia Brooks

Volvió a leer la dedicatoria y se preguntó de dónde provenían esas palabras. Buscó en el Índice y encontró la página donde empezaba Efesios.

¿Cuál era la oración que se suponía debía hacer? Cerró bien fuerte los ojos y agachó la cabeza.

«Padre, abre mis ojos a la verdad sobre mí y sobre Ti que estoy a punto de leer. Amén».

No era exactamente lo que había dicho la señora Brooks, pero era parecido. Hannah empezó a leer las palabras escritas por un hombre llamado Pablo. Era una carta dirigida a personas que habían vivido mucho tiempo atrás. Mientras leía, la sintió como si fuera una carta dirigida directamente a su corazón.

Toda la alabanza sea para Dios, el Padre de nuestro Señor Jesucristo, quien nos ha bendecido con toda clase de bendiciones espirituales en los lugares celestiales, porque estamos unidos a Cristo. Incluso antes de haber hecho el mundo, Dios nos amó y nos eligió en Cristo para que seamos santos e intachables a sus ojos.

Acercó el cuaderno hacia ella y, en la parte superior, escribió: *Unida a Cristo*. Debajo, escribió: *Soy bendecida*. No entendía completamente su significado, pero allí decía que Dios «*nos* ha bendecido», «porque estamos unidos a Cristo», y además decía «con toda clase de bendiciones espirituales».

Luego, escribió: *Soy elegida*. Dios la eligió antes de haber creado el mundo. Miró fijamente la palabra. ¿Podía ser cierto eso? ¿Dios la había elegido y había planeado que le

292

respondiera, antes aun de que ella supiera sobre Él? ¿Había estado acercándola a Él durante toda su vida? Si eso era así, quería decir que para Él, ella era más importante de lo que ella podía entender. Él pensaba en ella. Y si eso era válido para ella, también lo era para su padre. Dios lo había acercado de la misma manera. Y si Dios realmente tenía el control, si a Él le importaba tanto, estaba usando todo lo que sucedía en su vida para un propósito.

El asma.

Tal vez el asma no era un castigo de Dios. Tal vez era algo que Él había permitido para ayudarla a ver que lo necesitaba más de lo que podía entender.

Leyó los versículos siguientes.

Dios decidió de antemano adoptarnos como miembros de su familia al acercarnos a sí mismo por medio de Jesucristo. Esto es precisamente lo que él quería hacer, y le dio gran gusto hacerlo. De manera que alabamos a Dios por la abundante gracia que derramó sobre nosotros, los que pertenecemos a su Hijo amado.

Hannah escribió: *Soy hija adoptiva* en su cuaderno y miró las palabras. Era hija de Dios porque Él la había adoptado. Pero ¿por qué? Si Dios sabía todas las cosas malas que ella había hecho, ¿por qué querría adoptarla? Y, entonces, se percató de dos palabritas: *gran gusto.* Si a Dios le daba gran gusto hacerlo, debía ser por causa de Su amor.

Hannah sonrió. Dios quería cosas buenas para ella, por eso la bendijo, la eligió y la adoptó. Sentía que su corazón rebosaba.

Dios es tan rico en gracia y bondad que compró nuestra libertad con la sangre de su Hijo y perdonó nuestros pecados.

Le resultaba algo complicada la idea de comprar la libertad de alguien con la sangre de otra persona, mucho menos la libertad de muchas personas. Tendría que pensarlo más y preguntar después. Pero escribió: *He sido puesta en libertad.* Pasó a la palabra siguiente. Esa era muy fácil de entender.

Soy perdonada.

Se tomó su tiempo para escribirlo y, después, se quedó mirando la palabra. Una cosa era escribirlo. Creerlo era algo muy distinto. ¿Era verdad?

Recordó la caja azul. Estaba llena. ¿Dios era capaz de perdonar las cosas que ella había hecho? Pensó en su padre. Él se había metido en las drogas y fue responsable por la muerte de la madre de Hannah. Abandonó a su propia hija. Eso estaba en la caja azul de él.

Si una persona que estaba «unida a Cristo» realmente era perdonada, Dios ya no le recriminaba todas esas cosas. Él las había perdonado. Había hecho una limpieza general en la caja azul de su vida por el poder de Su amor. Y perdonar no era ver las cosas de otra manera ni decir que eran buenas cuando no lo eran. Era una decisión que había tomado Dios de entregar a Su Hijo unigénito.

De pronto, Hannah sintió una libertad que nunca había experimentado. Era como tomar una calada del inhalador de su alma. Podía respirar de nuevo.

De pronto, el rostro de su padre apareció en su mente. El hecho de que Dios lo hubiera perdonado no alteraba la verdad sobre las malas decisiones que había tomado. No, algo más profundo estaba pasando.

¿Qué tal si ella viviera de esta manera? ¿Y si realmente creyera y actuara como si fuera hija adoptiva de Dios y elegida por Él? ¿Y si viviera perdonada, en lugar de vivir con culpa? ¿Qué tal si viviera amada por el Dios santo que había creado todas las cosas? ¿Qué clase de cambio produciría eso en su vida?

Retomó la lectura al final de un largo párrafo. Este Pablo sí que escribía párrafos largos.

...Él desbordó su bondad sobre nosotros junto con toda la sabiduría y el entendimiento.

Ahora Dios nos ha dado a conocer su misteriosa voluntad respecto a Cristo, la cual es llevar a cabo su propio buen plan. Y el plan es el siguiente: a su debido tiempo, Dios reunirá todas las cosas y las pondrá bajo la autoridad de Cristo, todas las cosas que están en el cielo y también las que están en la tierra. Es más, dado que estamos unidos a Cristo, hemos recibido una herencia de parte de Dios,

porque él nos eligió de antemano y hace que todas
las cosas resulten de acuerdo con su plan.

Siguió leyendo e hizo una pausa cuando llegó a esta
parte:

Además, cuando creyeron en Cristo, Dios los
identificó como suyos al darles el Espíritu Santo, el
cual había prometido tiempo atrás. El Espíritu es la
garantía que tenemos de parte de Dios de que nos
dará la herencia que nos prometió y de que nos ha
comprado para que seamos su pueblo. Dios hizo
todo esto para que nosotros le diéramos gloria y
alabanza.

Escribió: *Me identificó como suya.*
Nunca había leído la Biblia de esta manera, como
si esta estuviera hablándole a ella, como si se aplicara
directamente a su vida. Siempre había sido nada más que
un puñado de palabras o de dichos sabios. Ahora, aunque había partes que no entendía, siguió leyendo hasta
que llegó a ciertas palabras que, por poco, saltaban del
papel.

Pero Dios es tan rico en misericordia y nos amó
tanto que, a pesar de que estábamos muertos por
causa de nuestros pecados, nos dio vida cuando
levantó a Cristo de los muertos.

Y más abajo, al comienzo del siguiente párrafo, leyó:

Dios los salvó por su gracia cuando creyeron.
Ustedes no tienen ningún mérito en eso; es un
regalo de Dios. La salvación no es un premio por las
cosas buenas que hayamos hecho, así que ninguno
de nosotros puede jactarse de ser salvo. Pues somos
la obra maestra de Dios. Él nos creó de nuevo en
Cristo Jesús, a fin de que hagamos las cosas buenas
que preparó para nosotros tiempo atrás.

Soy amada.
Soy salva.
Soy obra maestra de Dios.

Apoyó su lápiz número 2, se recostó y miró la lista
de verdades. No podía esperar a mostrársela a la señora
Brooks. Sentía algo raro en su interior. No era una luz
blanca ni un coro de ángeles. Era lo que la señora Brooks
la había alentado a orar. Estaba vislumbrando la verdad
sobre sí misma y sobre Dios. Y sentía como si Dios estuviera ahí, ayudándola a entender y a ver las cosas que no
podía ver por sí misma.

Mientras analizaba la lista, supo que estas cosas ahora
se cumplían en ella, no porque fuera una buena persona
ni porque hubiera ganado puntos con Dios, sino porque
estaba unida a Cristo. Le había pedido que la perdonara y
que la transformara. De manera que, cuando Dios miraba
su vida, no veía todo lo malo que había hecho. Veía la vida

de Jesús y todo lo que Él había hecho por ella. No sabía cómo funcionaba todo eso, pero sabía que era verdad.

Hannah hizo a un costado su Biblia y su cuaderno. Tenía que salir, ver la luz del sol. Salió de la casa y corrió hacia el río por el sinuoso sendero asfaltado. Sus pasos tenían una liviandad, una libertad para correr, una soltura gradual que, simplemente, era su respuesta a lo que Dios había hecho y estaba haciendo. Corrió rápido, dando zancadas más largas, usando los brazos para impulsarse más lejos y más veloz-mente, con el viento y el sol sobre su rostro. Llegó a la curva del río donde el agua emergía a borbotones y se derramaba sobre las piedras. Se detuvo y sonrió. El agua era profunda y potente, como la gracia y la misericordia de Dios. El agua era como Su amor por ella y el sonido susurraba a su corazón. No estaba sola. No estaba abandonada. No era culpable. Dios tenía planes para ella, cosas buenas por hacer con el poder que solo Él podía ofrecer. Cosas buenas que Él había preparado para que ella hiciera. Cosas buenas para correr una carrera nueva.

Puedo correr para la gloria de Dios, pensó. *Puedo dejar que Su poder obre en mí a cada paso, con cada respiración.*

No le importaba quién la viera. No le importaba qué pudieran pensar sobre la muchacha parada a orillas del río, levantando sus manos en alto, con los brazos abiertos de par en par. Miró a los cielos y dijo: «Gracias».

CAPÍTULO 31

✦ ✦ ✦

Troy Finkle alcanzó a John en el pasillo de la escuela, como solía hacer. A John le gustaba ayudar a sus colegas cuando lo necesitaban, pero juzgar más monólogos dramáticos era casi tan fascinante como una endodoncia. Troy insistió.

John suspiró.

—Troy, no me necesitas.

—Sí, te necesito. ¡Eres parte del jurado! Hasta tengo un papel para ti en la obra de primavera. Ni siquiera tienes que pasar la audición.

—Perfecto, porque no voy a hacerla.

—Es demasiado tarde, ya te asigné el papel. Pronto charlaremos sobre los detalles. Así que, ven a la clase de teatro en la sexta hora.

Dos horas después, John se vio sentado a la mesa del jurado, escuchando un monólogo aburrido tras otro. Trataba de concentrarse en las actuaciones, pero, nuevamente, a todos los alumnos parecía faltarles el espíritu del material que brindaban. Cuando terminó el último, John le entregó sus notas a Troy mientras los niños esperaban que sonara el timbre.

Algo captó su atención tras bastidores, del lado izquierdo del escenario. Hannah estaba junto al telón y lo miraba. Miró a los alumnos en la plataforma y tomó aire. Lo observaba de una manera rara. ¿Qué sucedía? ¿Estaba teniendo un ataque de asma?

—Hannah, ¿te sientes bien?

Ella asintió.

—Pregúnteme quién soy.

¿Había escuchado bien? Desconcertado, John miró a los otros alumnos y, después, de nuevo a Hannah. Tardó un momento para dar sentido a las palabras. Era la pregunta que Thomas le había hecho a él en el hospital, la misma que él le había transmitido a Hannah un día durante el entrenamiento, una pregunta que ella no había podido contestar.

—Pregúnteme quién soy —volvió a decir Hannah, un poco más fuerte.

Los otros alumnos siguieron hablando.

John se percató de que ella tenía la respuesta para la pregunta. La llamó desde el otro lado del auditorio.

—¿Quién es Hannah Scott?

Hannah dio un paso al frente, respiró hondo y, con una seguridad que John nunca había visto en ella, echó sus hombros hacia atrás y lo miró a los ojos.

—Soy creada por Dios —dijo—. Soy obra suya. No soy un error. Su Hijo murió por mí para que pudiera ser perdonada.

Su voz atravesó el auditorio. Mientras hablaba, usó sus manos para enfatizar cada sílaba, y él creyó ver un destello en sus ojos.

«Él me eligió para que fuera suya, por lo tanto soy elegida. Él me liberó, por eso, soy querida».

Los alumnos callaron y le prestaron atención. Hannah avanzó algunos pasos más y ahora ya no cabía duda. Había lágrimas en sus ojos y caían por sus mejillas, y no sintió vergüenza ni se reprimió.

«Me mostró la gracia, solo para que pudiera ser salva».

El auditorio estaba en silencio, cautivado por la sinceridad de Hannah.

«Él tiene un futuro para mí porque me ama. Por eso, ya no me cuestiono, entrenador Harrison. Soy hija de Dios. Solo quería que lo supiera».

John estaba anonadado. Él, Amy y sus hijos habían orado por Hannah, Barbara y Thomas, pero lo que había visto aquí superaba cualquier cosa que hubiera podido pedir. De alguna manera, Dios había irrumpido en la vida de la muchacha. Había poder en sus palabras. Había sido transformada.

Hannah se dio vuelta y caminó hacia la puerta abierta

detrás de ella. John se levantó y la siguió. Escuchó la voz de Troy detrás de él.

—¿Vieron eso? ¡Eso es de lo que hablo! ¡Ahí había fuego! John, ¿por qué no está ella en mi clase?

John siguió caminando. No pudo responder a la pregunta de Troy porque tenía que alcanzar a Hannah. Corrió hacia el pasillo y la llamó.

—¿Qué te pasó? —dijo John, sonriendo.

—Ayer hablé con la señora Brooks. Y oré. Después, leí... emmm... ¿en Efesios?

—Sí —dijo John, asintiendo.

—Y fue como si Dios me hablara directamente a mí.

—Es asombroso. Lo que dijiste ahí fue asombroso.

—Quiero saber más —dijo ella—. Quiero leer más.

—Puedes hacerlo. —El corazón de John se aceleró como si Ethan acabara de acertar ese tiro sobre la hora en el partido de la final del campeonato. No, mejor aún. Esto era mucho mejor. Tenía ganas de dar saltos de alegría y sacudir sus puños en el aire, pero se controló—. Quiero que Amy se entere de esto. ¿Podemos ir a verla?

Mientras caminaban, Hannah siguió hablándole. Era una muchacha callada que solía guardarse las cosas para sí, pero, ahora, se había roto la represa y brotaba una cascada de palabras.

—Entrenador, he leído la Biblia antes, pero esta vez fue como si las palabras saltaran de la página.

—Es el Espíritu Santo de Dios quien está ayudándote,

Hannah. Él obra en tu interior. Es Él quien te hace tener hambre de saber más, de leer más.

Ella asintió y dijo:

—Y no es solamente entender las palabras. Fue como si Dios susurrara estas cosas, que soy perdonada, que soy elegida, soy adoptada.

Caminaron juntos por el pasillo, y John no recordaba un momento más feliz. A pesar de todos los logros que había tenido como jugador y como entrenador, había algo especial en el cambio que veía en esta niña, que lo cautivaba. Ningún triunfo en la cancha podía compararse con este sentimiento.

Amy levantó la vista cuando sonó el timbre y sus alumnos salieron en fila del aula. Miró a Hannah, luego a John, y volvió a mirar a Hannah.

Más tarde, John se enteró de que todos los profesores de las aulas a un lado y al otro del pasillo salieron a ver quién había gritado tan fuerte. Varios rastrearon el origen del grito hasta la sala de Ciencias y miraron hacia adentro para ver a Amy abrazando a Hannah, ambas llorando, y al entrenador Harrison cubriéndose el rostro con ambas manos, secando sus lágrimas de gozo.

CAPÍTULO 32

✦ ✦ ✦

Cuando Hannah volvió a casa después del entrenamiento, dejó sus cosas sobre la mesa de la cocina y recordó lo que su abuela le decía tan a menudo: «¿Puedes correr cinco kilómetros en un santiamén, pero no puedes colgar tu mochila en el perchero?».

Hannah sonrió e inmediatamente colgó la mochila. Luego, se dejó caer en su cama con la sensación de que las cosas habían cambiado. De alguna manera, la esperanza se había metido en lo profundo de su ser, y el sentimiento no provenía de un cambio de circunstancias, sino del cambio interior. Seguía teniendo miles de preguntas acerca de la vida, pero ya no se sentía sola.

Había encontrado a su padre... o, mejor dicho, Dios había ayudado a su padre a encontrarla a ella. Había recibido el amor de su Padre celestial, quien la había buscado. Ahora, recostada sobre la almohada y con el corazón por fin en paz, se dio vuelta, abrió el cajón de su mesa de noche y apartó la camiseta que cubría la caja azul. Levantó la tapa, se incorporó en la cama y apoyó la caja sobre su regazo para hurgar todas las cosas que había robado. El iPod. El reloj del entrenador Harrison. Las alhajas. Su pecado estaba dentro de esta caja y todas esas evidencias la miraban como testigos en un juicio.

¿Quién te crees para llamarte cristiana después de todas las cosas malas que has hecho?

No era una voz, solo eran pensamientos. Deseó poder acallarlos cerrando herméticamente la tapa y arrojando todo a la basura. Pero sabía que eso no resolvería las cosas. Incluso si lanzaba la caja al mar y dejaba que se hundiera hasta el fondo, igual sabría que estaba ahí. Y Dios lo sabría.

Dios *ya* lo sabía.

Hannah pensó en su lista. Él la amaba. Era salva. Había sido elegida antes de que el mundo fuera creado. Era puesta en libertad. Había sido *perdonada*.

Pero, al mismo tiempo, era culpable. La caja demostraba que lo era.

Entonces, lo entendió.

Esta caja *no* era ella. La caja era la prueba de su pecado. Contenía la evidencia de *lo que había hecho*. Pero eso ya no representaba *quién era* ella. Dios era el único que tenía el derecho de decirle quién era y, efectivamente, Él había dicho todas esas cosas de ella en la Biblia.

Entonces, ¿qué debía hacer una persona perdonada con una caja azul? ¿Cómo se comportaba una persona perdonada después de recibir amor?

Su padre la había abandonado y había permitido que la vergüenza y la culpa lo mantuvieran alejado durante quince años. Cuánto deseó ella que hubiera venido a buscarla muchos años antes. Sin duda, él se sentía de la misma manera. Pero Dios lo había cambiado, así como había cambiado a Hannah. Dios le había dado otra oportunidad.

Volvió a mirar la caja. Los audífonos caros fueron lo primero que le llamó la atención. Estaban exactamente donde los había puesto. Y, aunque le daba miedo pensar en ello, supo qué tenía que hacer.

Al día siguiente, cuando volvía caminando desde la escuela a su casa, con su corazón latiendo salvajemente, se desvió hacia el parque. En la loma, escuchó el rebotar de un balón de básquetbol y voces de chicos que competían.

Se detuvo detrás de un árbol y observó a los jugadores. Aquel día, tres de ellos la habían perseguido. Incluyendo al que había prometido encontrarla y hacérselas pagar. El muchacho de los audífonos.

Todo su ser le decía que se diera vuelta y huyera. Todo, excepto la voz tranquila que le indicaba que debía hacer lo correcto. La voz que decía que su pecado ya no determinaba quién era ella.

Abrió la cremallera de su mochila y sacó los audífonos. Luego, caminó colina abajo, hacia la cancha, llevándolos a un costado mientras disminuía el paso. Pasó cerca de la canasta. Los muchachos siguieron jugando. Se detuvo al borde de la cancha y esperó.

El muchacho de los audífonos dribleó el balón y, finalmente, la vio.

—Aguanten, aguanten. —La miró fijamente y dejó caer el balón, que se alejó rebotando.

Hannah había imaginado la situación hipotéticamente. Ya tenía todo el discurso preparado. Le diría que Dios la había perdonado y que venía a devolver los audífonos.

«Y me gustaría que me perdonaras. Lo siento».

Eso es lo que quería decir, lo que deseaba que sucediera. En su sueño, le contaría al chico de lo que había leído en la Biblia y lo mejor que se sentía por dentro sabiendo que Dios la había amado tanto como para morir por ella. Y el muchacho se alegraría tanto de que le devolviera los audífonos que sonreiría y le preguntaría de qué hablaba. Entonces, ella oraría con él como lo había hecho la señora Brooks, y le diría que leyera Efesios, y los demás muchachos escucharían y querrían orar.

Se quedó parada sosteniendo los audífonos y observó que el muchacho caminaba hacia ella. Había ira en su rostro.

—No puedo creerlo —les dijo él a sus amigos. Entonces, apareció un tono envenenado—. Tú eres la niña ladrona que se llevó mis audífonos.

Ladrona.

Ahí estaba otra vez: la acusación. Pero eso no era quien ella era. Había sido perdonada. No era una ladrona. Quería protestar, pero, en cambio, se limitó a ofrecer los audífonos mientras los demás la rodeaban. Trató de decir algo, pero las palabras no salían.

Enojado, él le arrebató los audífonos y los revisó. Por fin, Hannah reunió valor.

—Lo siento. —Su voz fue suave y cautelosa, pero lo había dicho. No fue el mensaje que había ensayado ni un discurso elocuente, pero fue lo único que pudo decir.

En lugar de sonreír, el rostro del muchacho de los audífonos se crispó. Su nariz estaba cubierta de gotitas de sudor y tenía los músculos tensos. Cuando habló, fue como si escupiera.

—¿Quién te crees que eres? ¿Te llevas lo que se te da la gana? —Las venas aparecieron en su cuello y se acercó. Sus ojos la perforaron malvadamente.

—Lo siento —dijo ella otra vez.

Eso fue todo. Sus palabras desataron una reacción que no esperaba. Él retrocedió como si estuviera a punto de golpearla, y luego la empujó violentamente y ella se golpeó fuerte al caer.

—¡Oye, aléjate de ella! —gritó alguien. Era la voz de una mujer.

Hannah estaba tendida de espaldas. La mujer se había acercado a ella y trataba de ayudarla a ponerse de pie, pero el muchacho de los audífonos avanzó y daba vueltas alrededor de ella, como un defensa que se burlaba de un mariscal de campo derribado.

—¡Ves lo que pasa cuando me quitas algo!

La mujer se mantuvo firme y lo señaló con el dedo.

—¡Basta! —Ayudó a Hannah a ponerse de pie.

Vaya respuesta por pedir perdón. ¿Esto era lo que sucedía cuando uno trataba de hacer el bien? ¿Así era seguir a Jesús?

—¿Cómo te llamas? —dijo la mujer suavemente.

Hannah no podía respirar. No podía pensar. Se había sentido tan bien por devolver los audífonos y, ahora, se veía tan derrotada.

—Tengo que irme —dijo. Se dio media vuelta y corrió hacia el bosque.

—¡Oye, espera un minuto! —gritó la mujer a sus espaldas.

—¡Eso es lo que pensé! —aulló el muchacho de los audífonos—. Será mejor que corras. ¡Ladrona!

La palabra resonó en su alma. Corrió hasta que se sintió a salvo para detenerse, alejada del sonido de las voces. Se sentó y se apoyó contra un árbol. ¿Cómo podría demostrar que ya no era la misma persona? ¿Cómo lograría que los demás entendieran el cambio que se había producido en su interior?

En el bolsillo exterior de su mochila estaban los otros objetos que tenía que devolver. Nadie le había dicho que debía hacerlo. Simplemente, era algo que sentía que Dios tenía preparado para ella, como decía en Efesios. Había escrito ese versículo en su diario. Creía que Dios había preparado de antemano cosas buenas para que ella hiciera, cosas que Él tenía para que ella lograra. Una de ellas era devolver todo lo que había robado.

Sacó su cuaderno de Inglés. Este año, había redactado un montón de composiciones, pero estas notas serían aún más difíciles de escribir. Por cada objeto, tomó una hoja en blanco y escribió algo para el propietario.

Hola:

Soy Hannah y tomé esto de tu casillero de la YMCA.
Te pido perdón. Le he pedido perdón a Dios, pero sé que
debo arreglar la situación contigo. Te pido disculpas.
Espero que puedas perdonarme. Es porque Dios me amó
que estoy devolviéndote esto.

Saludos cordiales,
Hannah

Llamó a las puertas de las casas y, cuando nadie atendía, dejaba los objetos y las notas. En una de las casas, tocó y escuchó pasos acercándose sobre el piso de madera.

—¿Quién es? —dijo una voz. Sonaba a la de una chica de la YMCA, otra niña sola como Hannah. La había visto caminar hacia esta casa a la salida del programa extraescolar de la YMCA.

—Me llamo Hannah. Tengo algo que necesito darte.

La puerta se abrió lo suficiente para que la niña pudiera

ver. Levantó la vista hacia Hannah y luego miró la pulsera que Hannah sostenía en la mano.

—¡La encontraste!

El pestillo se levantó, la niña abrió la puerta y tomó la pulsera.

—La he buscado por todas partes. ¿Dónde estaba?

—Estaba en la YMCA y yo...

—¡Ah, gracias! —interrumpió la niña—. Pensé que se había perdido para siempre. —La aferró contra su pecho, como si fuera un amigo perdido hacía mucho tiempo—. ¿Cómo supiste que era mía?

Hannah hizo una pausa. Tenía la posibilidad de inventar algo, de esconder la verdad. Pero al mirar a la niña a los ojos, se dio cuenta de que no podía decirle otra cosa que no fuera lo que realmente había sucedido.

—Yo la tomé.

La niña entrecerró los ojos con la puerta delantera completamente abierta detrás de ella.

—¿Qué quieres decir?

—Un día, la pulsera sobresalía de tu mochila. Nadie estaba mirando.

Su boca formó una O.

—¿Quieres decir que la robaste?

Hannah asintió.

—No deberías haber hecho eso. Está mal. Mi mamá dice que... —La niña hizo una pausa.

—Lo sé. Tu mamá tiene razón. Robar está mal. Le he

pedido a Dios que me perdone. Y quiero pedirte a ti que me perdones, también. No tienes la obligación de hacerlo.

La niña parecía a punto de llorar.

—Mi papi me la regaló el día antes de que lo desplegaran, y yo creí que era mi culpa haberla perdido. —Volvió a estudiar a Hannah—. Entonces, ¿nadie te obligó a traérmela de vuelta?

Hannah negó con la cabeza.

—Eso es increíble —dijo la niña. Luego, su rostro se amargó—. Una vez, robé algo de dinero de la billetera de mi mamá. Nunca se lo dije.

—Apuesto a que te perdonaría si lo hicieras —dijo Hannah—. Y podrías sentirte mejor al hacerlo.

—Sí. Tal vez. —Miró hacia la entrada para autos—. Bueno, se supone que no debería abrirle la puerta a nadie. Tengo que irme. Gracias por devolverme esto.

Cerró la puerta rápidamente y Hannah se fue caminando a su casa. Se sentó en el porche y se quedó mirando los autos y a la gente que pasaba. La palabra *ladrona* resonaba en su cabeza. Sacó la hoja que le había mostrado a la señora Brooks, la que enumeraba todas las cosas que Efesios decía que ella era en Cristo.

Repasó la lista y se dio cuenta de que tenía la posibilidad de decidir qué creer. Podía creer lo que pensaban los demás sobre ella o, inclusive, lo que decían sus propios sentimientos, o podía creer lo que decía Dios. Podía confiar en que Sus palabras eran realmente verdaderas.

La señora Brooks dijo que la fe era confiar en Dios y

creer en lo que Él decía. Y lo que Hannah acababa de hacer, al devolver los objetos y pedir perdón, era andar en lo que creía. Cada paso que daba para ir a devolver las cosas que había robado, cada palabra de disculpas que escribió, era su decisión de creer y confiar en Dios.

Recordó las palabras y la emoción de su padre la última vez que lo visitó. De pronto, supo que tenía que verlo. No podía esperar ni un minuto para ir a decirle lo que él había anhelado escuchar. No podía dejar que pensara que ella no lo había perdonado.

Se subió de un salto a su bicicleta y fue al hospital. Cuando llegó a la entrada principal, se dio cuenta de que se había olvidado de traer la cadena y el candado de su bici. Sería una ironía que alguien robara su bicicleta luego de todo lo que ella había devuelto.

Consiguió un pase de visitante y subió al cuarto piso en el elevador, emocionada por entrar a ver a su padre y con-társelo. Encontró su habitación y abrió la puerta, lista para irrumpir y darle un abrazo.

Su cama estaba vacía.

Las ruidosas máquinas, los tubos y las bolsas para goteos... todo había desaparecido.

Había perdido su oportunidad. Nunca podría hablarle a su padre del perdón que quería ofrecerle.

Se le llenaron los ojos de lágrimas. Su madre había muerto en este hospital. Ahora su padre igual. Había tantas cosas que quería decirle, y ahora...

—Hola, ¿buscas a Thomas Hill?

Hannah se dio vuelta y vio a la enfermera de cabello oscuro que llevaba un sujetapapeles.

Giró la cabeza pues no quería que la enfermera la viera llorando.

—Sí.

—¿Eres familiar de él? —dijo la enfermera.

—Soy su hija. —Cuando lo dijo, Hannah se dio cuenta de que había dicho la verdad sobre sí misma. Y la verdad le producía una buena sensación. Thomas Hill era su padre, y ella se alegraba de eso.

La enfermera apoyó una mano sobre el hombro de Hannah.

—Bueno, cielo, lo acaban de trasladar a la unidad de terapia intensiva. ¿Quieres que te acompañe?

Sintió un torrente de alivio por todo su cuerpo. Ahora podía volver a respirar. Siguió a la enfermera y le preguntó qué era la unidad de terapia intensiva. Sonaba inquietante. Cuando llegaron a la nueva habitación de su padre, Hannah miró por la ventana y le preguntó a la enfermera si él estaba bien.

—Su electrocardiograma mostró señales de que había tenido un ataque cardíaco durante la diálisis. Pero ahora está estable. Puedes entrar.

Hannah entró caminando despacio y se paró junto a la cama de su padre, analizando su rostro. Aquí sonaban los mismos *bips*, pero había más máquinas. Las persianas de la ventana estaban cerradas. Su padre giró la cabeza al escuchar el ruido de sus zapatos.

—¿Estás bien? —dijo ella en voz baja.

Al reconocer su voz, él sonrió inmediatamente.

—Hannah.

Le encantaba que él supiera que era ella. Le encantaba que dijera su nombre.

—Dijeron que tuviste síntomas de haber sufrido un ataque cardíaco.

Él se rio entre dientes.

—Solo necesitaba un poquito de emoción. A veces me aburro, así que decidí agitar un poco las cosas.

—Bueno, tal vez sería mejor que no vuelvas a hacerlo —dijo Hannah.

—Confieso que no quiero hacerlo —dijo su padre. Tomó aire y dijo—: ¿Y cómo estás tú?

—Bueno, quiero contarte algo. Dos cosas, en realidad.

—Muy bien.

—Tomé la decisión de seguir a Jesús.

Eso dibujó una sonrisa enorme en su rostro y parecía que no podía quedarse quieto. Sus piernas se movieron debajo de las mantas y todo su cuerpo reaccionó a la noticia.

—He aprendido muchas cosas —dijo ella—. Y he leído un montón. Y algo que aprendí es que, si Jesús puede perdonarme por todas las cosas que he hecho, yo puedo perdonar a los demás.

La sonrisa se desvaneció en su rostro y se puso serio.

—Así que quiero que sepas que te perdono. Y quiero pasar más tiempo contigo, si te parece bien.

Las lágrimas brotaron de los ojos de su padre. Hannah

estiró una mano para alcanzar la de su padre sobre la cama. Estaba vendada con una cinta que sujetaba con firmeza un conducto y una aguja. Cuando ella lo tocó, él abrió su mano, agarró fuertemente la suya y la apretó.

—Sí —dijo él, y su rostro volvió a iluminarse—. Eso me encanta. Gracias, Hannah. —Sus ojos se humedecieron y había dolor en su voz—. Me hubiera gustado que pudieras contar conmigo.

—Está bien. No me molesta venir aquí.

Hannah acercó una silla y sostuvo la mano de su padre mientras conversaban. Le hizo las preguntas que no había podido hacer antes. Su padre le contó cosas sobre su madre que ella nunca había escuchado. Hasta llegó a hablar de un apodo que tuvo cuando era joven.

—¿Por qué te decían El Tigre?

Él sonrió.

—Por alguna razón, yo creía que comer carne antes de una carrera me hacía más fuerte. Como un tigre. Entonces, antes de cada carrera, comía carne. Algunos de mis compañeros de equipo se enteraron y me pusieron ese apodo.

La conversación fue tranquila y a Hannah le pareció que solo habían estado charlando cinco minutos cuando se dio cuenta de que el sol se estaba poniendo. Le dijo a su padre que tenía que irse, pero que volvería al día siguiente.

—Te esperaré con ganas —dijo él.

Cuando atravesó la salida del frente, miró el estante de bicicletas. Ahí estaba su vieja bici, esperando y lista para llevarla a casa. Lo sintió como una respuesta a su oración.

CAPÍTULO 33

✦ ✦ ✦

John y Amy almorzaban juntos siempre que podían, y hoy tenían cosas que hablar mientras comían emparedados en el aula de John.

Su conversación viró hacia Thomas, y John puso a Amy al tanto de las últimas novedades. Estaba en terapia intensiva, pero los médicos se sentían animados porque había reaccionado bien a la medicina.

—¿Tienen idea de cuán afectado quedó su corazón? —dijo Amy.

—No creen que haya causado grandes daños.

—Entonces, no lo operarán.

John negó con la cabeza.

—No hay forma de que pueda soportar una cirugía. Al no funcionar sus riñones y, ahora, con lo del corazón, es un milagro que todavía esté con nosotros.

—Es casi como si estuviera aguantando por alguna razón.

—Es más como si Dios lo mantuviera vivo para algún propósito. Deberías escuchar sus oraciones, Amy. Hace solo tres años que es creyente, pero la profundidad de la relación que tiene con Dios... no deja que las circunstancias se impongan sobre su fe, ¿sabes?

—Y en eso estamos todos —dijo Amy, asintiendo—. La ciudad, la escuela, tu equipo... las posibilidades de una beca para Ethan. Tenemos que creer que Dios usará todo esto. Que Él está obrando, a pesar de...

Su voz se apagó y John levantó la vista de su almuerzo. Amy miraba hacia la puerta que él había cerrado. Ahora estaba abierta. Hannah ingresó y se paró al lado de su escritorio con una expresión seria. Parecía que estaba a punto de llorar.

Antes de que él pudiera preguntar qué sucedía, o que pudiera siquiera saludarla, reconoció lo que ella tenía. Con ambas manos extendidas, como si estuviera presentando una ofrenda, ella le entregó su reloj. Había desaparecido hace tanto tiempo. Ella lo puso sobre un libro de su escritorio y él se quedó mirándolo, tratando de entender lo ocurrido.

La miró y vio dolor y sufrimiento en sus ojos.

—Perdóneme, entrenador —dijo Hannah—. Ese día,

cuando usted corrió con Will y conmigo, vi esto en las gradas y lo tomé.

John miró el reloj, y luego se dio vuelta para mirar a Amy.

—Si necesita denunciar esto, lo entiendo —dijo Hannah—. Pero tenía que devolverlo.

John se levantó. No dijo una palabra. No era necesario. Las emociones en su interior eran abrumadoras. Tocó el hombro de Hannah y sonrió. Luego, la abrazó y pensó en la parábola de Jesús, cuando el padre abrazó a su hijo que había despilfarrado su herencia. El padre lo había esperado, vigilando el horizonte durante tanto tiempo y, cuando el hijo volvió, él estaba dispuesto a perdonarlo. Así se sentía él en este momento. Hannah no solo había entregado su corazón a Dios: estaba cumpliendo su compromiso.

Amy se puso de pie y abrazó a Hannah. Cuando se separaron, dijo:

—Estoy muy orgullosa de ti.

Hannah sonrió. Giró hacia John y dijo:

—Cada vez que usted se miraba la muñeca, me sentía culpable.

—Hay que ser muy valiente para reconocer tus errores, Hannah. Podrías habértelo quedado.

—Estuve leyendo el libro de Santiago y hay muchas cosas que no entiendo, pero decía: "Confiésense los pecados unos a otros". Esto es lo último de todas las cosas que robé.

—Entonces, ¿hubo otros objetos?

—Muchos más. Y sabía que tenía que devolverlos. Todos.

John acercó una silla y le pidió que se sentara.

—¿Qué más tenías?

Ella enumeró algunos artículos.

—¿Y cómo te fue cuando los devolviste? —dijo John.

—Bien en general. Con algunos, no tan bien. Algunas personas no estaban en su casa, así que les dejé una nota. Sabía que a usted no podía dejarle una nota. Necesitaba decírselo cara a cara.

John sonrió.

—No todos te abrazarán cuando pidas disculpas. No todos te perdonarán.

—Lo sé.

—Y ¿por qué te llevaste todas esas cosas?

—No lo sé. No necesitaba el reloj de usted. Tenía un iPod que me había regalado mi abuela. Pero, cuando veía esas cosas, algo dentro de mí me hacía desearlas.

Amy se inclinó hacia adelante.

—En nuestra iglesia, trabajé con una consejera. Ella me dijo que, a veces, cuando las personas se sienten vacías, hacen cosas para llenar ese vacío.

—¿Como las drogas? —dijo Hannah.

—Claro. Pueden ser muchas cosas. Pero parece que, en tu caso, tomar esas cosas le aportaba algo valioso a tu vida. Tratabas de llenar un vacío que nunca podría llenarse con cosas. ¿Tiene sentido?

Hannah asintió como si nunca hubiera concebido esa explicación.

—No quiero hacerlo más, señora Harrison.

—Eso está claro —dijo John—. Devolviste todo. Se lo

confesaste a Dios y le pediste perdón. Cada vez que sacas un pecado a la luz, Dios te ayuda. Sin embargo, es doloroso. Me alegro de que estés leyendo Santiago. Es un libro muy práctico.

—Mi papá me lo sugirió. Me dijo que ese libro lo ha ayudado mucho.

John se reacomodó en el asiento.

—¿Has estado yendo a ver a tu padre?

—Casi todos los días, después de entrenar, voy en bici y me siento con él. Hoy, iré cuando salga de la escuela para hacer la tarea y conversar. Nunca pensé que charlar fuera tan divertido.

John miró de reojo a Amy, que se veía sorprendida por la noticia.

—Lo perdoné —dijo Hannah—. Se lo dije y creo que ayudó.

—Apuesto a que sí —dijo Amy—. A ambos.

Hannah sonrió.

—Creí que lo hacía por él, para que no se sintiera culpable. Pero, en realidad, me hizo sentir mucho mejor a mí.

—Eso es lo que hace el perdón —dijo John—. Es un regalo que das a otros, pero enseguida vuelve a tu propio corazón.

—Entonces, sabes que la salud de tu papá empeoró —dijo Amy.

Hannah asintió.

—Él espera regresar hoy a su habitación de siempre. Creo que va a estar bien.

John sacudió la cabeza, asombrado.

—Así que le abriste tu corazón a tu Padre celestial y, además, recibiste a tu padre terrenal. Has avanzado unos pasos enormes, Hannah.

—Sí —dijo ella, con un rostro radiante—. Creo que ahora todo se resolverá bien.

CAPÍTULO 34

+ + +

Hannah leyó una parte de su libro de biología a su padre y él la escuchó con interés. Le confesó que no había sido el mejor alumno mientras estaba en la escuela, pero dijo que estaba orgulloso de que ella se tomara tan en serio sus estudios.

Leyó una poesía que había escrito para su clase de Inglés. Se titulaba: «Conocer por primera vez a mi papá».

Conocer por primera vez a mi papá
fue como conocer a un extraño.
Cabello canoso, barba gris y ojos que no pueden ver.
Una gran sonrisa. Una risa nerviosa.
Yo no dije lo que quería, y tampoco él.

Entonces, volvimos a intentarlo.
Lo perdoné por haberse ido.
Fue como si hubiera resucitado.

—Vaya... —dijo su padre cuando terminó. Las palabras parecieron dejarlo sin aliento—. Es intenso, Hannah. Y realmente bueno.

—Sí.

—¿Qué nota te pusieron?

—No lo entregué.

—¿Por qué no?

—No lo sé. No creo estar lista para que todos sepan...

—Ah, te refieres a que no estás lista para que tu abuela lo sepa.

Ella asintió.

—Oye, tienes que hablar. No sé si estás asintiendo o negando con la cabeza.

Hannah se rio.

—Sí, tienes razón en cuanto a mi abuela. Ella no revisa todo mi trabajo en clase, pero pronto habrá una reunión de padres, y uno nunca sabe. No quiero que se entere del poema antes de...

—Probablemente tengas que contarle que estás viniendo aquí, ¿no te parece?

Hannah asintió y, después, dijo:

—Sí.

Hubo un silencio entre ellos y Hannah analizó su rostro,

tratando de discernir si este era un buen momento o no. Él le había dicho que podía preguntarle cualquier cosa.

—¿Puedes decirme algo sobre mi madre?

Sus ojos se desviaron.

—Claro. ¿Qué más quieres saber?

—Cuéntame otra vez cómo era ella.

Él cerró los ojos y respiró hondo.

—Era como una brisa fresca en un día caluroso. Puede sonar poético, pero es cierto. Ella iluminaba el cuarto al que entraba. Tenía una risa... ah, cuando reía, se te derretía el corazón. ¿Y quieres hablar de inteligencia? A diferencia de mí, ella sabría exactamente lo que decía ese libro de biología que tienes. Era lo más precioso que había visto en mi vida. Era como si tuviera una luz en su interior que salía a raudales hacia afuera. Podría seguir y seguir hablando de tu madre. No alcanzan las palabras. ¿Qué más deseas saber?

—¿Querían casarse?

—Ella sí. Cuando se enteró de que venías en camino, sugirió que nos fugáramos para casarnos. Yo era diferente en ese entonces, Hannah. Solo pensaba en mí. Así que puse excusas. Le dije que era demasiado apresurado, que no era el momento adecuado, que necesitaba un trabajo estable, ese tipo de cosas. La verdad es que no quería la responsabilidad de ser marido y padre. Quería pasarla bien.

—¿Por eso consumías drogas?

Su rostro se ensombreció al escuchar cómo el pasado se escurría a través de sus palabras.

—Dijiste que podía preguntar lo que fuera, ¿verdad?
—dijo ella.

Él sonrió con tristeza.

—Por supuesto. Bueno, las drogas. Espero que nunca lo vivas en carne propia. Las drogas hacían desaparecer todos mis problemas, pero solo por poco tiempo. Me hacían sentir bien cuando estaba mal.

»Una vez, escuché en la radio a un predicador que describió mi problema. Hablaba sobre el pecado, pero yo reemplacé *pecado* por *drogas*. Dijo él: "Las drogas te llevan más lejos de donde quieres llegar, te guardarán más de lo que deseas quedarte y te costarán más de lo que estarás dispuesto a pagar". Eso fue lo que me sucedió a mí. Desgraciadamente, tu madre pagó el costo más alto. Yo no tenía idea de a cuántas personas lastimaría con mis decisiones. Pero, todos los días, me despierto y añoro poder volver atrás y tomar un camino diferente.

—Pero no puedes.

—No, no puedo cambiar el pasado. Dios, en su bondad, me ha perdonado. Pero yo le prometí que lo alabaría y que les hablaría a otros de Su gracia, hasta el último aliento de vida que me quede.

Hannah cerró su libro y lo guardó en su mochila.

—Está haciéndose tarde. Tengo que irme.

—Hannah, tus visitas son muy importantes para mí. Ahora, todos los días las espero con ganas. Sé que no puedo compensarte por el tiempo perdido, pero tenerte aquí es un sueño hecho realidad.

Ella lo abrazó.

—Volveré mañana, ¿está bien?

—Estaré esperándote con ganas.

Desató su bicicleta y volvió andando a casa, pensando en cómo la habían perdonado los Harrison. Lo que ella tanto temía hacer los había acercado y unido más. El tiempo que pasaba con su padre, haciéndole preguntas difíciles, era igual. Sentía que flotaba camino a casa mientras pedaleaba por la colina y colocaba su bici dentro del portón.

Tenía tiempo suficiente para acomodarse antes de que su abuela llegara a casa. Entró y cerró la puerta detrás de sí.

—¿Dónde has estado?

Hannah se sobresaltó y se dio vuelta para ver a su abuela sentada en la sala de estar, mirándola con furia.

—Me asustaste —dijo Hannah.

—No me sentía bien, por eso vine temprano a casa. No estabas aquí. La señora Cole no sabía dónde estabas. ¿Quieres decírmelo?

Hannah se quedó helada junto a la puerta, sin poder moverse, sin poder mirar a su abuela a los ojos más que un instante.

—Hannah, quiero la verdad.

Hannah colgó su mochila en el perchero. Quería hablarle a su abuela de cómo Dios la había perdonado, de la caja azul y de su padre. A veces, las personas más cercanas a uno son a quienes más nos cuesta decirles esas cosas.

Se sentó en el suelo frente a su abuela, sin idea de por dónde empezar.

—Lo conocí.

—¿A quién conociste?

—A mi padre. A Thomas Hill.

Su abuela se quedó boquiabierta.

—¿De qué hablas, niña?

—Él está vivo, abuela. No murió. Ahí estuve hoy.

Los ojos de su abuela destellaron fuego.

—¿Él vino a buscarte?

—No, el entrenador Harrison estaba de visita en el hospital y...

—¿El entrenador Harrison?

—Sí, él conoció a mi papá y se dio cuenta de que yo era su hija. Está muy enfermo, abuela. Está ciego y tienen que hacerle diálisis porque sus riñones...

—Un momento —dijo ella, interrumpiéndola—. No entiendo. ¿Estás diciéndome que tu entrenador los presentó?

Hannah tenía la esperanza de que, cuánto más le explicara, más la escucharía su abuela y aceptaría la historia. Pero, por la cara que puso, Hannah sospechó que las cosas no iban a mejorar.

CAPÍTULO 35

✦ ✦ ✦

Barbara estuvo molesta toda la tarde, esperando a que Hannah llegara. Le había preguntado a la señora Cole, su vecina, dónde creía que podría haber ido Hannah en su bicicleta. La mujer no lo sabía y le dijo que Hannah se había ido en la bicicleta todas las tardes de esa semana al volver de la escuela.

La sensación de malestar que había tenido en su trabajo era como una gripe. Pero esto era peor. Hannah no solo se quedaba con cosas que no le pertenecían; se escapaba a escondidas y vaya a saber en qué lío estaba metida. Todo tipo de posibilidades se cruzaron vertiginosamente por la mente de Barbara. Giró la silla hacia la puerta y se plantó allí. Esperaría todo el tiempo que fuera necesario.

Cuando Hannah llegó, Barbara dio rienda suelta a su furia y la muchacha se sentó en el piso como cuando era una niñita y jugaba con sus muñecas y sus caballos. Sin embargo, esta vez no jugó a los personajes imaginarios. Contó una historia que Barbara nunca imaginó que escucharía. Barbara había pasado quince años cerciorándose de que Thomas no pudiera ver a Hannah. Él le había quitado a Janet, la persona que ella más amaba en el mundo. Barbara nunca le permitiría acercarse a Hannah. Eso era lo que había jurado.

Sin embargo, ahí estaba él otra vez, engatusándola, respondiendo preguntas. Seguramente diciéndole a Hannah lo terrible que había sido Barbara. Hannah estaba a la mitad de la historia cuando Barbara escuchó las palabras mágicas. ¿Cómo había logrado contactarla Thomas? Usando al entrenador de su escuela. Eso la sacó de quicio. Ella había confiado en ese lugar. Había confiado en ese entrenador.

Agarró el bolso y las llaves del auto y señaló a Hannah con un dedo.

—No vas a salir de esta casa, ¿me escuchaste?

—Abuela, ¿por qué estás tan enojada? No entiendo...

—Por supuesto que no entiendes. Eres demasiado joven para saber lo que yo he sufrido. No volveré a pasar por esto, ¿me oyes? ¡Debería arrollar esa bicicleta tuya!

—¡No, abuela!

—Si pones un pie fuera de esta casa mientras no estoy, verás lo que haré.

—¿Adónde vas?

—No importa adónde voy. Tú te meterás en esa habitación y te quedarás ahí. ¿Me entiendes?

—Sí, abuela.

Barbara se subió al auto y estaba a punto de arrancar a toda prisa cuando se dio cuenta de que no tenía idea de adónde ir. Volvió a entrar frenéticamente en la casa, dando un portazo al pasar, y abrió el directorio telefónico de Brookshire que había guardado en un cajón de la cocina.

Barbara encontró el número y la dirección. Reconoció la calle. Estaba a unos quince minutos de su casa. Cerró la puerta de un golpe, cerró violentamente la puerta del auto y notó que la señora Cole estaba parada en el porche delantero con una mirada de preocupación.

Diez minutos después, ignorando los letreros que decían: «Conduzca como si sus hijos vivieran aquí», se estacionó en la calle bordeada por árboles, frente a la casa de los Harrison, una linda propiedad de dos pisos que tenía todos los indicios del privilegio. Un patio grande. Una entrada para autos de hormigón con un aro de básquetbol. Probablemente hubiera una piscina en la parte de atrás.

Tenía preparado su discurso. Estaba apretadamente trabado en alguna parte de su corazón. Cruzó el césped a toda prisa, subió las escaleras de en frente y llamó con fuerza a la puerta. El entrenador Harrison abrió y la reconoció.

—Señora Scott —dijo, aparentemente sorprendido de verla.

—Necesito hablar con usted —dijo ella. Fue lo único que pudo hacer para no descargar su frustración con él ahí mismo, en el porche delantero. Era mejor entrar y que ambos la escucharan para no tener que repetirlo.

—Pase, por favor —dijo él.

Su esposa se le sumó en la sala de estar y le ofreció a Barbara algo para beber. Le preguntaron si quería sentarse. Ella prefirió quedarse parada, tratando de dominar el volcán que rugía en su interior, ojeando los muebles finos, los cuadros de buen gusto que había en las paredes y la buena vida que llevaban. Todo prolijo y ordenado.

—No los demoraré mucho —dijo ella, plantándose en el piso lustroso de madera—. Llego temprano a casa del trabajo, esperando encontrar a Hannah. Y, dos horas después, ella entra, después de haber andado en bici al hospital, donde ha estado visitando a la única persona que juré que nunca conocería.

Amy mantenía la vista hacia el piso, como un cachorrito asustado a quien lo amenazaban con un periódico enrollado. Por lo menos, el entrenador Harrison la miraba a los ojos. Cuando su ira se apoderó de ella, Barbara sintió que estaba haciendo bien, logrando contenerse.

—Luego, ¡me entero de que usted los puso en contacto!

—Señora Scott —dijo el entrenador Harrison con un tono conciliatorio. Ella ya había escuchado ese tono en otra ocasión. De parte de un empleado de alguna tienda que le dijo que se calmara cuando le había cobrado de más.

—No he terminado —dijo ella en tono encrespado, levantando un dedo. Eso lo hizo callar. Ella le clavó los ojos y luego lanzó una mirada fulminante a su esposa.

—Hannah ha estado yendo ahí mientras yo trabajo, y no me ha dicho nada. Yo no sabía que él había vuelto a Franklin. ¡Y no me importa en qué condición está!

La emoción surgió y ella la reprimió. Súbitamente, una imagen de Janet se proyectó en su mente, esa muchacha despreocupada que tenía toda la esperanza del mundo. Barbara recordó la sábana que la cubría y cómo el hombre la retiró para que ella pudiera ver su rostro e identificarla. Se tragó las lágrimas.

—Él me ha causado más dolor que ninguna otra persona en mi vida. —Dejó que las palabras calaran. Entonces, lanzó otra descarga—: Ustedes no tenían ningún derecho a entrometerse. Ese no era su lugar. ¡Yo soy quien la crio! ¡Soy la única que la mantuvo siempre! ¡No él!

Amy asintió y Barbara pensó que ella al menos la entendía. Su corazón de madre comprendía su dolor. Su corazón de madre debería haber impedido que Hannah entrara en ese hospital.

—Ella no volverá a verlo. Y si ustedes la llevan a ese lugar, tengo derecho a presentar acciones legales contra la escuela y contra ustedes.

Ambos se quedaron sin poder decir nada. Parecía como si su casa hubiera sido consumida por un incendio. Y Barbara se alegró.

—Ya dije lo que vine a decir. —Se dio media vuelta y salió, cerrando de un fuerte golpe la puerta del frente.

CAPÍTULO 36

✦ ✦ ✦

John se quedó paralizado y aturdido, no solo por lo que Barbara había dicho, sino por cómo lo había dicho. Había tanta ira y amargura en su voz que la sensación permaneció en la sala después de que salió furiosa. Aunque quisiera enojarse con Barbara por no escuchar su versión de la historia, no podía hacerlo. Su corazón se partía por esta mujer, por todo lo que había sufrido y por todo lo que la había llevado a lanzar su diatriba.

—¿Qué acaba de suceder? —dijo Amy entrecortadamente.

John fue hacia la ventana y observó a Barbara mientras se iba en su auto.

—Me pregunto qué le dijo a Hannah. ¿Qué estará padeciendo esa niña?

Cerró los ojos. Quería arreglar las cosas, dar explicaciones. Quería llamar a Olivia y contarle lo que acababa de ocurrir. Había mil cosas que podía hacer, pero solo una parecía la correcta. Había un solo lugar al que podían ir con un problema que los superaba a ambos.

Arrodillándose en el piso de la sala, John apoyó sus codos sobre el butacón. Amy se arrodilló junto a él, tomó sus manos y, al principio, ninguno habló.

John no pudo contener un gemido:

—Perdón, Señor. Por favor, perdóname si me adelanté. Tú sabes que solo quería ayudarlos. Por favor, no permitas que esto lastime ni a Hannah ni a la escuela.

Amy apretó fuerte sus manos y dijo:

—Sí, Señor Jesús. Gracias.

—Señor, no sé qué hacer. Necesito que nos muestres el camino. Señor, no dejes que esto lastime a Hannah. Por favor, cuídala. Y te pido que cuides a Barbara y que la ayudes a encontrar sanación. Señor, te necesitamos. Necesitamos sabiduría. Señor, si tienes que alejarme de esta situación, hazlo. Pero muéstranos qué deseas que hagamos. Queremos honrarte, Señor. Por favor, ayúdanos. Por favor, Señor, ayúdanos. En el nombre de Jesús.

Amy continuó la oración:

—Padre, cuando escuché las palabras de Barbara, la sentí como una madre y una abuela lastimada. Tiene el corazón roto, Señor, y hace mucho tiempo que está así. Sé que se preocupa por Hannah y que quiere lo mejor para ella.

—Sí, Señor —oró John.

—¿Querrías usar de alguna manera la relación de Hannah con su padre para acercar a Barbara a Ti? Haz hecho algo milagroso en el corazón de Thomas. Acercaste a Hannah a Ti. Ahora, es Tu hija. Ahora, Señor Jesús, sana el corazón herido de Barbara. Muéstrale cuánto la amas, cuánto te importa y cuánto quieres mostrarle Tu compasión. Oro en el nombre de Jesús, amén.

—Amén —dijo John.

Ambos estaban arrodillados en el piso, con los ojos cerrados y los corazones unidos en el dolor que sentían por las palabras de Barbara. Entonces, John oyó una voz que venía de alguna parte de la casa. Amy también la oyó. Caminaron por el pasillo contiguo a la cocina.

Amy señaló hacia la escalera. Subieron sigilosamente a la planta alta y vieron que la puerta del cuarto de Ethan estaba abierta. Él y Will estaban arrodillados junto a la cama de Ethan. Era la voz de Will la que habían escuchado.

«...y tiene asma y le han pasado muchas cosas malas. Pero, ahora, tomó la decisión de seguirte. Por eso, Te pido que le des ánimo y la ayudes a ver que, por más malo que esto parezca, Tú estás con ella y tienes un futuro para ella».

Amy se llevó una mano a la boca y cerró los ojos. John apenas podía contener las lágrimas. Los muchachos habían escuchado el escándalo y habían recurrido a la oración.

Ellos también sabían que Dios era el Único que podía ayudarlos. Necesitaban Su poder.

Bajaron sigilosamente la escalera y Amy tomó el teléfono.

—Quiero poner al día a los del estudio bíblico. Nada específico, solo quiero motivarlos para que sigan orando.

Fue entonces cuando John recordó lo que había dicho Larry, su compañero del grupo de estudio bíblico. Le recordó a John una oración que él había hecho meses atrás. Le había pedido a Dios que trajera a las personas y las circunstancias que los ayudarían a crecer en la fe y los llevarían a depender de Dios como nunca antes lo habían hecho.

John analizó su lucha bajo una nueva perspectiva. Había querido que todo mejorara. Había querido solucionar el problema. Pero ¿y si Dios estaba obrando en todo este lío con Barbara? ¿En medio del malentendido y de las palabras hirientes?

«Llamaré al pastor Mark y le pediré que él también ore», dijo John.

CAPÍTULO 37

✦ ✦ ✦

—*¿Qué les dijiste?*

Barbara dejó su bolso sobre la mesa de la cocina, todavía tratando de tranquilizar su corazón acelerado, y se dio vuelta para mirar a Hannah sin poder creer lo que había escuchado.

—¿Te preocupan sus sentimientos? ¿Qué tal si te preocupas por la única que te cuidó durante los últimos quince años?

Barbara la miró más de cerca. Hannah había estado llorando. Tenía el rostro manchado por las lágrimas.

—Hannah, ¿crees que quiero hacerte daño? ¡Trato de protegerte!

Hannah la miró adolorida, como si quisiera decir algo, deseosa de defender a su padre.

—¡No lo conoces como yo! —dijo Barbara—. Tenerlo en tu vida es para sufrir. Y ya he sufrido lo suficiente. En lugar de engañarme, deberías habérmelo dicho.

Las lágrimas corrían a raudales por el rostro de Hannah. Recuperó la voz y dijo:

—¡Me dijiste que estaba muerto!

Barbara desvió la mirada. Lo había dicho solamente para protegerla. Era más fácil si Hannah creía que él no existía. Más fácil para que siguieran adelante con su vida. Y, por cómo había vivido, Barbara *supuso* que había muerto.

—Quiero conocer a mi padre —dijo Hannah. Lo dijo de todo corazón. Lo dijo como si fuera lo más importante. Luego, se dio vuelta y entró en su cuarto.

Barbara no podía creerlo. Sus ojos se llenaron de lágrimas. Tantos sacrificios y amor que le había dedicado, para que ahora la tratara de esta manera. La vida nunca había sido más injusta. Con la muerte de Janet, había aprendido la lección. La de guardar todo en un lugar bien cerrado. Mantener todo bajo resguardo porque, si no lo hacía, se lo arrebatarían. Eso fue lo que hizo y, ahora, así estaban las cosas. Otra vez estaba parada en medio del dolor. La vida era como una rueda: sin importar cuántas vueltas uno le diera, siempre volvía a las mismas cosas.

Barbara inspeccionó la cocina y la sala de estar. Sus ojos se detuvieron en una fotografía de su hija. Fue entonces cuando supo qué tenía que hacer.

Barbara estacionó el auto y se quedó mirando la entrada del hospital. Desde la muerte de Janet, solo había vuelto dos veces a este lugar. Una, para visitar a una amiga que había sido operada, una de las camareras del restaurante, y otra vez cuando Hannah tuvo un ataque de asma. Las dos veces, los recuerdos llegaron raudamente como una inundación. Cada vez que venía a este sitio, se desviaba lo más lejos posible para ni siquiera tener que ver el hospital.

El edificio había sido ampliado. Tenía un estacionamiento nuevo y en la parte delantera había obras de albañilería, pero, por mucho que lo modificaran, los recuerdos desagradables se escurrían. Y aquí estaba ella, a punto de enfrentar al hombre que había considerado muerto porque, para ella, lo estaba.

Debería haberse mudado. Deberían haberse ido a Texas. Su hermana vivía allí y le había dicho que ella y Hannah podían quedarse en su casa. Había muchos empleos en Texas y los impuestos eran bajos, decía su hermana. Pero el corazón de Barbara estaba en Franklin y, aunque muchos de los recuerdos fueran malos, también había buenos. Quiso criar a su nieta aquí. No quiso huir como *él* había huido.

El Tigre. Thomas Hill.

Sacudió la cabeza. Su nombre era como una mala palabra.

Tres veces volvió a introducir la llave en el encendido, pero no pudo arrancar y escaparse. Finalmente, halló la fuerza para salir del auto. En la Recepción, preguntó por el número de habitación de un paciente con apellido Hill.

—¿El nombre de pila?

—Thomas. —Cerró los ojos y trató de sacarse el sabor amargo de la boca.

La empleada en el mostrador, una mujer mayor con un rostro amable, señaló hacia el pasillo.

—Tome el ascensor hasta el cuarto piso. Habitación 402. Si tiene alguna dificultad, pase por la oficina de enfermeras.

—La encontraré —dijo Barbara.

Siguió las indicaciones y acabó a la mitad del pasillo, afuera de la habitación 402. La puerta estaba entreabierta y escuchó música adentro. Sonaba como las canciones que pasaban en la estación de radio cristiana. Alabanzas y adoración y que Dios es bueno en todo momento.

Eso la sacó de sus casillas. Thomas se había volcado a la religión. Y, supuestamente, la religión lo transformaba todo. Se suponía que ella tenía que brincar de alegría y agradecer que él hubiera llegado a algún altar o de que hubiera repetido alguna plegaria. Ella no entendía eso. Como si decir una oración lograra mejorar todas las cosas. Borrón y cuenta nueva. Lo único que uno debía hacer era pedir disculpas a Dios y seguir adelante como si nada hubiera pasado. Y se suponía que todas las personas que habían quedado a la deriva por el tsunami causado por uno tenían el deber de sobreponerse y seguir adelante con su vida.

Barbara avanzó unos pasos y echó un vistazo adentro. Cuando lo vio, lo primero que pensó fue: *Cuánto han caído los valientes*. Thomas había sido tan fuerte, tan arrogante, todo musculatura, velocidad y ese pavoneo como si tenía todo bajo control. Atrapó a Janet como a una mosca en una telaraña. Y ahora estaba atrapado en una cama de hospital, conectado a las máquinas. Parecía un muerto viviente.

Bien, pensó. *Se lo merece. Puede pudrirse ahí mismo.*

Empujó la puerta y la abrió de par en par. Entró en puntas de pies y se paró en el extremo de su cama, observándolo articular las palabras de la canción que sonaba en el CD. Sus ojos no la registraron, así que Hannah tenía razón. Estaba completamente ciego. No sintió ni una pizca de lástima. Nada de lo que él pudiera soportar se comparaba con el dolor que ella había sufrido. Lo sentía cada noche, cuando su cabeza se desplomaba sobre la almohada, y cada mañana, cuando se despertaba: ese dolor apagado del sufrimiento y de la pérdida. Pero había otros momentos en los que veía a Janet en los ojos de Hannah, o alguna cosita que la tomaba por sorpresa y la hacía caer de rodillas.

Barbara dominó su respiración, pero Thomas debió haber percibido su presencia. Alargó el control remoto y apagó la música.

—¿Hay alguien ahí?

Barbara le clavó los ojos, sintiendo furia en su interior. Recordó el día que le llevó a Hannah. El día que su mundo se derrumbó. El día que él huyó. Y, sin emoción ni veneno, dijo:

—No permitiré que la lastimes.

Lo dijo sin alterarse, exponiendo los hechos. No quería darle la satisfacción de saber que la había hecho enfurecer. Él no le interesaba más que un insecto en la acera.

Thomas se quedó helado al oír su voz. Sus ojos miraron al cielorraso y, súbitamente, su rostro cambió al reconocerla.

—Me preguntaba cuándo vendrías.

Inmediatamente, la ira de Barbara se disparó.

—Ay, yo no quería venir. Pero Hannah está tan decidida a saber más de ti. Y le he advertido sobre lo que puede descubrir.

Thomas la escuchó y esperó. Cuando ella terminó, él habló con resignación y remordimiento:

—Tienes todo el derecho a odiarme. No puedo justificar las faltas que cometí. Y sé que no merezco tu perdón.

Barbara fijó sus ojos en las máquinas, sin poder mirarlo a la cara. Quería gritar. Quería arrancarle todas las mangueras y dejarlo sufrir un poco del dolor que ella había sentido. En este hospital, apenas unos pisos más abajo de donde estaba ahora, se había quedado mirando fijamente los ojos sin vida de su única hija. Thomas fue la causa de que ese recuerdo quedara grabado para siempre. Y no había manera de borrarlo con algunas palabras de remordimiento.

Thomas giró su rostro hacia ella con lágrimas en los ojos. Con voz temblorosa, dijo:

—Pero no soy el hombre que conocías. Yo solo quiero amar y ayudar a Hannah.

Barbara no se conmovió. No le interesaban sus lágrimas, sus sentimientos ni la religión que había recientemente descubierto.

—¿Ayudarla? ¿Tú quieres ayudarla? Han pasado quince años, ¿y ahora quieres ayudarla?

Barbara no tenía ganas de una pelea a gritos. Quería decirle que se alejara de Hannah e irse, como había hecho en la casa de los Harrison. Pero lo que él dijo provocó algo dentro de ella que no pudo contener.

—¿Cómo vas a ayudarla? —dijo con una mano apoyada en su cadera—. ¡Ni siquiera puedes ayudarte a ti mismo!

Sus palabras fueron como dardos y se dio cuenta de que le habían pegado. El rostro de él se contrajo de dolor. Había llegado a lo profundo de su ser.

—¿Tú quieres ayudar a Hannah? —continuó ella, y eso era lo que había venido a decir. Esa era la espada que esperaba que lo atravesara—. Déjala en paz.

Dejó que asimilara las palabras. Pero tenía una palabra más que decir:

—Suéltala.

Lo miró con furia, recordando su expresión aquel día lejano cuando iba a tumbos hacia su auto. Toda su vida, había corrido muy rápido y ahora, ella le pedía que siguiera corriendo. Era lo mínimo que podía hacer, después de todo el dolor que había causado.

Se dio vuelta para irse y clavó la vista en el ascensor. Había dicho lo que quería decir. Pero, al atravesar la puerta, lo escuchó. Fue como el aullido de un animal herido. Se detuvo.

—Acabas de dármela —dijo Thomas.

Barbara retrocedió hacia la habitación, antes de darse cuenta de que él no estaba hablándole a ella.

Thomas sollozaba:

—Dame la oportunidad de amarla, Señor. No me dejes inservible aquí. —Apretó los dientes y oró con más vehemencia—: No me dejes inservible aquí.

Barbara se quedó boquiabierta, analizando su rostro. Una enfermera se acercó caminando. Barbara se dio vuelta rápidamente y se encaminó hacia el ascensor. Estiró una mano temblorosa para pulsar el botón.

Había entrado al hospital con ira y con amargura. Pero su determinación se vio alterada por lo que escuchó. No quería reconocerlo, pero Thomas se veía diferente. Sonaba diferente. No había ostentación en su voz: solo contrición. No había justificado su comportamiento ni culpado a Janet ni a nadie, solo a sí mismo. Se había apropiado del dolor que había causado, y eso la sorprendió.

¿Qué se suponía que debía hacer con todo eso? Se había aferrado al deseo de que Thomas recibiera una dosis doble del dolor que había impartido, de que Dios lo castigara y se lo hiciera pagar. Ahora, él estaba quebrantado y magullado, pero, de alguna manera, aun en una cama de hospital, parecía estar más vivo que ella. Se había acercado a Dios, algo que ella no podía hacer. Era demasiado difícil, después de tantos años de empujarlo lejos de ella.

Una cosa era creer que Dios podía perdonar a un pecador. Otra cosa era creer que el pecador podía vivir perdonado.

Al día siguiente, el restaurante estaba lento y Barbara sentía como si llevara sobre la espalda una mesa llena de platos. No podía borrar de su mente la imagen de Thomas en esa cama, como tampoco lograba librarse del enojo, la amargura y el dolor. Esos sollozos heridos le dolieron en el alma. Quería seguir odiándolo. Por más hostil que sonara, deseaba que simplemente se muriera y saliera de su vida, así como de la de Hannah. De esa manera, se terminaría el problema.

—Grande, Alto y Guapo acaba de sentarse —le dijo Tiffany.

—¿Y qué haría yo con alguien así? —dijo Barbara.

—Llevarle la comida, supongo. Pidió sentarse en tu sección.

Barbara se quedó mirando la parte de atrás de la cabeza del hombre. Estaba bien vestido. Solo. No lo reconocía.

—¿Mi sección? ¿Estás segura?

—¿Tú te llamas Barbara Scott?

Se movió un poco tratando de ver su rostro. ¿Era un cliente que había visitado el lugar anteriormente?

—Lleva un anillo de casado en el dedo —dijo Tiffany.

Barbara sacudió la cabeza y se rio a lo bajo.

—Lo último que necesito en este momento... —No terminó la frase.

—Le llevé una taza con café y el menú —dijo Tiffany—. Lo demás te toca a ti.

Barbara tomó una cafetera y volvió a llenar la taza de un cliente sentado en una mesa cercana. Luego, caminó lentamente hacia el hombre. Era afroamericano, de espaldas anchas, con el cabello prolijamente recortado y un rostro agradable. Había puesto una Biblia en medio de la mesa, frente a él, pero en ese momento, estaba leyendo el menú.

—¿Está listo para ordenar? —dijo Barbara, sonriendo.

Él levantó la vista del menú.

—Bueno, ¿hay algo que pueda recomendarme? Es la primera vez que vengo aquí.

Barbara indicó el especial del día y el hombre dijo que eso estaría bien. Le devolvió el menú y dijo:

—Gracias, Barbara.

Ella se puso el menú debajo del brazo.

—¿Lo conozco?

—No creo —dijo él, sonriendo.

—Bueno, si es la primera vez que viene aquí, ¿cómo sabe mi nombre?

—¿Se refiere a además del gafete que tiene puesto?

Barbara bajó la cabeza.

—Usted pidió sentarse en mi sección, ¿verdad?

Él asintió.

—Un amigo me dijo que usted trabaja aquí.

Ella echó un vistazo a su Biblia. En la portada, leyó: *Reverendo Willy Parks.*

—¿Es usted pastor?

Él asintió.

—¿Y quién es ese amigo suyo?

—Alguien que vive en la zona que visito. Un miembro del rebaño.

—¿Dónde queda su iglesia?

Él mencionó el nombre de la iglesia y dijo que estaba en Fairview.

—Es un largo tramo para venir de visita.

—Sí, así es, pero me sirve para pensar. Me aclara la mente y el alma. La sorprendería saber cuántos mensajes he elaborado conduciendo de un sitio a otro. Escuchando historias de personas. Escuchando su dolor.

—Hay mucho de eso por ahí —dijo Barbara.

Él rio a lo bajo.

—No la contradeciré en eso, señora Scott.

Su tono familiar la inquietaba. Pensó en dejar que Tiffany se ocupara de la mesa, pero ¿qué perdía con escucharlo? Se dio vuelta y dijo:

—Pediré que preparen su orden.

El hombre carraspeó.

—Mi feligrés está en el hospital local.

Barbara se detuvo. Sin mirarlo dijo:

—¿En serio?

—Mm-hmm. Tuvieron que trasladarlo aquí desde Fairview. Está recibiendo diálisis.

El corazón de Barbara se aceleró. Lo miró directamente a los ojos. ¡Qué descarado, venir hasta aquí a rastrearla!

Barbara apretó los dientes.

—¿Él lo mandó?

El hombre dio un sorbo a su café y bajó la taza.

—No, no lo pidió. A decir verdad, me ha insistido que no contacte ni a usted ni a su nieta.

—Entonces, ¿por qué está aquí?

Otra vez, él dejó relucir sus dientes.

—Bueno, en primer lugar, tengo hambre. En segundo, me espera un largo viaje, así que necesito el café para mantenerme despierto.

—¿Hay un tercer motivo?

El tono de voz del hombre fue más suave:

—Barbara, ¿querría sentarse un momento conmigo?

—Estoy trabajando, reverendo.

Él echó un vistazo al comedor.

—Pero no está ocupada. No la demoraré mucho. Se lo prometo.

Inquieta, miró la nota con su pedido.

—Tengo que ingresar esto en la cocina, si quiere la comida.

—Está bien —dijo él, bebiendo otro sorbo de café.

Ingresó el pedido en la computadora y lo colocó en el área de preparación. Se sobresaltó cuando Tiffany le habló.

—¿Qué quería?

—Quiere hablar conmigo. Quiere que me siente con él. Es un pastor.

Tiffany parecía llena de preguntas, pero le dijo:

—Yo me ocuparé de los próximos clientes que entren. Ve y habla con él.

—No quiero. No me interesa escuchar nada de lo que tenga que decir.

—¿De qué quiere hablar?

—No lo sé, exactamente. —Barbara negó con la cabeza—. Ven a rescatarme dentro de cinco minutos, ¿de acuerdo?

—Lo que digas —dijo Tiffany.

Barbara volvió a servirle café al hombre y, de mala gana, se sentó frente a él.

—Solamente tengo un par de minutos.

—Le agradezco su tiempo. No estaba en mis planes venir aquí. Pasé con el auto y vi el nombre del restaurante. Su nieta mencionó que usted trabaja aquí...

—¿Usted habló con Hannah? —dijo ella, interrumpiéndolo.

—No, disculpe. Hannah le dijo a Thomas el nombre de este lugar. Y él me lo mencionó en algún momento. Me dijo que usted lo visitó.

—No entiendo cómo algo de todo esto pueda ser asunto suyo.

—No lo es. Y, probablemente, esté pasándome de la raya...

—Sin duda, lo está —dijo Barbara.

—...pero siempre trato de ser obediente.

Barbara frunció el entrecejo y dijo:

—¿Obediente?

—Mientras pasaba en el auto, se me cruzó algo por la mente. Tuve la impresión de que... —Hizo una pausa y entrecruzó manos fuertes sobre la mesa—. ¿Cree usted que el Señor les habla a las personas, señora Scott?

—Usted es el pastor. ¿Me lo pregunta a mí?

Él sonrió y dijo:

—Me cuesta entender cuando la gente dice que el Señor les dijo esto o aquello. Mis conversaciones suelen ser unilaterales. Al menos, así parecen ser.

Él le alcanzó su taza y el vapor subió cuando ella volvió a llenársela.

—Cuando iba pasando en el auto, sentí un fuerte impulso a detenerme. De ver si usted estaba aquí. Quizás, compartir algo de la Palabra.

—Pensé que tenía hambre y quería un café.

—Creo que las tres cosas. Thomas no me sugirió que lo hiciera. Está resignado a que usted lo odie por lo que hizo.

—Qué bien —dijo Barbara, apoyando la espalda en el asiento—. Continúe.

—Esta mañana, estuvimos hablando. Dijo que fue la culpa lo que lo mantuvo alejado. Por vergüenza. No podía llamar ni acercarse. Tenía miedo. Y, desde que conoció a Hannah, está agradecido de no verse obstaculizado por el remordimiento y la culpa.

—Bien por él.

El hombre asintió como si esperara su sarcasmo.

—¿Sabe cuál es el motivo por el que me pidió que orara el día de hoy?

—Me importa un comino. —Barbara se levantó—. Debo ir a buscar su pedido.

Caminó hacia la cocina. Tiffany estaba ahí.

—¿Por qué no viniste a interrumpirme? —dijo Barbara.

—Todavía no han pasado los cinco minutos.

—Me parecieron como cinco horas.

Tostó el panecillo del hombre, lo untó con mantequilla y la cocina terminó su orden. La llevó a la mesa y se detuvo porque el hombre tenía la cabeza gacha. Mientras lo observaba, vio que sus labios se movían. Cuando él levantó la vista, le puso el plato adelante.

—Igual que el maná —dijo él, frotándose las manos.

—¿Puedo servirle algo más? —dijo ella.

—¿Kétchup, por favor?

Fue a buscar una botella, la puso al costado de él y dejó la cuenta sobre la mesa.

—No tiene que apresurarse a pagar. Solo se lo dejo aquí.

—Entiendo, Barbara. —Él bajó la voz—. Entiendo más de lo que usted sabe.

—¿Qué se supone que quiere decir eso?

—Hace seis años, perdí a un ser muy querido. Parece que hubiera sido ayer.

Barbara apoyó una mano sobre su cadera.

—¿A quién?

—A mi hijo. —Él levantó el tenedor y le señaló la silla. Barbara miró la silla, lo miró a él, y luego se sentó.

—Al lado del camino que pasa por nuestra casa, hay un lago. En mi día libre, solía llevar a mi hijo a pescar. Pero ser pastor implica que uno es una persona importante. La gente llama a toda hora. A veces, uno no está presente cuando dijo que lo estaría.

El pastor adquirió una mirada distante, como si contemplara algo lejano que no quería ver.

—Una adolescente acababa de recibir su licencia para conducir. Iba en su auto hacia el trabajo. Era su primer día en su nuevo empleo. Se distrajo. Con la radio o con el celular. No importa. Para cuando se dio cuenta de que se había salido del carril y enderezó el volante... —Su voz se desvaneció—. Pensó que era un perro. Fue un golpe fuerte. Pero siguió andando porque no quería llegar tarde. Al fin y al cabo, era su primer día.

Barbara se quedó mirándolo.

—Ella no se enteró. No entendió el dolor que había causado. Tardamos un día en encontrarlo. Estaba enredado en unos arbustos. Tenía consigo su caña, su carrete y su equipo de pesca.

Barbara tragó con dificultad y dijo:

—¿Vino aquí a contarme eso? ¿A decirme que la perdonó y que todo está bien?

Él se quedó mirando fijamente su comida.

—No. Vine a decirle que creo que Dios está tras su pista, Barbara. Y que a Él le importa más de lo que usted se imagina. Lo que más me ha costado ha sido vivir cada día pensando que podría haber hecho algo de otra manera. Si les hubiera dicho que no a esas personas que llamaron, quizás en este momento estaría pescando con mi hijo.

Barbara escudriñó el rostro del hombre y dijo:

—Siento mucho su pérdida.

Él asintió.

—No estoy pidiéndole que le dé otra oportunidad a Thomas. Ni siquiera le pido que lo perdone. Creo que el motivo por el que Dios me hizo detenerme aquí fue otro.

—¿Y cuál fue?

—Creo que me trajo aquí para pedirle a usted que abra

su corazón a la posibilidad de que Él está caminando con usted para pasar por todo esto. Así como caminó conmigo.

Barbara se quedó mirando el plato. Quería decirle que su comida se enfriaba, que debía comerla. En lugar de eso, dijo:

—¿Qué le sucedió a ella? A la muchacha que atropelló a su hijo.

—Se mudó no mucho después de que las autoridades terminaron con ella. Sus padres me cuentan que está luchando. Que le cuesta mucho superarlo. Oro por ella todos los días.

Los ojos de Barbara se empañaron por las lágrimas y sintió que le temblaba el mentón.

—Bueno, me alegro por usted. Me alegro de que haya sido capaz de llegar a esa instancia.

El hombre se inclinó hacia adelante por encima de la mesa.

—No llegué hasta ahí por mi cuenta. Tuve que dejar atrás el dolor, la tristeza y el remordimiento. Tuve que desahogarme día tras día. Y le dije a Dios que Él era quien tendría que quitarlos. Fue entonces cuando las cosas cambiaron.

—¿Qué quiere decir?

—Comencé a recibir el amor que Él deseaba derramar. Él quería que yo viviera plenamente amado, completamente perdonado. Quería guiarme Él, y no que me dejara llevar por el odio, el remordimiento o cualquier otra cosa que no fuera Su bondad.

Barbara miró por la ventana. Las nubes se cernían sobre la ciudad, pero, a lo lejos, estaba el leve destello de la luz del sol en los límites del cielo.

—Durante años, he soñado que mi hijo venía caminando por ese camino con la caña de pescar sobre su hombro. Ahora, tengo un sueño más grande. Una esperanza más grande. Ahora, veo a una joven camino a casa, recobrándose del peso de su pasado. Creo en Dios que un día levantaré la vista y la veré sentada en mi iglesia.

—¿Y qué hará si sucede eso?

—No se trata de *si*, sino de *cuando* —dijo él sonriente—. Interrumpiré el mensaje que esté predicando en ese momento, bajaré las escaleras y me acercaré a abrazarla como abrazaría a mi hijo. Eso es lo que haré.

Barbara asintió.

—Le creo, reverendo.

Él apoyó una mano sobre la suya.

—Creo que eso es lo que Dios quiere hacer hoy con usted. Él la ama con locura, Barbara.

El pastor dejó una buena propina, así como una tarjeta con su número de teléfono y una dirección de correo electrónico. Había una cita de un versículo que escribió al dorso, junto con las palabras *Estoy orando por usted*.

En su casa, Barbara echó un vistazo a la fotografía de Janet que había en la sala de estar, con su rostro sonriente. Luego, vio la mochila de Hannah colgada en el perchero, junto a la puerta del frente. Qué cosa tan pequeña. Pero los grandes cambios empiezan por los pequeños, ¿no?

Quizás las personas podían cambiar.

La historia del pastor la había conmovido. Le creyó cuando dijo que Thomas no le había pedido que la buscara. Creyó que, de alguna manera, Dios había estimulado al hombre para que se acercara y tratara de darle esperanza. No había forma de explicar lo que había visto en el rostro de Thomas, que no fuera Dios haciendo algo milagroso. Y, por más enfermo y estropeado que estuviera, ella sabía que estaba en mejor estado que ella. Sintió una fuerte agitación en su alma y se sentó a la mesa de la cocina. Thomas había huido y terminó corriendo a los brazos del Dios que lo amó a pesar de todo lo que había hecho. ¿Cómo podía ser que un Dios santo acogiera a alguien así? Un amor como ese no tenía sentido.

Se percató de su propio reflejo en un espejo al otro lado de la sala. Odiaba la expresión que veía en su rostro. Ya no quería seguir enojada. No quería acarrear la carga del odio. Pero la había llevado durante tanto tiempo que ya era parte de su ser. Y la cargaba porque le había cerrado la puerta a Dios, pensando que, al hacerlo, podría mantener alejados a la pena, al dolor y al remordimiento.

Se cruzó de brazos sobre la mesa. En silencio, comenzó la conversación que había evitado durante quince años.

«Hola, Dios, soy yo. Hace tiempo que no te hablo porque estaba como un poco enojada contigo. —Se emocionó y el mentón empezó a temblarle—. Desde que te llevaste a mi bebé. Ningún padre quiere vivir más tiempo que un hijo. Enojada. Furiosa. Yo no soy como Tú, Dios. No sé cómo lo haces. Hablo de todo lo que le hicieron a Tu Hijo, y Tú los perdonaste, simplemente los perdonaste. Todavía no lo logro».

Fue tan sincera como podía ser. Y, en el proceso, estaba siendo sincera consigo misma. Las lágrimas comenzaron a caer y no hizo ningún esfuerzo por frenarlas.

«Mi niña ya no está, y ¿ahora él quiere llevarse a Hannah también? No estoy llevando muy bien todo esto. Dios, tengo dos empleos, trato de hacer todo lo que puedo yo sola, y no está funcionando».

Escuchó el eco de un susurro que había oído mucho tiempo atrás: «*Vengan a mí todos los que están cansados y llevan cargas pesadas, y yo les daré descanso*».

Ah, cuánto deseaba descansar. Quería librarse de toda la carga y del cansancio que sentía hasta en los huesos. Pero ¿cómo?

Si Dios sabía todas las cosas, no estaba diciéndole nada que Él no hubiera percibido ya acerca de ella, pero el solo hecho de decir las palabras la hizo sentir algo. La emoción creció, no era ira esta vez, sino algo que le recorrió el cuerpo como un temblor cálido. Era parecido a la sensación de rendirse.

«Así que, mira, si quieres que haga esto de perdonar, ¡tendrás que ayudarme!».

Su voz borboteó con esfuerzo, como cuando Thomas gimió al hablarle a Dios. Estaba rezando la misma oración, pero desde un corazón diferente. «*No me dejes inservible aquí*». La emoción la embargó y dijo con voz apagada: «Porque ya no puedo más. Necesito tu ayuda, Dios».

Por primera vez en quince años, se sintió escuchada. Sintió como si hubiera atravesado las puertas del cielo mismo. Pero, en el fondo de su ser, sabía que Dios había estado ahí, esperando, dispuesto a escucharla cuando ella le presentara su corazón roto.

«Tienes que ayudarme, ¿está bien? Tienes que ayudarme a perdonar».

Cuarta parte

LA VOZ

CAPÍTULO 38

✦ ✦ ✦

A medida que la temporada de campo traviesa llegaba a su fin, John observaba que Hannah era cada vez más fuerte. Corría más rápido que nunca y tenía un nivel de resistencia que no había mostrado al comienzo de la temporada. Su abuela seguía sin darle permiso para que tuviera contacto con Thomas, pero Hannah mantenía la esperanza de que eso cambiara. Barbara no había tomado medidas contra John ni contra la escuela, lo cual él agradecía. Era como si estuvieran en un compás de espera.

La semana anterior a la carrera por el campeonato estatal, John asistió a la cena anual con los catorce entrenadores de la liga de campo traviesa y con los dirigentes de la asociación. Comió un pollo que parecía de plástico, unas habichuelas horribles y disfrutó de las bromas entre los entrenadores sobre la diversas fortalezas de los miembros de sus equipos, así como de los últimos lamentos por los cambios en Franklin.

Mitch Singleton, quien también era entrenador de básquetbol, hizo un comentario sobre el equipo de campo traviesa de Brookshire, formado por una sola corredora. Otros entrenadores reprimieron las risas y John se tomó con calma la provocación. Pero, mientras comía, se dio cuenta de lo mucho que había disfrutado de la temporada y de cuánto había mejorado Hannah. No se avergonzaba de su equipo de una sola corredora. A decir verdad, se sentía orgulloso. Él creía en Hannah. Los demás entrenadores tenían montones de chicos estupendos, buenos corredores, pero él tenía una única jovencita excepcional, con un corazón inmenso, que merecía correr a la par de las mejores deportistas del estado.

Gene Andrews, el director de la asociación, habló desde el atril frente al grupo e informó lo que ya sabían: que la Universidad de Sherwood albergaría la carrera del campeonato estatal y que McBride Racing Events cronometraría el evento. La universidad, además, proporcionaría el personal médico.

«En este momento, Cindy Hatcher, nuestra vicedirectora, tiene un tema que tratar con ustedes».

Cindy era una funcionaria práctica que iba directo al grano.

«Bueno, este año, tenemos en consideración tres cambios en las reglas. Algunas de nuestras escuelas han solicitado que a los corredores se les permita usar audífonos durante la carrera».

Explicó que había dos potenciales problemas con esa petición. Los corredores necesitaban prestar atención a las indicaciones o a las advertencias durante la carrera. Además, cualquier comunicación en directo daría al corredor una ventaja injusta. Pero la liga había sugerido una solución.

Me muero por escucharla, pensó John.

«Si el corredor usa solamente un pequeño audífono y el contenido ha sido pregrabado, lo permitiremos, a la espera de sus votos. Entonces, por ejemplo, si el corredor quiere escuchar música o una grabación con sus frases motivacionales favoritas, estamos dispuestos a intentarlo».

John se dio vuelta hacia Mitch y susurró: «Esto es ridículo».

Otro entrenador pidió algunas aclaraciones y Cindy respondió que el reproductor tendría que ser suficientemente pequeño como para llevarlo atado al brazo o a la cintura, sin cables sueltos.

Hicieron otra pregunta y John puso los ojos en blanco. ¿A quién le importaba si los corredores escuchaban algo? Como si eso fuera a tener alguna relevancia en una carrera de cinco kilómetros. Todos los presentes sabían quién iba a ganar. Sin duda, Gina Mimms no necesitaba escuchar música que la motivara.

Cindy pidió que votaran por sí o por no y empezó a

dar vueltas por el salón. Mientras respondían los primeros entrenadores, de pronto, John se enderezó en su silla
con una idea que surgió como un destello en su mente,
plenamente formada. Podía ver todo, podía escuchar el
contenido de la grabación que crearían. Imaginó la cara
de Hannah cuando escuchara el audio. Mientras sus
pensamientos daban vueltas, apenas pudo contenerse.

Cuando llegó su turno para votar, levantó en alto la
mano y, con seguridad, dijo: «Voto por sí».

Mitch se quedó mirándolo como si John estuviera loco.
John susurró:

«Di que sí. —Entonces, se inclinó hacia adelante y toda
la fila de entrenadores le clavó la mirada—. Digan que sí»,
dijo en voz alta.

Funcionó. Tuvieron los votos suficientes para que
aprobaran la propuesta. Mientras caminaba hacia el auto,
llamó a Ethan y empezó a poner en marcha su plan. Apenas
tenían un par de días para llevar a cabo la idea, pero John
confiaba en que podrían lograrlo.

Ya en casa, con un mapa de la pista de Sherwood frente
a él, John se reunió con su familia.

—El año pasado, Gina Mimms ganó el campeonato estatal en esta pista, con un tiempo de diecinueve
minutos y cuarenta y cinco segundos. Por eso, necesito
saber dónde estaba ella en determinado punto durante
la carrera.

—¿Por qué necesitas saber eso? —dijo Ethan.

—Vamos a ayudar a Hannah —dijo John.

John llamó al encargado de mantenimiento de la escuela y le preguntó si podía tomar prestado el carrito de golf. Él y los muchachos llevaron el carrito a la pista de Sherwood. Will se sentó atrás, llevando el cronómetro, mientras Ethan usaba su tableta para grabar la ruta. En algunos tramos, era un recorrido irregular, pero, para cuando pasaron la línea de meta, habían cronometrado perfectamente el paso que tendría que mantener Hannah para seguir el ritmo de Gina Mimms.

John dejó a los chicos en casa y salió rápidamente hacia el hospital. Cuando estaba a punto de entrar en la habitación de Thomas, la enfermera Rose lo detuvo.

—¿Qué es todo esto?

—Hoy necesito hacer algo con Thomas —dijo él.

—¿Y de qué se trata?

—Rose, Hannah corre una carrera este fin de semana. Creo que Thomas puede ayudarla.

—Él no está en condiciones de hacer nada. No puede moverlo de...

—No, no voy a moverlo de ninguna manera. —Le explicó cuál era su idea.

Rose cedió.

—Le doy una hora.

—Gracias, Rose.

Thomas se sorprendió por la actividad y el equipo que John había puesto en su cama.

—Otra vez, ¿qué es esto?

—La carrera por el campeonato estatal será este fin de

semana. Querías estar ahí para apoyar a Hannah y ahora lo harás. Yo te guiaré por la pista y, así, podrás guiarla.

John enganchó el micrófono de solapa en la bata de hospital de Thomas. Terminó de instalar el equipo como le había dicho Ethan, temeroso de haber entendido mal alguna cosa y no pulsar la tecla de «Grabar». Le contó a Thomas lo que habían hecho en el carrito de golf, el ritmo que habían llevado y el ritmo que necesitaba Hannah para igualar o superar el tiempo de Gina Mimms del año anterior.

—¿Hannah sabe algo de esto? —dijo Thomas.

—Nada. Y no se lo diré antes de tiempo.

—Estás bastante confiado con este plan, ¿no?

—Sé lo que significará para Hannah escuchar la voz de su padre. Ella te ama mucho.

—Ha sido difícil saber que ella está tan cerca pero no puede venir a verme. —Thomas frunció los labios—. Una vez, cuando entraste aquí, te dije: "Ponme a jugar, entrenador". Supongo que eso es lo que sucederá hoy.

John explicó las señales que le daría a Thomas cuando llegaran a las distintas etapas de la carrera. Le daría golpecitos diferentes en el brazo cuando fuera una colina y cuando el terreno fuera recto y llano. Le daría señales para el primer kilómetro, para el punto intermedio y para el comienzo del último kilómetro. Había una señal para cuando Hannah estuviera cerca de la línea de meta, suponiendo que mantendría el ritmo.

—¿Estás preparado? —dijo John.

—Hagámoslo —dijo Thomas.

CAPÍTULO 39

✦ ✦ ✦

Hannah entrenó fuertemente al comienzo de la semana, e hizo ejercicios menos pesados a medida que se acercaba el día de la carrera. Le preguntó a su abuela si iría a verla correr su última carrera. Su abuela le dijo que tenía que trabajar. El viernes por la noche, Hannah se lo pidió una vez más.

—Sabes cuánto deseo estar ahí —dijo su abuela—. El problema es que el señor Odelle es poco flexible con las faltas al trabajo. Puedo llevarte a la carrera, pero tengo que irme antes de que corras.

—Está bien —dijo Hannah.

—Mi jefe dijo que conoces a su hijo. Se llama Bobby.

Bobby. No conocía a ningún Bobby. Entonces, se percató.

—Espera, ¿trabajas para el papá de Robert Odelle?

—¿Conoces a Bobby?

—Lamentablemente —dijo Hannah.

—¿Qué se supone que significa eso?

Hannah le contó lo sucedido. Describió lo que había hecho Robert y cómo ella trató de no enojarse con él. Eso llevó al estallido en el comedor.

—¿Por qué no me hablaste de esto?

—Debería haberlo hecho. Pero de esto resultó algo bueno. Tuve una larga charla con la señora Brooks. Me explicó lo que significa tener una relación con Dios.

—¿En serio? ¿Qué te dijo?

Su abuela parecía interesada. Hannah le contó que había orado con la señora Brooks y que, cuando vino a casa, hizo el listado de Efesios.

—¿Todavía tienes ese papel?

Hannah lo sacó de su mochila y le mostró la lista que había escrito y las notas que había tomado a partir de entonces.

—Mira todos los lugares donde dice: "unidos a Cristo" en estos versículos —dijo Hannah, indicándolos—. Una y otra vez, habla de la voluntad de Dios.

Su abuela observó la hoja.

—Esto es extraordinario, nena. ¿Quién te enseñó a hacer esto?

Hannah se encogió de hombros.

—Simplemente, le pedí a Dios que me ayudara. Y después de leerlo todo, me di cuenta de algo sobre...

—¿Sobre qué?

—Me parece que no quieres escucharlo.

—Sí que quiero. Dime.

—Es sobre mi padre.

Su abuela asintió, animándola a hablar.

—Supe que tenía que perdonarlo porque Dios me perdonó a mí.

Su abuela apartó la mirada, pero Hannah continuó:

—Robé muchas cosas, abuela. Muchas más de las que encontraste. Las escondía para que no las vieras. Pero, cuando recibí el perdón de Dios, supe qué quería Él que hiciera. Tenía que devolverlas. Y lo hice. No fue fácil, pero me sentí mucho mejor. Y supuse que si Dios podía perdonarme por las cosas malas que había hecho, yo podía perdonar a mi papá por no estar presente para mí. Podía optar por no seguir echándoselo en cara.

Su abuela se limpió algo de la cara.

—Todo este perdón que estás poniendo en práctica, ¿qué relación tiene con Robert?

—No lo sé. Estuve pensando en hablar con él. Quizás le cuente lo que me sucedió.

—¿Y si se burla de ti?

Hannah encogió los hombros.

—No puedo controlar eso. Solo puedo controlar cómo me comporto yo con él.

Su abuela asintió.

—Eso es muy lógico, nena. Espero que escuche. Si lo hace, tienes algo bueno que decirle.

Hannah sonrió.

—Sí, abuela.

Esa noche, escribió una larga carta para su padre. Incluyó la conversación que había tenido con su abuela.

Cuando mencioné el tema de haberte perdonado, me escuchó. Me parece que está dejándose convencer, pero lleva tiempo. Y me preocupa que no te quede demasiado tiempo. Pero tengo que confiar en que Dios sabe todo esto.

Desearía poder escuchar tu voz, pero creo que me dirías que escuche a mi abuela y la obedezca. Así que eso es lo que voy a hacer.

Te amo, papi.

Más tarde, dio vueltas en la cama, tratando de dormir. Pensaba en la pista, en correr por las colinas, por el terreno llano y, especialmente, por el tramo largo que había antes de la meta. Algunos de los viejos temores se filtraron sigilosamente, como el de terminar última o el de ni siquiera terminar. Entonces, recordó quién era ella ante los ojos de Dios. Sacó la lista y se durmió pensando en quién era ella realmente.

Al día siguiente, en la carrera, Hannah abrazó a su abuela y le dio las gracias por llevarla. Luego, se estiró y observó a los otros equipos. Se preguntó cómo sería correr con otros compañeros en el equipo en lugar de sentirse sola contra el mundo. El rocío no se había evaporado del césped y sus zapatos se mojaron cuando caminó por el pasto para encontrar a los Harrison.

Las gradas en la línea de Salida y Meta empezaron a llenarse de padres y alumnos. Hannah divisó a su abuela junto a una cerca de tejido de alambre, con el bolso colgado sobre el hombro, despidiéndose con la mano. Hannah deseó que su padre pudiera estar ahí, aunque no pudiera verla correr; el solo hecho de verlo entre la multitud sería alentador para ella. Desde luego, en su condición, eso era imposible. No había manera de que su papá alguna vez pudiera estar presente en una de sus carreras.

La señora Harrison la ayudó con los últimos preparativos. Sujetó con alfileres su número en su camiseta y Hannah ni siquiera lo miró. La señora Harrison se cercioró de que tuviera su inhalador. El entrenador se acercó y le preguntó cómo estaba.

—Siento como si fuera a vomitar —dijo ella.

—Sí, apuesto a que la mitad de las chicas aquí se sienten así. —Le entregó un aparatito que le tomaba el tiempo electrónicamente—. Aquí tienes tu microchip. Asegúrate de amarrártelo firmemente.

—Te va a ir muy bien hoy, Hannah —dijo la señora Harrison—. No te pongas nerviosa. Solo es una carrera más, ¿está bien?

El entrenador Harrison le dirigió una mirada fulminante a su esposa.

—No, no lo es... es una carrera importante. Yo estoy
nervioso.

—Eso no la ayuda, John —dijo la señora Harrison.

Él se disculpó y también le preguntó si tenía el inhalador. Hannah se lo mostró, y el entrenador se dio vuelta y
echó un vistazo a los campos.

—Fíjate en las gradas. Hoy tienes un sector que te
alienta.

Hannah vio a Ethan y a Will sentados al lado de Grace y
de algunos otros alumnos que había conocido en Brookshire.
Sonrió cuando se dio cuenta de que, a pesar de que era la
única corredora del equipo, no estaba sola.

Mientras se dirigía hacia la línea de salida, Hannah vio
que varios corredores tenían brazaletes conectados a un audífono. No había visto nada por el estilo durante todo el año,
pero no pensó en ello. Tenía suficientes cosas en las cuales
pensar.

El entrenador Harrison se acercó a ella pocos minutos
antes del comienzo de la carrera. Traía algo pequeño en las
manos.

—Muy bien, Hannah, quiero que hagas algo por mí.

Le tomó el brazo y, alrededor de él, deslizó una banda con
un pequeño reproductor de mp3 y se lo ató firmemente.

—¿Qué es esto?

—Solo contiene una pista. Ni bien comience la carrera,
quiero que presiones el botón para escucharla.

La señora Harrison introdujo el único audífono del reproductor en el oído de Hannah.

—¿Es música? —dijo Hannah.

—No —dijo el entrenador. Por algún motivo, no le daba una respuesta completa—. Tan pronto como disparen la pistola, pulsa el botón de "Reproducir" y empieza a correr, ¿de acuerdo? Confía en mí. —La miró por última vez—. Puedes ir a la línea de salida.

Hannah se fue caminando y colocando bien el audífono en su lugar. Se alineó y sacudió los brazos y las piernas, tratando de que desaparecieran las mariposas.

—Corredores, en sus marcas —dijo el iniciador por el altavoz.

En el preciso instante que sonó el disparo, Hannah pulsó «Reproducir».

CAPÍTULO 40

✦ ✦ ✦

«Hannah, soy tu padre».

Hannah casi se detuvo cuando escuchó la voz de su padre. No podía creerlo. Pero, efectivamente, era él.

«Voy a ser tu entrenador en esta carrera —dijo Thomas—. Te acompañaré en cada paso del recorrido. Lo vamos a hacer juntos. Solo continúa escuchándome».

Una gran sonrisa iluminaba el rostro de Hannah mientras corría con un grupo de corredoras, pero esta vez había alguien más con ella. Su padre estaba allí. Y, de alguna manera, escuchar su voz le quitó las mariposas en el estómago. Pero ¿cómo había hecho para grabar esto? ¿Cómo lo había organizado el entrenador Harrison? No necesitaba saberlo. Lo único que tenía que hacer era escuchar y confiar en las indicaciones de su padre al correr.

Los espectadores alentaban mientras Hannah corría a toda velocidad junto con las otras participantes hacia los árboles y el curso ondulante que tenía por delante. El rocío había desaparecido y sus piernas se sentían bien, como si pudiera correr todo el día tan rápido como quisiera.

«No te desgastes demasiado pronto —dijo su padre. Era como si él estuviera allí junto a ella, observando cada zancada que daba—. Establece un ritmo constante. Alrededor del 70 por ciento de tu máxima velocidad. Necesitamos ahorrar energía para el final».

La sonrisa en la voz de su padre la animaba. Ahora corría en una fila con algunas corredoras por delante y otras algunos pasos atrás.

«No se gana una carrera solo con las piernas. La victoria o la derrota se dan primero en la cabeza. Es una competencia mental. Quiero que comiences a pensar como ganadora».

Hannah sonrió y se acomodó el audífono. Quería escuchar cada palabra.

«Soy tu fan número uno —dijo su padre. Ahora lo veía: la mirada en su rostro, la luz en sus ojos, a pesar de que no podía ver—. Te va a ir muy bien hoy».

Hannah generalmente no sonreía durante las carreras. Se enfocaba en la técnica y la forma y no se permitía pensar en otra cosa, pero oír la voz de su padre, las nítidas palabras que le hablaba solamente a ella, la impulsaba y le generaba un sentimiento que nunca antes había experimentado mientras corría. Su cabello ondeaba en la brisa, su braceo la impulsaba y las piernas la llevaban hacia la primera subida que debía trepar.

«Ahora, enfócate en una chica que tengas por delante y acelera un poco hasta pasarla».

Había muchas corredoras por delante de ella. Aceleró un poco y pasó frente a una chica de uniforme negro.

«Ahora, retoma tu ritmo. Vamos a pasarlas una por una».

Había otra corredora justo frente a la del uniforme negro. Hannah también la pasó y volvió a establecerse en su propio ritmo.

«Cuando tu cuerpo te diga que no puedes más, no lo escuches. Tu cuerpo te dirá que te rindas. Dile que hoy es tu mente la que está en control».

Tenía razón. En todas las carreras, había momentos en los que quería renunciar o, por lo menos, reducir la velocidad. Quería rendirse ante el pensamiento de que no podía superar a nadie. Pero con la voz clara y solícita de su padre, eso no ocurriría en esta carrera.

«Entrégale a Dios lo mejor de ti hoy, Hannah, y no importa lo que pase, yo te quiero».

Al acercarse a la primera loma, Hannah seguía sonriendo. Si lo hubiera intentado, no hubiera podido explicar lo que sentía. Estaba llena de energía, llena de esperanza, llena del amor de su padre. Y era porque, por primera vez, no estaba corriendo sola.

«Estás llegando a la primera subida —dijo su padre—,

y muchas corredoras bajarán la velocidad, pero no tú. Vas a atacar esta subida. Quiero que extiendas los brazos con fuerza. Tus piernas adquirirán velocidad también. Enfócate en la corredora que tienes por delante y pásala. Lo puedes lograr, Hannah. Sé que puedes. Vamos».

Hannah vio a una muchacha frente a ella con camiseta roja. Las subidas siempre la hacían querer bajar la velocidad, pero oyó el consejo de su padre, aceleró y pasó junto a la muchacha, poniendo todo su esfuerzo. Aunque su padre no podía ver, la estaba guiando, ayudándola a recorrer el circuito.

«Cuando llegues al otro extremo de la loma, deja que la gravedad haga el trabajo. Aprovecha esa velocidad gratuita, y luego vuelve a encontrar tu ritmo».

Hannah bajó a toda velocidad la pendiente y recibió la brisa del lago a su derecha. Jamás olvidaría esta carrera, ni este día ni esta sensación.

«Lo estás haciendo muy bien, Hannah. Si tus piernas comienzan a doler, no bajes la velocidad. Eso podría hacer que te duelan más todavía. Mantén tu ritmo e impúlsate hacia adelante. Recuperarás la energía».

Hannah llegó a un marcador en el circuito, y cuando se aproximaba, su padre dijo:

«Ya superaste el kilómetro y medio. Vas muy bien Hannah».

Su cronometría era perfecta. ¿Cómo había grabado esas palabras al ritmo exacto de su carrera?

«No mires atrás para ver quiénes te siguen. No te preocupes por ellas. Enfócate en lo que hay por delante. Es igual que en la vida. No puedes permitir que el pasado te quite velocidad. Pon tu energía en lo que está por delante».

Sintió una presión en los pulmones y el conocido temor. No quería aceptarlo, pero sabía que necesitaba una calada de su inhalador. Manteniendo su ritmo, Hannah tomó el aparatito de su bolsillo lateral y aspiró, luego volvió a colocarlo en su soporte. No había ninguna forma de que su padre pudiera haber predicho eso. No había cómo anticipar ese momento en su carrera, pero aun así, las palabras de su padre llenaron de calidez su corazón mientras ella respiraba profundamente.

«Cuando le entregamos nuestra vida a Dios, Él nos ayuda, nos perdona. Dios puede convertir lo malo en algo bueno y ayudarnos a seguir adelante».

Hannah había tenido que esforzarse por respirar, pero ya estaba preparada para pasar a otra corredora. El recorrido subía y bajaba, pero ella seguía andando, atacando las pendientes y usando su ímpetu para aumentar la velocidad.

A medida que se acercaba al punto medio de la carrera, los entrenadores estaban en los laterales, alentando a sus corredoras. Buscó al entrenador Harrison y se sorprendió de que no estuviera allí. Pero luego comprendió que no era un problema porque su padre estaba con ella.

«Hannah, tenerte en mi vida es la respuesta a mis oraciones —continuó su padre—. Se lo pedí a Dios, pero sabía que no merecía encontrarte. Le supliqué que me perdonara por no haber estado contigo. Una de las mayores bendiciones de mi vida ha sido conocer a mi hija. Alabo a Dios por ti, Hannah. No sabes lo orgulloso que estoy de ti. Me despierto cada mañana con una sonrisa, preparado para orar por ti».

Hannah pasó frente al último entrenador y, como le recomendó su padre, se concentró en lo que venía por delante. Vio a la próxima corredora a unos veinte metros más adelante y se preguntó a qué distancia estaría Gina Mimms. En algún lugar debía estar. ¿Podría Hannah alcanzarla?

«He estado orando para que sepas que te quiero. Y que Dios te quiere. Dios dice: Pues yo sé los planes que tengo para ti. Son planes para lo bueno y no para lo malo, para darte un futuro y una esperanza. También he estado orando por tu abuela, para que Dios la ayude y la atraiga hacia Él».

Eso era exactamente lo que Hannah había estado pidiendo para su abuela. Y el entrenador Harrison y su familia y la gente de su iglesia estaban orando por lo mismo. Una vez más, se dio cuenta de que no estaba sola.

Acababa de llegar a una larga pendiente que serpenteaba entre rocas y árboles cuando oyó que su padre decía:

«Hannah, ya has pasado tres kilómetros y medio. Te queda solo un kilómetro y medio».

Con la mayor parte de la carrera por detrás, llegó a una meseta donde podía ver con claridad. La corredora por delante estaba aproximadamente a quince metros. Más adelante, había otras dos, y delante de ellas, Gina Mimms. Como todo el mundo esperaba, Gina encabezaba la carrera con sus potentes zancadas.

Pero entonces sucedió algo extraño. En lugar de compararse con Gina, en lugar de pensar que no había ninguna posibilidad de ganar, Hannah se concentró en las palabras de su padre.

«Encuentra tu ritmo de respiración porque tenemos por delante una elevación más. Ahí es donde pasarás a otra corredora. Recuerda, ataca esta pendiente con energía. Si tienes a alguien por delante, esfuérzate por superarla. —Su padre se rio un poco—. Podrás darle la mano después de la carrera».

El entrenador Harrison había hablado de «estar en la zona» de concentración y Hannah estaba allí ahora. Había momentos en las carreras en los que estaba tan enfocada, tan concentrada en la carrera, que parecía que todos sus pensamientos y toda su energía física estuvieran concentrados en un único propósito. Pero nunca había tenido una carrera en la que todo el tiempo sintiera eso, como si estuviera totalmente comprometida con la tarea. Por supuesto, nunca había corrido con la voz de su padre.

«Respira hondo, Hannah. Ahora, ataca la pendiente».

Hannah sintió que volaba mientras se acercaba a la muchacha que tenía por delante y la pasaba. Atacó la elevación, acortando la zancada pero aumentando la velocidad. Un comisario de control de la carrera estaba en la cima, indicando hacia la izquierda, y Hannah vio a Gina Mimms alcanzar la cima y girar. Ahora había dos corredoras entre ella y Gina.

«Hannah, si eres como yo, aquí es donde tu cuerpo llega al límite. Pero lo vamos a superar. Aquí es cuando piensas como ganadora. La mayoría de las corredoras aminorarán el paso, pero no tú. Tienes setecientos metros que correr y te pertenecen. Si te arden las piernas, que ardan. Tus pulmones estarán agotados, pero no acabados. Las demás corredoras se sienten igual que tú».

Hannah sintió el ardor en las piernas y en los pulmones, pero también sintió una fuerza que nunca antes había experimentado mientras pasaba a la corredora que tenía adelante.

«Tienes que posicionarte. Viene tu envión final. Si tienes a alguien por delante, tienes que rebasarla. No permitas que nadie te bloquee».

Hannah escuchaba a su padre por el oído izquierdo y por el derecho el sonido de las corredoras que tenía por detrás, las que ella había pasado y que se esforzaban desesperadamente por seguirle el ritmo. No bajaría la velocidad. Cuando la corredora de verde, la que estaba en segundo lugar, se movió hacia la izquierda y la bloqueó ligeramente, Hannah se impulsó, la rodeó y siguió corriendo por delante.

Llegó a un claro. Estaban cerca del borde del bosque y podía ver la luz del sol y la recta que llevaba a la línea de meta. Hannah también vio las zancadas reconocidas de Gina Mimms frente a ella y, de inmediato, sintió que sus pulmones se cerraban. En cualquier otra carrera, hubiera bajado la velocidad por la poderosa imagen de Gina y la velocidad con la que corría y los muchos títulos que tenía. Pero no en esta carrera. En lugar de ver a Gina Mimms como imbatible, Hannah vio lo cerca que estaba de ella. No iba a aminorar el paso.

«Estás cerca de la línea de meta —dijo su padre—. Y vamos a terminar con fuerza. Estás a punto de salir del bosque. Si el entrenador Harrison está en lo cierto, la puntera está a aproximadamente treinta metros por delante».

Hannah no podía creer lo acertado que estaba su padre. Estaba quizás a veinticinco metros de Gina ahora. Estaba tan cerca que escuchaba sus pasos.

«Es casi el momento del impulso. Aquí es donde reúnes todas tus reservas. Aquí es donde te juegas todo».

Hannah aumentó el largo de sus zancadas. Se obligó a correr más rápido. Sus pulmones le pedían que aminorara el paso. Pero les dijo que, hoy, ella tenía el control. No la controlarían. Estaba escuchando a su padre. Sus pulmones tenían que obedecerle.

«Ahora, hija mía, ¡es el momento!».

Brazos en movimiento, pies golpeando el suelo.

«¡Alcánzala, Hannah!».

Con un impulso desafiante, tomó el inhalador y lo arrojó a un lado, sintiendo que se había quitado un peso que la halaba hacia atrás.

Hannah corrió a toda velocidad entre los árboles, observando que también Gina aumentaba la velocidad. No había más que hacer que correr la carrera asignada. Sus pies golpeaban el suelo y se impulsó hacia adelante como nunca antes.

Gina pasó de las sombras del bosque a la luz del claro y entró en la última curva del circuito, con lo que Hannah la perdió de vista. Cuando Hannah llegó a la misma curva, oyó a la multitud a la distancia. Y allí estaba Gina, todavía veinte metros por delante. Pero había algo extraño en sus zancadas. Parecía aminorar. Pero luego comprendió que no era Gina que aminoraba, sino ella que aceleraba, ganando terreno con cada zancada.

«Tú puedes —dijo su padre—. Juégate todo. Alcánzala, Hannah. Extiende tu zancada».

Ahora estaba a quince metros de Gina, y Gina hizo algo que nunca la había visto hacer: se dio la vuelta y la miró. Y fue en ese momento que Hannah experimentó una explosión de velocidad que la puso a diez metros de la líder.

«Extiende los brazos», le decía su padre.

Lo hizo. Estaba a cinco metros de Gina.

«Pon tus ojos en la línea de meta y lucha por ella».

Emparejó a Gina y no la miró. Tenía los ojos fijos en un punto junto a las gradas donde los espectadores vitoreaban, donde veía la palabra *Meta*.

«Estoy aquí contigo. Tú puedes. Te veo ganando».

Gina retomó su ritmo e iba junto a Hannah zancada a zancada.

«Te veo ganando».

Hannah buscó la reserva que había guardado todo el camino. Sintió a Gina a su lado, pero no quitó los ojos de la línea de meta. Escuchó al entrenador Harrison en alguna parte de los laterales, gritándole que luchara. Oía gritos enloquecidos en las gradas. Las voces se unían en una banda sonora de fondo que era superada por otra voz que oía por encima de todas.

«Vamos, Hannah. Vamos, hija mía. ¡Vamos, Hannah!».

Miró la palabra *Meta*, pero algo extraño ocurrió. Se le nubló la vista y le dolían los pulmones y, aunque le dijo a su cuerpo que la obedeciera, su cuerpo no escuchaba. Estaba ahí, con la línea de meta a un paso, y se lanzó hacia delante, pero estaba demasiado lejos. Perdió el equilibrio y apenas alcanzó a poner las manos al frente antes de caer y dar con el suelo.

CAPÍTULO 41

✦ ✦ ✦

Una vez iniciada la carrera, John Harrison caminaba de un lado a otro como un padre expectante, mirando su cronómetro, preguntándose en qué punto del recorrido estaría Hannah y si las palabras de Thomas la estarían ayudando. Había una posibilidad de que sus esfuerzos resultaran contraproducentes. Escuchar a su padre por un oído podría encender las emociones de Hannah y dispersar sus pensamientos, en lugar de ayudarla a enfocarse. Pero desde el momento en el que se le había ocurrido la idea, John supo que tenía que hacerlo. Sería un regalo tanto para Hannah como para Thomas.

John siempre había querido darles a sus atletas algo que

pudieran atesorar por el resto de su vida. Pensaba que eso
sería un campeonato estatal, una clasificación o un premio
por ser el jugador más valioso. Pero no importaba qué
ocurriera hoy, le había dado a Hannah algo que nunca olvidaría: el sonido de la voz de su padre mientras corría.

Había una posibilidad de que eso molestara a Barbara.
Lo podía usar para avanzar con su amenaza de demandarlo
a él o a la escuela. Pero la actitud fría de Barbara parecía
estar derritiéndose. Por alguna razón, le había permitido a
Hannah escribirle a su padre.

John no podía creer los que estaban para apoyar a
Brookshire. Ethan dirigía al grupo de estudiantes animadores, y habían estado escuchando atentamente los detalles a
medida que avanzaba la carrera.

Olivia Brooks se le había acercado aproximadamente
ocho minutos después de iniciada la carrera.

—Hola, John. ¿No te instalarás en el punto medio de la
carrera con los demás entrenadores?

—No la estoy guiando hoy —dijo sencillamente—.
Hoy tiene un entrenador mejor.

Era evidente que Olivia no entendió, pero él no se lo
explicó. Sabía que disfrutaría al enterarse de los detalles más
tarde. Ella se dio la vuelta y caminó hacia las gradas.

La opinión generalizada era que nadie podría superar
a Gina Mimms. Era demasiado veloz, demasiado fuerte,
demasiado consistente. Y con cada actualización de noticias
por parte de los directivos de las carreras, había una cre-
ciente sensación de que la carrera ya estaba decidida antes

de comenzar. Pero John tenía la sensación de que Hannah podría sorprender a la gente con su forma de terminar. Había aumentado su velocidad con cada práctica, y con la voz de su padre en el oído, esperaba que pudiera salir entre las diez primeras. Sería un final fantástico para el año.

John había escuchado mientras Thomas grababa sus palabras para Hannah, y parecía que el hombre adquiría vida cuando citaba pasajes bíblicos o le decía que estaba orando por ella. Había pasión en sus palabras. No había ni guion ni apuntes; sencillamente, derramaba su corazón. Más de una vez, John había tenido que secarse una lágrima mientras escuchaba y estudiaba el recorrido en su tableta.

La sección donde hablaba sobre Barbara y cómo Thomas estaba orando por ella impactó a John. Era la mujer que le impedía ver a Hannah, pero Thomas no expresaba ira, ni amargura, solo comprensión. Parecía que Thomas realmente se preocupaba por Barbara y comprendía sus acciones.

El envión final, donde Thomas alentaba a Hannah a alcanzar a la puntera, le dio piel de gallina. Thomas creía firmemente que Hannah podía lograr más de lo que ella misma imaginaba. Las palabras también hicieron que John lo creyera.

«Tenemos otra actualización —dijo uno de los directivos por el altoparlante—. Faltando ochocientos metros, está Gina Mimms en primer lugar, Anna Grant en segundo y Joy Taylor en tercero».

Amy le puso una mano sobre el hombro a John.

—John, ¿crees que estará entre las diez primeras?

—Creo que puede obtener una medalla.

—¿Entre las tres primeras? ¿En serio?

—Sí, a lo mejor entre las dos primeras.

Amy levantó las cejas.

—Tienes fe en su nuevo entrenador.

John asintió y miró entre los árboles del bosque. Había oído decir al entrenador de Gina que había solamente cuatro corredoras que tenían posibilidades de terminar cerca de ella. Hannah no estaba en su radar. ¿Qué pasaría si Hannah alcanzaba a la tercera corredora?

Vio movimiento entre los árboles. La primera corredora salió del bosque.

—Ahí está Gina —dijo a Amy. Todo el mundo sabía que sería la primera en salir, pero al verla, algo lo desanimó. John tenía tantas esperanzas, que tal vez eran excesivas.

No bien mencionó a Gina, hubo más movimiento y apareció otra corredora doblando la curva. Por un momento, John no pudo ver quién era porque Gina le ocultaba la vista. Estiró el cuello para ver detrás de ella. Vio una camiseta azul.

—¿Es...?

No se atrevió a decirlo en voz alta. Era demasiado maravilloso para creerlo.

—Es Hannah —dijo Amy.

John abrió grande los ojos y, con toda su energía, empujó un puño hacia el suelo y gritó:

«¡Corre, Hannah!».

A su lado, Amy saltaba y gritaba. La multitud en la línea

de meta respondía. Podían ver que la carrera no estaba decidida. El contingente de Brookshire enloqueció, pero John se concentraba en las zancadas de Hannah. Parecía que había reservado la explosión de velocidad para el final tal como Thomas le había guiado. Estaba terminando a toda velocidad.

«¡Vamos, Hannah, corre!».

El entrenador de Gina le gritó para que tomara envión y, por un segundo, Gina se dio la vuelta y miró atrás, percibiendo la presencia de Hannah.

«¡Alcánzala, Hannah!», gritó John.

Hannah estaba cuatro metros atrás de Gina y la estaba alcanzando.

—¡Vamos! ¡Alcánzala, Hannah! —gritó Amy, con lágrimas en los ojos, mientras aplaudía.

—¡Lucha! —gritó John—. ¡Lucha!

Y eso era lo que hacía Hannah: con cada zancada, luchaba y arañaba el aire. John sentía como si estuviera corriendo cada paso con ella, anhelando que fuera más veloz. Cuando emparejó con Gina Mimms, a aproximadamente cincuenta metros de la línea de meta, Gina recuperó ímpetu y sus zancadas se emparejaron con las de Hannah. Las dos corrían como si fueran una sola, braceando al unísono, las piernas y los pies empujándolas hacia adelante.

John miró el cronómetro. Hannah jamás había corrido a esa velocidad. Ambas pasaron frente a él y John oyó ese sonido familiar: un silbido en lugar de grandes bocanadas de aire. Se inclinó para poder ver más allá de la gente que se amontonaba, pero a medida que Hannah y Gina alcanzaban a la línea de meta, desde esa posición, se le hizo imposible ver quién iba primera.

Y entonces llegó la exclamación de sorpresa de la multitud.

—¿Qué pasó? —preguntó Amy.

—¡Papá, se cayó! —gritó Ethan desde las gradas.

John se apresuró a la pista y corrió a toda velocidad hacia la línea de meta. Gina Mimms estaba a pocos metros con las manos en la cadera, transpirada y totalmente exhausta, mirando a una figura sobre el suelo. Hannah yacía como una muñeca de trapo justo después de la línea de meta. No se movía. John no lograba saber si respiraba.

Se arrodilló a su lado y le puso la mano sobre la espalda, y al momento Amy se le unió. Oyó el típico sonido de un ataque de asma mientras Hannah luchaba para respirar. John buscó su inhalador. No lo tenía.

«Hannah, ¡vamos! —dijo, poniéndola de espaldas—. ¿Hannah? ¡Respira!».

Como un relámpago, el personal médico llegó con el equipo de auxilio, controlando el pulso de Hannah.

John la incorporó.

—Necesita oxígeno. ¿Lo tienen?

—Aspira profundo —dijo Amy mientras los paramédicos le colocaban la máscara.

—Tenemos que moverla. Están llegando otras corredoras —dijo uno de los comisarios de la carrera.

John la levantó y la sacó del camino. Observó que las

gradas estaban en silencio y nadie alentaba a las demás corredoras. Todos estaban preocupados por Hannah.

John la colocó suavemente sobre una banca y Hannah pudo sentarse. Respondía asintiendo con la cabeza a sus preguntas, y John vio que entendía. Ahora solo intentaba respirar. Más corredoras cruzaban la línea de meta, jadeando. Algunas se desplomaban. Otras seguían caminando con las manos sobre la cabeza, estirándose.

Hannah comenzó a respirar con un ritmo parejo y habló a través de la máscara de oxígeno:

—¿Quién ganó? —Miró primero a John y luego a Amy.

—Están tratando de averiguarlo —dijo Amy—. Pero no importa el resultado, corriste una carrera extraordinaria.

—La forma en que corriste al final, Hannah —dijo John—, fue asombrosa. Jamás la olvidaré.

—Supe que tenía alguna posibilidad cuando Gina miró hacia atrás —dijo Hannah—. Parecía un poco asustada.

—Tenía motivos para estarlo —dijo John—. Guardaste toda tu energía para esa explosión de velocidad al final.

—¿Qué pensaste cuando comenzaste a escuchar la grabación? —preguntó Amy.

Hannah sonrió ampliamente.

—No podía creerlo. ¿Cómo lo hicieron? ¿Cómo lograron que mi padre viera el recorrido?

—No vio el recorrido, Hannah. Te vio a ti. Sabía que podías correr rápido, y yo también lo sabía. Tu padre va a estar muy orgulloso de ti por la manera en que corriste hoy.

Hannah asintió.

John se puso de pie y miró hacia el sector de los jueces de línea. Cada corredora tenía un chip electrónico que registraba su tiempo. No debería haber controversia. Pero los dos jueces principales estaban agrupados alrededor de una computadora. Señalaban y retrocedían las imágenes de la pantalla, buscando algo.

Los paramédicos guardaron el equipo, aparentemente confiados en que Hannah respiraba bien por su cuenta. John y Amy les agradecieron por su ayuda.

Luego John observó al juez principal de la carrera acercarse al entrenador de Westlake, que estaba junto a Gina y las demás corredoras del equipo. El hombre sonreía mientras saludaba al entrenador con la mano. Gina Mimms estaba parada al lado con las manos apoyadas sobre la cadera, escuchando. El juez la saludó a ella también con la mano, y John supo el resultado.

Tan cerca. Hannah había estado tan cerca.

—Hannah, estoy muy orgulloso de ti —dijo John, mirándola—. Nunca corriste tan bien. Eres asombrosa.

—Di todo de mí —dijo Hannah, y parecía estar al borde de las lágrimas, sintiendo que no había tenido lo suficiente como para superar a la campeona estatal.

Gene Andrews, el presidente de la asociación, se abrió camino hacia ellos y se arrodilló frente a Hannah.

—Jovencita, ¿estás bien?

Hannah respiró hondo como preparándose para las malas noticias.

—Estoy bien.

—Ese fue todo un final. Un poco atemorizador también. Entiendo que nunca antes has ganado una carrera.

Hannah negó con la cabeza.

—No, señor.

John la miró, preparado para abrazarla y repetirle lo grande que era quedar en segundo lugar a nivel estatal.

Andrews miró hacia abajo, luego miró a Hannah con una amplia sonrisa.

—Bueno, ahora lo has hecho.

John puso la mano sobre el hombro de Andrews.

—¿Qué dijo?

—En realidad, tuvimos que volver varias veces y mirar el video porque la computadora marcaba tiempo idéntico. Pero resultó que Hannah estaba inclinada hacia delante unos centímetros más que Gina. Felicitaciones. Acabas de ganar el campeonato estatal.

Hannah rompió en lágrimas y se dejó caer en los brazos de Amy. Eran lágrimas de gozo, lágrimas de victoria. Esa emoción parecía la culminación de todo lo que había pasado, la soledad y el miedo, el obstáculo del asma, la culpa por las cosas que había hecho. La muchacha que había sido abandonada y que arrastraba una gran pérdida, que corría sola sin equipo. Lo había superado todo escuchando la voz de su padre.

John no sabía qué hacer, adónde ir, cómo actuar. Levantó los brazos y dio un brinco. Dio un giro completo y levantó el puño y gritó: «¡Sí!».

Los espectadores de Brookshire estallaron en gritos.

«Hannah, lo lograste», dijo Amy, abrazándola y sollozando junto a ella.

John levantó en alto los puños y caminó hacia las gradas, mirando a Ethan, Will y Olivia y los demás. Algunos se tapaban la cara con las manos, superados por la emoción. Otros se reían y vitoreaban, incapaces de contener su entusiasmo.

John buscaba algo que no podía encontrar: buscaba a alguien con quien compartir lo que tenía adentro. Corrió nuevamente hacia Hannah y la abrazó.

«¡Lo lograste, lo lograste, lo lograste! —repetía una y otra vez. Luego retrocedió—. Hannah, eres campeona estatal. Eres la número uno en el estado».

Reteniendo la emoción, Hannah sonrió y se sentó en la banca, con el reproductor todavía adherido al brazo.

Ethan y Will y un grupo de simpatizantes corrieron hacia ella, la subieron a sus hombros y comenzaron a gritar: «¡Hannah, Hannah, Hannah!».

John observó mientras Hannah levantaba la cara y señalaba al cielo. La oyó decir: «Gracias, Señor».

CAPÍTULO 42

✦ ✦ ✦

Barbara tenía intenciones de ver el inicio de la carrera de Hannah y luego dirigirse al trabajo. Se ubicó junto al puesto de bebidas donde podía ver la línea de partida. Estando allí, esperando, cayó en la cuenta de todo lo que se había estado perdiendo.

Toda su vida, Barbara había estado del lado de afuera, mirando hacia adentro. Había sido así de niña y también en su matrimonio. Con Janet, sentía que la vida giraba fuera de control y todo lo que podía hacer era quedarse mirando cómo giraba como un tornado. Todo lo que había obtenido de eso eran escombros y a Hannah.

¿Había una manera diferente de vivir? A través de

la cerca de alambre, vio a las corredoras dando vueltas, haciendo tiempo. Hannah miró hacia ella y Barbara le hizo un pequeño saludo con la mano, con la esperanza de que eso estuviera bien. No quería ponerla nerviosa. Barbara la observó mientras se estiraba y luego la señora Harrison le sujetó un número en la camiseta.

Algo extraño ocurrió en ese momento, pero Barbara no pudo descifrarlo. Era como un condimento diferente en una receta que uno percibe en la boca, pero no se puede identificar claramente. Hannah se dio la vuelta y Barbara vio su perfil, y una imagen pasó rápidamente por su mente. Vio al Tigre en la fotografía que Janet tenía guardada en la caja. Y luego vio que Hannah tenía el número #77 en la camiseta: el mismo que su padre tantos años antes. ¿Lo habían decidido los Harrison, o era pura casualidad? ¿A lo mejor era Dios respondiendo a sus oraciones, abriendo otra puerta a su paso?

Las corredoras se pusieron en línea, sonó el disparo y Hannah salió corriendo, desapareciendo entre la multitud de corredoras que se dirigían hacia el bosque.

Lo había logrado. Se había arriesgado a llegar tarde para ver el comienzo de la carrera. Mientras se dirigía a su auto, oyó que alguien la llamaba y Olivia Brooks corrió hacia ella con la camiseta azul vivo de Brookshire. La mujer era toda sonrisas.

—Barbara, ¡viniste!

—Sí. Quería por lo menos verla salir antes de irme.

—Tu nieta es toda una inspiración para nosotros. Espero que lo sepas.

—¿Inspiración?

—Con todos los desafíos que ha enfrentado, ha tomado muy buenas decisiones este año.

—Y no hubiera tenido la oportunidad de tomarlas si tú no hubieras dado el primer paso. Me preguntaba si fuiste tu quien le dio esa beca. ¿Es así? —dijo Barbara en voz baja.

Olivia le puso una mano sobre el hombro.

—Yo quise mucho a Janet. Y sentí mucho lo que tuviste que pasar. El Señor puso a Hannah en mi corazón hace mucho tiempo y le prometí a Dios que si alguna vez tenía la oportunidad de ser parte de su vida, lo haría. Es mi pequeña manera de involucrarme. Y me alegra mucho que Hannah esté en nuestra escuela.

—Bueno, ambas estamos muy agradecidas por lo que haces.

—¿Te quedas hasta el final de la carrera? —preguntó Olivia.

—No, tengo que ir a trabajar. Mi jefe se va a molestar ya de por sí.

—Lo entiendo.

Barbara caminó hasta el auto y puso la llave en el arranque. Hasta hace pocos días, ver a Olivia o a cualquier persona que le recordara el pasado la hubiera abrumado, pero oír el nombre de Janet y saber que Olivia se preocupaba por Hannah encendió una chispa en su interior. En los últimos días, había sentido un cambio. Había vivido intentando evitar el dolor. En el proceso, había hecho a un lado a Dios y a las personas de la iglesia. Trabajaba para proveer, y trabajaba otro tanto, para caer agotada cada noche en la cama, solo para levantarse al día siguiente y empezar todo de nuevo. Y había cierto consuelo en ese agotamiento.

Pero cuando miró a los ojos ciegos de Thomas Hill y vio a un hombre cambiado, el mundo se tambaleó. Sintió como si estuviera mirando a ese hombre de la Biblia, ¿cómo se llamaba? Lázaro. Aquel Lázaro había muerto y entonces lo envolvieron enterito y lo colocaron en un sepulcro donde estaba todo oscuro. Tal como Thomas. Ella lo había considerado muerto. Pero en la historia bíblica, llegó Jesús, lloró por su amigo Lázaro y lo llamó por su nombre. Y ese Lázaro salió, todo envuelto y atado. La gente que rodeaba el sepulcro lo ayudó a desatarse y liberarse de las envolturas.

Thomas había dicho que había experimentado lo mismo. Estaba ciego y su cuerpo estaba fallando, pero tenía una esperanza en la vida que Barbara no tenía.

El reverendo Parks la había ayudado a quitarse las envolturas de su propio corazón. La historia de su hijo, la pérdida que él había sufrido, y la forma en que Dios lo había acompañado le dieron esperanzas a ella.

Sentada en su auto, con su llave en el arranque, se encendió una luz en el tablero de su corazón. Todo el dolor que había tratado de evitar, todo el odio al que se aferraba estaba frente a ella. Ver a Hannah correr y oír lo que había dicho Olivia, además de recordar lo que había relatado el reverendo Parks, hizo que Barbara comprendiera que no necesitaba vivir más lejos del amor de Dios. A lo mejor, todo el dolor y la lucha podían conducirla a algo bueno, a algo inesperado.

Su celular sonó dentro del bolso. Miró el número y sacudió la cabeza. Quería ignorarlo, pero atendió la llamada.

—Sé que voy tarde. Estoy en el auto. Estoy a como quince minutos...

—Espera, Barbara —dijo Doyle Odelle—. ¿Estás en el encuentro de campo traviesa?

—¿Cómo lo supo?

—Bobby me lo dijo. Tu nieta está corriendo. Es Hannah, ¿verdad?

Bobby era el chico que molestaba a Hannah.

—Así es. Quería verla empezar la carrera.

—Bueno, ¿por qué no me lo dijiste? —preguntó Doyle—. Es el campeonato estatal, ¿verdad?

—Sí, señor. Así es. Pero si salgo ahora, puedo estar ahí en...

—Si sales ahora, no la verás terminar. Podemos arreglarnos con el restaurante. ¿Entiendes?

Barbara no sabía qué decir.

—Eh, bueno. Sí, señor. Gracias. Pero no comprendo. ¿Qué le dijo Bobby?

—Mira, Sé que él y tu nieta han tenido problemas. Mi esposa recibió una llamada de la directora. Finalmente logré sacarle la verdad al muchacho. Escuché toda la historia, no solo su versión. Me siento mal por la forma en que ha tratado a Hannah. Ella merece una disculpa.

—Bueno, me da gusto oír eso.

—Podemos hablarlo más tarde. Quiero que te quedes hasta el final de la carrera. Y no acepto un no por respuesta. Y luego, ven y cuéntanos qué ocurrió, ¿de acuerdo? No hay tanta gente aquí ahora, pero después de la carrera puede ser que la haya.

Barbara sonrió.

—Estaré ahí después de la carrera entonces.

—Bien.

—Y gracias, señor Odelle.

No podía creer lo que acababa de oír. Sacó las llaves del arranque y volvió caminando hasta la cerca frente al puesto de bebidas. Diez minutos después, estaba mirando desde allí cuando aparecieron las corredoras a la entrada del bosque. Cuando vio a Hannah en segundo lugar y aumentando la velocidad, comenzó a gritar y alentar y sacudir la cerca de alambre tejido. Hubo una conmoción en la línea de meta y Barbara no pudo ver qué pasaba. La cerca le impedía hacerse más adelante para ver de qué se trataba todo ese alboroto.

CAPÍTULO 43

✦ ✦ ✦

Estar en el podio ganador era como un sueño para Hannah.
El coordinador del encuentro le dio la mano y le colocó
la medalla alrededor del cuello. Gina Mimms se mantuvo
estoicamente a su lado, sin decir palabra, y Hannah pensó
que a lo mejor la muchacha estaba tan molesta por haber
perdido que querría arrojar su medalla de segundo lugar al
bosque.

Para su sorpresa, cuando Hannah se bajó del podio,
Gina se dio la vuelta, le sonrió y le tendió la mano.

—Felicitaciones. Te merecías ganar.

—Si no me hubiera caído al final, probablemente no
hubiera ganado.

Gina tomó la medalla que pendía del cuello de Hannah.

—Creo que habrá muchas más de estas en el futuro para ti. Les diré a mis entrenadores en la universidad que estén atentos a ti.

Hannah la saludó con un abrazo y luego encontró a los Harrison. Mientras salían de la pista, el entrenador señaló a la señora Brooks, que estaba junto a la abuela de Hannah. Hannah se acercó y abrazó a su abuela cariñosamente.

—Abuela, te quedaste.

—Sí. Llegaré tarde al trabajo, pero valió la pena —Miró a Hannah, y había algo diferente en su mirada. La dureza, la amargura, la mordacidad que siempre mostraba su abuela habían sido reemplazadas por algo tierno y amable—. Estoy tan orgullosa de ti.

—Gracias —dijo Hannah. Tomó las manos de su abuela y la miró a los ojos. Como una corredora que reúne la energía y el coraje para pasar a otra en la pista, aspiró hondo y dijo—: Quiero ir a ver a mi padre.

Nada de regaños. Nada de acusaciones. Nada de ceño fruncido. Su abuela asintió y, sin una palabra, le dio su bendición. Hannah sintió como si hubiera ganado la medalla de oro olímpica.

Su abuela le dio otro abrazo y Hannah quería pellizcarse para estar segura de que esto era real. Lo era. Todo ese día había sido real.

La abuela se acercó al entrenador Harrison.

—Solo llévenla a casa a salvo —dijo.

Era un gran logro. Hannah finalmente tenía vía libre hacia su padre.

Hannah se acercó a la señora Brooks y la abrazó.

«Gracias por todo».

La señora Brooks no dijo nada. Sencillamente, sonrió y observó a Hannah y los Harrison alejarse.

Los Harrison condujeron directamente al hospital. En el cuarto piso, Hannah abrió la puerta y encontró a su padre esperando.

—Oigo tres pares de pasos que se acercan —dijo Thomas.

—Hola, Thomas, ¿cómo estás? —preguntó el entrenador Harrison.

—Estuve en ascuas todo el día. ¿Cómo está todo el mundo?

—Estamos bien, Thomas —respondió la señora Harrison.

Hannah se acercó a su padre:

—Hola, papi.

—¿Y cómo está mi hija? —preguntó amablemente.

Hannah sacó la medalla de su bolsillo y se la colocó a su padre para que él usara lo que ella había ganado. Acomodó la medalla sobre su pecho y puso la mano de su padre encima. El rostro de su padre exhibió una amplia sonrisa.

—Ganaste una medalla.

—Thomas, no es cualquier medalla —dijo el entrenador Harrison. No necesitó decir más.

Las lágrimas brotaron de los ojos de su padre. Luchó para que le salieran las palabras:

—¿Quieres decir... que mi hija ganó la carrera?

Hannah se sentó más cerca y se inclinó hacia delante.

—Tuve un entrenador muy bueno.

Su padre no podía contener la emoción y se recostó sobre la almohada. Hannah se inclinó para apoyar la cabeza sobre el pecho de su padre y él la abrazó, acercándola y besándola en la cabeza.

Oyó que el entrenador Harrison salía de la habitación, seguido por su esposa, y ella y su padre se quedaron solos. El pecho de Thomas se agitaba de emoción.

—Oh, Señor. Me ayudaste. Me salvaste. Me restauraste. Salvaste a mi hija. La hiciste una vencedora. Solo Tú podrías haber hecho esto. No merezco Tu bondad y Tu misericordia. Pero me las has dado y yo bendigo Tu nombre, Jesús.

Hannah escuchaba los latidos del corazón de su padre, el sonido de su respiración, su voz.

—¿Escuchaste mis guías durante la carrera?

Hannah se retiró un poco para responder:

—Sí. Escuché cada palabra. Y no creerás lo acertado que estuviste en muchas situaciones.

—Puedes agradecerle al entrenador Harrison por eso. Cuéntame cómo fue.

Hannah lo condujo a lo largo de la carrera, describiendo las secciones donde más la habían ayudado sus palabras.

—Era como si pudieras ver lo que estaba ocurriendo frente a mí y todo lo que tenía que hacer era escuchar lo que decías y hacerlo.

Su padre se rio.

—Esta carrera es una de las cosas buenas que Dios preparó de antemano para ti, Hannah. Y yo pude acompañarte. Estoy tan contento. Dios va a estar a tu lado en cada paso de tu vida. ¿Lo sabes?

—Sí, papi. Y ¿sabes qué otra cosa ocurrió?

—No puedo imaginar nada mejor que lo que ya contaste. Pero dime.

—La abuela dijo que yo podía venir a verte. Estuvo en la carrera. Se quedó todo el tiempo a pesar de que tenía que ir a trabajar.

Su padre sonrió y recostó la cabeza sobre la almohada.

—Creo que el Señor está obrando en ella tal como lo está haciendo en nosotros, Hannah.

—Creo que tienes razón.

CAPÍTULO 44

✦ ✦ ✦

John no abandonó la habitación: salió flotando de ella. Ver a Hannah en brazos de su padre, escuchar a Thomas llorar de alegría y besar a su hija, era demasiado. Hizo señas a Amy para indicarle que no podía más y salió al corredor, con la gorra en la mano, sin saber qué hacer con sus emociones.

John conocía la sensación de ser un ganador. La había experimentado como jugador y como entrenador. Se había puesto metas personales y para los equipos, pero incluso cuando las alcanzaba, siempre le quedaba un vacío adentro, las ansias de algo más, de algo duradero. Llenar ese vacío parecía la subida interminable de una montaña que al final solo llevaba a otra.

Ahora, caminando por el corredor del hospital, tratando de refrenar sus emociones, sintió algo que nunca antes había experimentado. Había entregado a Dios sus esperanzas y sueños para la temporada de básquetbol. Los había puesto en un altar y le había entregado a Dios el futuro de su familia. Y entonces apareció esa niña grácil... recordó el primer día que la vio y lo sola que parecía allí en las gradas.

Lo que me hubiera perdido si no hubiera aceptado entrenar a Hannah Scott, pensó. *No estuve aquí para ayudarla. Ella estuvo aquí para ayudarme a mí.*

Amy salió de la habitación de Thomas con lágrimas en los ojos, y se acercó a John. John señaló la habitación e intentó hablar. Dejó salir una bocanada de aire como si eso hiciera espacio para las palabras. Finalmente, se tocó el pecho.

—Estoy lleno —dijo, rindiéndose a su emoción.

Habían pasado por tanto en los últimos meses. La vida no había seguido el curso que esperaban. Pero hoy había visto un milagro. Y el milagro no era que Hannah hubiera ganado una carrera, por bueno que eso fuera. El milagro era ver a Thomas, cuya única esperanza estaba en el poder de Dios. Thomas había confiado plenamente en su Padre celestial para que hiciera lo que él mismo no podía hacer. Dios había reconciliado corazones y había llevado a Hannah a una relación con Él.

Amy lo abrazó. Habían tenido preguntas muy profundas acerca del futuro, y Dios había utilizado a Thomas, Hannah, Barbara y el problema en la ciudad para acercarlos el uno al otro. ¿Acaso no era propio de Dios lograrlo utilizando algo que parecía terrible?

«Gracias, Señor —oró John, sujetando la cabeza de Amy contra su pecho—. Gracias por todo lo que has hecho».

CAPÍTULO 45

✦ ✦ ✦

Hannah disfrutó de la atención especial en la escuela gracias al resultado del campeonato estatal. La señora Brooks hizo un anuncio a través del intercomunicador y los profesores y los estudiantes la felicitaron, incluso algunos que antes ni siquiera parecían saber que ella existía.

Vio a Robert en el comedor y se acercó a él con su bandeja. Tenía preparado algo para decirle. Quería disculparse por haberle arrojado la comida y la bebida. Y quería decirle que lo perdonaba por ser tan malo con ella. La señora Harrison había dicho que perdonar a otros es una elección. No significa que uno piense que lo que hicieron estuvo bien. Era liberarlos del enojo que uno siente. Pero antes de que pudiera abrir la boca, Robert se alejó de la mesa y levantó las manos.

«¡No me estropearás otra camisa!», gritó.

Hannah se marchó al otro extremo del comedor. Allí, la encontró Grace.

—No pierdas el tiempo con Robert.

—Solo quería hablar con él.

—A algunas personas no se les puede hablar —Grace frunció el ceño.

Hannah se dio la vuelta y vio que Robert estaba sentado solo. Sintió pena por él.

—Estuviste asombrosa en la carrera —dijo Grace—. Eres una súper estrella.

Hannah sonrió y compartió el relato resumido del encuentro con su padre y la manera en que la había ayudado a correr.

—Un momento, ¿no sabías que tu padre vivía?

Grace se mantuvo boquiabierta mientras Hannah le relataba la historia completa. Para cuando terminaron, se les había unido un grupo de compañeras.

—Entonces, ¿vas a visitar a tu padre todos los días? —preguntó Leslie.

Hannah asintió.

—Voy después de la escuela hoy.

—¿Y qué haces en un hospital todos los días? —preguntó Grace.

—Solo hablamos. A veces, me ayuda con la tarea. A veces,

está cansado y se duerme mientras estoy allí. Al día siguiente, tiene más energía. Esos son los mejores días.

—Seguramente está muy contento de haber conocido al entrenador Harrison —dijo Grace.

—Sí. Si no fuera por eso, yo nunca lo hubiera conocido a él. Seguro que no.

El viernes por la tarde, su padre le pidió a Hannah que no fuera al hospital la mañana siguiente. Acostumbraban a pasar los sábados juntos escuchando música, o Hannah le leía. A veces, las enfermeras traían un catre y Hannah tomaba una siesta junto a su padre.

—El entrenador Harrison tiene un pequeño proyecto para mí, así que, ¿por qué no vienes por la tarde?

—¿Qué están haciendo tú y el entrenador Harrison?

—Ya lo verás. Por ahora, es nuestro secreto.

Thomas estaba cansado cuando Hannah llegó esa tarde y parecía un poco distante y sensible. Se reanimó cuando ella sugirió leer su salmo favorito. Hannah observó que articulaba las palabras junto con ella mientras leía.

«Los que viven al amparo del Altísimo
    encontrarán descanso a la sombra del Todopoderoso».

El jueves siguiente por la tarde, su abuela le dio una sorpresa. Estaba esperando cerca de la puerta cuando Hannah llegó a casa. Estaba bien vestida y tenía las llaves del auto en la mano.

—¿No deberías estar en tu trabajo? —preguntó Hannah.

— Tengo un nuevo trabajo.

—¿Un nuevo trabajo? ¿De qué se trata?

—Debo ser tu chofer. Ahora, si pudiera ser tan amable como para subir a mi auto, señorita Scott, la llevaré a su destino —hizo una pausa—. Ah, pero tendrás que cambiarte primero. Hay algo en tu habitación que debes probarte.

Hannah corrió a su habitación. En su cama, había un hermoso vestido azul con flores. Con un grito de alegría, se lo probó. Luego bajó a la sala de estar para mostrárselo a su abuela.

—¡Es perfecto! Pero ¿qué estamos festejando?

—Yo solo soy tu chofer. Ahora, ponte los zapatos y subamos al auto.

Su abuela condujo hasta el restaurante donde trabajaba, cosa que le pareció extraña a Hannah. Entraron, y todo el personal, todas las amigas de su abuela, la saludaron, diciéndole qué bonita se veía.

—Por aquí, señorita Scott —dijo el dueño. Cuando llegaron a la sala del fondo, hizo una pausa y la saludó con la mano—. Soy Doyle, el jefe de tu abuela. Ella me habló del campeonato estatal.

Hannah asintió.

—Bueno, espero que tengas una hermosa velada, jovencita. Esta es nuestra sala de banquetes y hoy es tuya y de tus invitados.

Hannah entró y halló una mesa larga decorada con

corazones y flores y serpentinas. Un cartel plateado sobre la mesa decía: *Feliz cumpleaños, Hannah.*

La señora Harrison la abrazó y el entrenador Harrison le sonrió. Ethan y Will estaban vestidos de saco y corbata.

La señora Brooks le presentó a Hannah a su esposo.

—Ella es nuestra corredora campeona estatal de la que te hablé, Charles.

—Es un honor conocerte, Hannah —dijo el hombre—. Me han hablado mucho de ti.

La señora Cole, la vecina de su casa, la saludó, lo mismo que Shelly, de la secretaría de Brookshire.

Luego se acercó una mujer de rostro familiar, y a Hannah le llevó un momento ubicar a la enfermera.

—¡Rose! —dijo Hannah—. ¡Me alegra que se hayan acordado de invitarte!

Rose le dio un rápido abrazo.

—No me lo perdería. Estoy aquí para hacer que sea una fiesta que jamás olvides.

—Pero no es mi cumpleaños —dijo Hannah—. Mi cumpleaños es...

Rose levantó una mano y desapareció detrás de una cortina al fondo de la sala. Luego, empujó una silla de ruedas hasta que estuvo a la vista. Hannah se tapó la boca con las manos.

—¡Papi!

—¡Feliz cumpleaños, hija mía! —Estaba sonriendo de oreja a oreja—. ¿Sorprendida?

—*Sorprendida* no es la palabra —dijo Hannah, dando la

vuelta hacia su abuela mientras se secaba los ojos— Abuela, ¿sabías de esto?

—Alguien ha estado planificando esto por más de una semana —dijo su abuela—. Y él no lo hizo solo. La señora Harrison organizó todo.

—Tú elegiste el lugar —dijo Thomas, haciendo un guiño a Barbara.

—Supongo que con eso sí tuve un poco que ver.

—Pensé que no podías salir del hospital —dijo Hannah.

—Hay cosas más importantes que el hospital —respondió su padre.

Rose se inclinó hacia ella y le susurró:

—Voy a cuidar bien a tu padre mientras está aquí, no te preocupes.

—Pero, papi, no cumplo años hasta el...

—Sé que no es el día de San Valentín hoy, Hannah —dijo su padre—. Pero debes recordar que me he perdido quince de tus cumpleaños. No me voy a perder otro. De modo que decidí...

—Decidimos que tengas una fiesta con algunas de las personas a las que más quieres —dijo su abuela terminando la frase de Thomas.

Rose empujó la silla de ruedas al frente de la mesa y Hannah se sentó junto a él. Al comienzo, su abuela ayudó a las camareras, pero luego su jefe entró al salón.

—No estás en horario de trabajo, Barbara. Siéntate a comer y déjanos hacer nuestro trabajo.

Mientras comían, John Harrison contó la historia de

cómo conoció a Thomas «por casualidad» en el hospital. Su padre retomó el relato y contó cuán sorprendido estuvo de que, sin saberlo, le había dado consejos para correr a su propia hija. Todo el mundo se rio.

Su padre levantó el vaso de agua.

—¡A brindar! —Todo el mundo lo acompañó con vasos de agua o soda—. Por Hannah Scott, primera corredora del estado, primera en mi corazón. Doy gracias a Dios por haberte traído nuevamente a mi vida.

Rose revisaba los signos vitales del paciente cada tantos minutos. No había comido mucho en la cena y parecía satisfecho solo con participar en las conversaciones.

Cuando despejaron la mesa, trajeron más platos y Thomas habló en voz alta:

—Tengo un obsequio especial para el postre —Le hizo una seña a Rose, que salió de la sala—. Eso es para mi hija, la campeona estatal.

Rose trajo un pastel en forma de medalla con un *#1* arriba y lo ubicó frente a Hannah. Ethan tomó fotografías del pastel y de Hannah soplando las velas. El pastel se veía demasiado lindo para comerlo. Pero de todas maneras lo comieron.

Hannah miró varias veces a su abuela durante la velada. Estaba callada, pero parecía estar disfrutando. Hubo risas y una que otra lágrima en la mesa a medida que avanzaba la noche.

—Y ahora, el regalo —dijo su padre. Extrajo un pequeño paquete de su bolsillo y se lo entregó a Hannah.

—¿Qué es esto?

—Tienes que abrirlo para ver —dijo su padre.

Hannah lo desenvolvió y abrió una caja rectangular, donde había un collar. En el medio, tenía un pendiente en forma de cruz. Miró a su padre, luego nuevamente al collar.

—Bueno, póntelo para ver cómo te queda —dijo su padre.

Su abuela la ayudó y Hannah puso su mano sobre el pendiente con el rostro iluminado.

—Cada vez que lo use, voy a pensar en ti.

Su padre asintió.

—Quiero que le agradezcas a Dios por habernos reunido en Su tiempo y por Su gracia. De eso se trata la Cruz: de la asombrosa gracia de Dios.

Todos estaban ubicados para tomar una fotografía del grupo cuando Thomas se desplomó en su silla de ruedas. Rose se acercó rápidamente. Thomas parpadeó y echó la cabeza hacia atrás.

—Creo que estoy demasiado emocionado —dijo Thomas, arrastrando algunas de sus palabras.

—Tenemos que llevarlo al hospital —dijo Rose—. Disculpen.

La sala quedó en silencio y Hannah observó a Rose conducir la silla de su padre hasta la camioneta estacionada afuera. Hannah quería acompañarlos, pero Rose dijo que podía verlo por la mañana. El entrenador Harrison y sus hijos ayudaron a Rose a subir a Thomas a la camioneta.

Mientras lo hacían, la señora Harrison y la señora Brooks oraban.

—A lo mejor no tendría que haber venido —dijo Hannah a su abuela mientras miraban alejarse la camioneta.

—Tu padre no lo hubiera aceptado. Quería regalarte esta fiesta aunque fuera lo último que hiciera. Le pidió a Olivia que te escogiera el vestido.

—¿De verdad? —dijo Hannah volviéndose hacia la señora Brooks.

—Llevé mi teléfono móvil a la tienda y describí todos los vestidos que pensaba que te gustarían —dijo la señora Brooks—. Cuando él oyó la descripción de este, con las flores rosadas y blancas sobre un fondo azul, dijo: "Ese es para mi Valentina. No me importa lo que cueste".

Hannah y su abuela volvieron a casa en silencio, con el resto del pastel en un contenedor de cartón sobre el asiento trasero. Cuando Hannah estaba acostada, entró su abuela a la habitación y se sentó en la cama.

—Acabo de recibir un mensaje de texto de Rose. Dice que tu padre está descansando. Está bien. Como dijo, fue demasiada emoción.

Hannah abrió el cajón de su mesa de noche y extrajo la caja azul. Ahora estaba llena de fotografías de ella y su padre, tomadas en las últimas semanas.

—No se va a recuperar, ¿verdad?

Su abuela se miró las manos.

—Podría inventar algo para que te sintieras mejor, pero

eres suficientemente grande para saber la verdad. Rose no cree que le quede mucho tiempo. En parte fue por eso que ella coordinó para que estuviera en la fiesta.

—¿Todavía lo odias, abuela?

Miró a Hannah con ojos tristes.

—No, nena. Pasé los últimos quince años odiándolo. Me juré que nunca lo dejaría formar parte de tu vida. Pero eso fue antes de ver lo que Dios puede hacer en las personas. No tenía idea de cómo podía cambiar a tu padre... y tampoco de cómo podía obrar en mí. Tu padre es una persona diferente. Y yo también.

Hannah se quedó mirando las fotografías y sintió que la invadía la emoción.

—No quiero que muera. No parece justo que Dios lo traiga a mi vida y se lo lleve así. ¿Tiene sentido para ti, abuela?

—No tengo respuesta para eso, nena. —Levantó una de las fotografías de la caja y la estudió. Hannah y su padre posando para la cámara—. Me pregunto una y otra vez qué hubiera ocurrido si no lo hubieran traído aquí desde Fairview. O si tu entrenador no hubiera tropezado en su habitación e iniciado una conversación.

—A lo mejor, en lugar de sentirme mal por el poco tiempo que tengo, puedo agradecer el tiempo que tenemos para compartir.

—Tienes que sentir lo que sientes. Es duro de cualquier manera. Pero también es bueno. Y tienes razón; no tiene sentido. Yo también lo siento.

—Papi dice que no hace falta entender todo lo que hace Dios para poder creer en Él o confiar en Él.

—Creo que eso es cierto. Dios no sería Dios si pudiéramos entender todo, ¿verdad?

Hannah cerró la caja y la colocó en la mesa de noche.

—Solía guardar allí todas las cosas que robaba. Nunca las encontraste.

—¿Realmente devolviste todas las cosas?

Hannah asintió y cerró el cajón. Su abuela sonrió.

—Nunca te dije lo que ocurrió aquel día, ¿o sí? El día que tu madre murió.

—Nunca me dijiste nada sobre eso.

—Thomas te trajo a mí. Lo llamaban El Tigre en ese tiempo. Estabas envuelta en una manta. Fue lo último que él hizo antes de huir. Yo estaba hablando con el hospital cuando golpeó la puerta. Me habían llamado para avisar que tu madre estaba ahí. Thomas puso el bulto con la manta en el piso a mis pies y tú sacaste tu pequeño puño de entre los pliegues. Te levanté.

Los ojos de la abuela se llenaron de lágrimas y miró hacia otra parte un momento. Luego continuó:

—Incluso en ese tiempo, él se preocupaba por ti. Aunque estaba fuera de sus cabales por la droga, ya sabes. Él podría haberte dejado en el hospital. Por alguna razón, logró conducir todo el camino hasta aquí.

—Creo que es porque me amaba.

—Sin duda —confirmó su abuela—. Nunca he podido reflexionar sobre ese día sin que me revolviera todo el dolor de perder a tu madre. Pero ahora, cuando pensé en ti envuelta en esa manta, no me paralizó de la misma manera.

—A lo mejor es porque lo has perdonado.

—Jamás pensé que lo haría. Ni siquiera lo creía posible.

—¿Cómo lo hiciste?

Barbara le devolvió la fotografía a Hannah.

—Creo que el perdón es un regalo que uno debe abrir cada día. Primero, lo abres para ti mismo y lo recibes. Una vez hecho eso, lo envuelves y se lo das a alguien más.

Su abuela se puso de pie y la miró.

—Lo siento por todas las veces que te grité. Voy a intentar ser mejor. Estoy pidiendo la ayuda de Dios para lograrlo.

—Te perdono, abuela. Y siento haberte preocupado tanto.

Barbara rio.

—Yo elegí preocuparme. Pero te perdono.

Su abuela se detuvo en la puerta, con la mano sobre el interruptor de la luz. Parecía querer decir algo más.

—Buenas noches, nena.

—Buenas noches, abuela.

CAPÍTULO 46

✦ ✦ ✦

Barbara estaba sentada junto a Hannah en la banca del frente de la iglesia a la que asistían los Harrison. El pastor Mark Latimer había abierto sus puertas para el funeral de Thomas. Su última petición había sido que se hiciera el funeral en Franklin. Las bancas estaban llenas de gente de Brookshire y del personal del hospital. Barbara pensó que era muy significativo que en su muerte Thomas hubiera reunido a personas de tan diferente trasfondo y color.

Entonaron canciones que el propio Thomas había elegido, todas alabanzas a Dios por Su gracia, Su amor y Su perdón. Cantaron: «Abre mis ojos, oh Cristo» y Barbara sonrió pensando que Thomas ahora veía nuevamente y, con seguridad, tenía una vista maravillosa.

El reverendo Willy Parks, el pastor de la iglesia de Thomas en Fairview, relató cómo conoció a Thomas:

«No lo conocía antes de que encontrara a Jesús. Lo conocí cuando ya había perdido la visión física. Pero este hombre tenía una visión espiritual y un hambre de Dios como nunca antes había visto.

»El día que lo conocí, me dijo que oraría por mí todos los días. Y lo hizo. Le pregunté si había algo por lo que yo pudiera orar por él y pensé que pediría que orara por la recuperación de la vista. Pero no lo hizo.

»Ese día que conocí a Thomas, él tuvo una única petición de oración. Me pidió que orara para que su hija llegara a conocer a Jesús como Señor y Salvador. Yo ni siquiera sabía que tenía una hija. Y con el tiempo, me relató su historia. Es una historia triste. En muchos sentidos, es desgarradora. Le costó contarla por la culpa que sentía.

»Oré con él durante casi tres años por la hija que había abandonado, el remordimiento que tenía y ese capítulo inconcluso de su vida. Oramos juntos y lloramos juntos. Luchaba por saber si debería salir a buscarla después de tantos años, y se preguntaba cuáles serían las consecuencias que eso pudiera tener. Debo ser honesto: yo quería tomar el teléfono y llamar. Pero cumplí con su pedido, en casi todo».

El reverendo Parks miró directamente a Barbara y sonrió. Ella se secó una lágrima y abrazó a Hannah.

«Ahora, miro el fruto de las oraciones y la obra de Dios en nuestro corazón —continuó el reverendo Parks, mirando la fila de enfrente—. Hannah, tu padre te amó profundamente. Y quería que supieras que tu Padre celestial te ama personalmente. Estaba muy orgulloso de ti. Ojalá hubieras podido oír cuando me contó por teléfono sobre el día que te paraste al lado de su cama y le dijiste que Dios te había perdonado, de manera que lo mínimo que podías hacer era perdonarlo también a él. Ese día, caí de rodillas y oré con agradecimiento. Dios todavía continúa haciendo milagros. Nuestro Dios es un Dios de perdón. Es un Dios de amor. Y hoy lo alabo por ti, Hannah, y por tu padre, Thomas.

»Así que ahora ya se ha dado vuelta a la última página en la vida de Thomas Hill. Y en esta página, aparece la palabra *Fin*. Pero les digo, este no es el fin de Thomas Hill. Thomas Hill está ahora más vivo que nunca. Thomas Hill está disfrutando de la relación que comenzó al entregarle su corazón a Dios, quien entregó a Su único Hijo por él. Solo había una cosa que Thomas quería que yo hiciera hoy. Me dio una sola indicación. Me pidió que les hablara de la gran gracia de Dios que puede perdonarnos y cambiarnos desde adentro. Me pidió que les dijera que Dios quiere hacer de nosotros una nueva creación en Él».

Hacia el final del servicio, el reverendo Parks dio a Hannah la oportunidad de hablar. Barbara le dijo que no tenía que hacerlo si no quería, que a lo mejor le resultaría muy difícil, pero Hannah era muy decidida, tal como su padre.

Se puso de pie y caminó hasta el púlpito, donde extendió

una hoja de papel. Le temblaba la voz mientras leía las palabras.

«Hoy quiero dar gracias a Dios por mi papi. Quiero dar gracias a Dios por el tiempo que compartimos. Fue corto, pero voy a atesorar para siempre sus palabras y el amor que me dio.

»Quiero dar gracias a Dios porque bendijo a mi papi porque lo unió a Cristo. Porque lo eligió antes de la fundación del mundo. Lo adoptó, le compró la libertad y lo perdonó. Dios identificó a mi papi como suyo al darle el Espíritu Santo. Dios salvó a mi papi y lo hizo Su hijo.

»Dios creó a mi papi y lo llamó su obra maestra. Lo creó de nuevo en Cristo Jesús y planeó de antemano que hiciera cosas buenas. Y papi, como ahora estás unido a Cristo, has sido hecho totalmente justo a los ojos de Dios. Y porque yo estoy unida a Cristo, la próxima vez que te vea, me verás también a mí».

En toda la iglesia, no hubo un solo ojo sin lágrimas. Cuando Hannah se sentó, Barbara se dio la vuelta y cruzó miradas con el entrenador Harrison. Sus ojos estaban llenos de lágrimas, pero sonreía.

Junto a la tumba, se reunió un grupo más reducido. El reverendo Parks se ubicó a la cabeza del ataúd para pronunciar las palabras finales:

«La vida de Thomas Hill es un testimonio de redención, de la gracia de Dios y Su poder para cambiar el corazón del hombre. Por eso, hoy nos consuela saber que ya no sufre y ahora vive y está bien en la presencia del Señor. Porque Jesús dijo: "Yo soy la resurrección y la vida. El que cree en mí vivirá aun después de haber muerto"».

Barbara estaba junto a Hannah. Durante años, había pensado que ese sería un día uno en el que podría bailar, finalmente libre del hombre que había hecho añicos su vida. En lugar de eso, estaba derramando lágrimas, por Hannah, por Thomas y por una profunda pérdida que sentía en su propio corazón.

Después del servicio, la señora Harrison se le acercó.

—Barbara, por favor, avísanos si necesitan algo.

—Gracias. Lo haremos.

Amy puso una mano sobre el hombro de Barbara.

—Sé que hoy ha sido un día de emociones encontradas para ti.

—Sí. Pero estoy en paz —dijo Barbara—. No tengo la menor duda de que Thomas realmente amaba a Hannah. Y puedo decir honestamente que el perdón es hermoso.

CAPÍTULO 47

✦ ✦ ✦

Hannah estaba junto a la tumba, mirando el bello arreglo de claveles blancos y helechos sobre el cajón. Era el primer funeral al que había asistido y no había sabido qué esperar. La risa ante el sentido del humor de su padre la había sorprendido, y se alegraba de que la gente pudiera sonreír en medio del dolor.

Había pensado que sería apropiado usar el vestido que su padre había elegido para su fiesta de cumpleaños. Su abuela estuvo de acuerdo.

Tenía entre las manos la hoja de papel doblada que contenía la elegía que ella misma había escrito. Había pensado poner su medalla de campeona dentro del cajón antes de que lo cerraran, pero había olvidado traerla. Y estaba bien. Pensaría en su padre cada vez que la viera, recordando la expresión de su rostro cuando se la entregó el día que ganó la carrera.

—Hannah, ¿estás bien? —preguntó el entrenador Harrison, acercándose a ella.

Ella asintió, todavía mirando el arreglo floral. Se preguntaba qué harían con él cuando bajaran el cajón a la tierra.

—Quiero que sepas que tu padre fue un muy buen amigo para mí. Y llegué a respetarlo y quererlo mucho.

—Yo también —dijo Hannah—. Durante seis semanas, tuve el mejor papá del mundo.

John la rodeó con el brazo y la abrazó.

—Creo que tu padre estaría orgulloso por lo que dijiste hoy. Orgulloso de que te hayas parado allí frente a toda la gente y hablaras de él. Y hablaras de tu fe.

Hannah asintió.

—Creo que el pastor estaba en lo cierto.

—¿Sobre qué?

Hannah puso la mano sobre su collar.

—Cuando dijo que este no es el fin de la historia. Su vida hablará a través de todos los que lo conocimos. Su historia no termina aquí, entrenador Harrison.

EPÍLOGO

✦ ✦ ✦

Hannah guardó el reproductor de CD de su padre sobre su mesa de noche y escuchó innumerables veces su colección de música de adoración. Continuó corriendo para la Escuela Cristiana Brookshire y en su último año escolar volvió a ganar el campeonato estatal.

El día que obtuvo su beca completa de la Universidad Newhart, la señora Brooks la llamó a que viniera a su oficina. Ese día, también estaba Robert Odelle en la oficina de la directora. Robert miró al piso cuando Hannah pasó junto a él. Algunas cosas en la vida mejoran, otras en cambio empeoran, y algunas siguen como están.

Curiosamente, a Barbara le ofrecieron un empleo en la

Escuela Cristiana Brookshire cuando Hannah comenzó su penúltimo año. La señora Brooks dijo que era exactamente el tipo de persona que necesitaban para el departamento de admisión.

No bien Hannah se instaló en la residencia universitaria como estudiante de primer año, se inscribió en una Asociación Cristiana de Atletismo y se involucró en un grupo de estudio bíblico. El líder del grupo, Ethan Harrison, que era suplente del equipo de básquetbol de Newhart, le sugirió que relatara su historia en un encuentro de diversos ministerios cristianos en la universidad. Hannah aceptó, aunque hablar en público la ponía nerviosa. Se sorprendió de la respuesta que tuvo. No sabía que habría tantas personas que se identificaran con su historia.

Su presentación generó otras oportunidades para hablar frente a grupos y encuentros de estudiantes de preparatoria. Cada vez que hablaba, ya fuera en grupos grandes o pequeños, terminaba su relato con un desafío:

«En algún punto, se preguntarán a sí mismos quiénes son realmente. Yo solía luchar con esa pregunta. Me sentía como un error y no tenía lugar en el mundo. Me sentía indeseada y que nadie me amaba. Recibía tantos mensajes contradictorios del mundo que me rodeaba que vivía confundida la mayor parte del tiempo. Pero cuando conocí a Aquel que me creó, encontré por fin mi identidad. No viene de lo que la cultura me dicta, ni siquiera de cómo

me siento en determinado momento. El Creador es quien
define Su creación.

»Todavía tengo días buenos y días malos. Todavía tengo
luchas. Pero, a través de todo eso, sé que Aquel que me
ama y murió por mí está conmigo. Él venció todo por mí:
el pecado, el dolor y la muerte. Por eso, camino con Él
cada día, confío en Él cada día, no importa lo que ocurra.
Y ya que mi identidad se encuentra en Él, sé exactamente
quién soy».

Hannah corría cada carrera con la posibilidad de que volviera su enemigo, el asma. Pero llegó a considerar incluso al
asma como algo que Dios había permitido. Usó su condición
para aumentar su dependencia en Él para cada paso, a cada
respiración.

La principal satisfacción de Hannah no era ganar carreras, aunque ganó algunas en la universidad. Los momentos
en los que se sentía más viva eran cuando veía esa chispa en
la vida de alguna joven que llegaba a comprender quién era
«junto a Cristo», como Hannah había descubierto cuando
tenía quince años.

En cuanto a John Harrison, volvió a ser entrenador
de básquetbol. Su hijo Will abandonó su idea del «Balón
Tacleado Extremo» y pasó a jugar en el equipo de básquetbol en la posición de armador de base.

Esa primera temporada, John inició una nueva tradi-
ción. A sus jugadores les parecía extraño que comenzara
la primera práctica no con un ejercicio, sino con una pregunta:

VENCEDOR

«Si a cada uno le pregunto quién es, ¿qué es lo primero que le viene a la mente?».

Con el tiempo, les relataba la historia de Thomas Hill y el impacto que ese hombre había tenido en su vida. Y a medida que pasaban las temporadas, cada jugador se respondía a sí mismo esa pregunta. Cada miembro del equipo llegaba a comprender el poder de conocer su verdadera identidad y el poder disponible para ser un vencedor.

Fue cuando Hannah cumplió los dieciséis que descubrió la sorpresa que su padre y el entrenador Harrison habían planeado secretamente ese sábado por la mañana.

El día de San Valentín después de la muerte de su padre, Hannah abrió la puerta del frente de su casa y se encontró con el entrenador Harrison de pie en las escaleras, con un pequeño paquete envuelto. Se lo alcanzó y dijo: «Feliz cumpleaños, Hannah. Esto es de parte de tu padre».

Hannah lo abrió y encontró un dispositivo USB. *¿Qué cosa es esto?*

«Súbelo a tu iPod y sal a correr».

Copió el archivo en su aparato, se puso los audífonos, y salió a correr por el parque Webb. Estaba cerca de la cancha de básquetbol cuando pulsó *Reproducir.*

«Feliz día de San Valentín, Hannah —dijo la voz de su padre. Hannah tuvo que detenerse porque la invadió una fuerte emoción—. Es tu cumpleaños número dieciséis. Quiero decirte que te amo y que Dios te ama. Y estoy muy entusiasmado por lo que te espera en la vida. Esto es por lo que yo he orado para ti para el próximo año».

Hannah recibiría un nuevo mensaje de cumpleaños de parte de su padre con palabras de bendición mientras oraba por ella, en cada uno de los siguientes quince años, el mismo número de años que su padre había perdido antes de retornar a su vida. Hannah atesoraba esos regalos y los mantenía muy bien guardados en su caja azul en el cajón de la mesa de noche.

RECONOCIMIENTOS

Gracias a Alex y a Stephen por el permiso para revelar un poco más sobre Barbara, Hannah, John y Thomas. A Brenda Harris por sus inapreciables oraciones y estímulo. A Janet Dapper por ayudarme con sus observaciones y preguntas para hacer de este un mejor libro. Gracias a Karen Watson, Jan Stob, Caleb Sjogren y Erin Smith de Tyndale por su compromiso de relatar grandes historias. Y gracias a Dios por Su gracia y Su misericordia, por reunirnos y por el poder para vencer.

Chris Fabry

ACERCA DE LOS AUTORES

Chris Fabry es un autor premiado y comunicador radial que conduce el programa diario *Chris Fabry Live* (Chris Fabry en vivo) en Radio Moody. También se le puede escuchar en *Love Worth Finding* (la versión en inglés de *El amor que vale*), *Building Relationships with Dr. Gary Chapman* (Forjar relaciones con el Dr. Gary Chapman) y otros programas radiales. Se graduó en 1982 de la Escuela de Periodismo W. Page Pitt de la Marshall University. Nativo de West Virginia, Chris y su esposa, Andrea, ahora viven en Arizona y son los padres de nueve hijos.

Las novelas de Chris han sido muy premiadas. Sus libros incluyen novelizaciones de películas, como la obra de éxito *War Room* (*Cuarto de guerra*), literatura de no ficción y novelas para niños y jóvenes. Es coautor de la serie Left Behind: The Kids (Dejados Atrás: Los Chicos), con Jerry B. Jenkins y Tim LaHaye, así como de las series Red Rock Mysteries (Misterios de Roca Roja) y Wormling (El Lombricero) con Jerry B. Jenkins. Visite su sitio en línea en www.chrisfabry.com.

Alex Kendrick es un autor premiado, dotado para relatar historias de esperanza y redención. Es más conocido como actor, escritor y director de las películas *Overcomer* (*Vencedor*), *War Room* (*Cuarto de guerra*), *Courageous* (*Reto de valientes*), *Fireproof* (*A prueba de fuego*) y *Facing the Giants* (*Enfrentando a los Gigantes*) y coautor de los libros de mayor venta del *New York Times*: *The Love Dare* (*El desafío del amor*), *The Resolution for Men* (*La resolución para hombres*) y *The Battle Plan for Prayer* (*El plan de batalla para la oración*). Alex ha recibido más de treinta premios por su trabajo, incluyendo mejor guion, mejor producción y mejor largometraje. Alex ha hablado en iglesias, universidades y conferencias por todo Estados Unidos y otros países. Lo han presentado en *FOX News*, CNN, *ABC World News Tonight*, *CBS Evening News*, la revista *Time* y muchos otros medios de comunicación. Es graduado de la Kennesaw State University y asistió al seminario antes de ser ordenado ministro. Alex y su esposa, Christina, viven en Albany, Georgia, con sus seis hijos. Son miembros activos de la Sherwood Church.

Stephen Kendrick es orador, productor de cine y autor con pasión ministerial por la oración y el discipulado. Es coautor y productor de las películas *Overcomer* (*Vencedor*), *War Room* (*Cuarto de guerra*), *Courageous* (*Reto de valientes*), *Fireproof* (*A prueba de fuego*) y *Facing the Giants* (*Enfrentando a los Gigantes*) y coautor de los libros de mayor venta del *New York Times*: *The Battle Plan for Prayer* (*El plan de batalla para la oración*), *The Resolution for Men* (*La resolución para hombres*) y *The Love Dare* (*El desafío del amor*). *The Love Dare* pronto se convirtió en el éxito de ventas número uno del *New York Times* y se mantuvo en la lista durante más de dos años. Stephen ha hablado en iglesias, conferencias y seminarios en todo el país y ha sido entrevistado por *Fox & Friends*, CNN, *ABC World News Tonight*, el *Washington Post* y otros medios de comunicación. Es cofundador y miembro de la junta directiva de la Fatherhood Commission (Comisión de la paternidad). Se graduó en la Kennesaw State University y asistió al seminario antes de ser ordenado ministro. Stephen y su esposa, Jill, viven en Albany, Georgia, donde se ocupan de la escolaridad en casa de sus seis hijos. Son miembros activos de la Sherwood Church en Albany.

www.kendrickbrothers.com

PREGUNTAS PARA GRUPOS DE LECTURA

1. El equipo de básquetbol de John Harrison va camino al éxito, pero por circunstancias que él no puede controlar, su vida y su equipo cambian de rumbo. ¿Has experimentado una desilusión similar? ¿Cómo reaccionaste?

2. Cuando Hannah se prepara para asistir a Brookshire, está segura de que no va a encajar, pensando que los cristianos desprecian a los que no siguen una lista de reglas. ¿Cuán cierta crees que es la evaluación de Hannah?

3. En el capítulo 15, Amy tiene todo el derecho de estar molesta con John, pero en lugar de enojarse, le asegura que lo ama. ¿Qué ocurre como resultado? Cuando surge un conflicto, ¿cómo sueles reaccionar? ¿Alguna vez has sido tratado de la manera que Amy trató a John?

4. Thomas le pregunta a John: «¿Quién eres?». Se refiere al núcleo de la identidad de John. John responde que es entrenador, profesor de Historia, esposo, padre, etcétera. ¿Cómo cambió la identidad de John a lo largo de la historia? ¿Por qué? Si te hicieran la misma pregunta ahora, ¿cómo responderías?

5. Después de discutir la situación de Hannah con Olivia Brooks, los Harrison deciden no consultar a Barbara, la abuela de Hannah, sobre la opción de presentarle a su padre a Hannah. ¿Hicieron lo correcto? ¿Alguna vez te has sentido obligado a hacer una elección similar sobre si incluir o no a otra persona en una decisión? ¿Qué ocurrió?

6. Cuando la señora Brooks habla con Hannah sobre su relación con Dios, Hannah está preparada para escuchar y responder. ¿Por qué piensas que es receptiva al mensaje en ese momento de su vida?

7. Vuelve a leer la declaración de Hannah en el capítulo 31 acerca de quién es ella. ¿Cuál de las afirmaciones consideras más poderosa? ¿Cuál piensas que es la más difícil de creer acerca de tu vida?

8. En el capítulo 37, Barbara piensa: «Una cosa era creer que Dios podía perdonar a un pecador. Otra era creer que el pecador podía vivir perdonado». ¿A qué persona

te ha costado más perdonar en tu vida? ¿Te resulta difícil «vivir perdonado»?

9. Con la voz de su padre para guiarla, Hannah corre en el campeonato estatal. ¿Cómo hubiera cambiado su historia si no hubiera obtenido la medalla o siquiera terminado la carrera? En tu caso, ¿cómo afecta tu desempeño a tu identidad? ¿Cómo debería afectarlo?

10. ¿Qué obstáculos físicos, emocionales y espirituales vencen los personajes de esta novela? ¿John? ¿Hannah? ¿Thomas? ¿Barbara? ¿Ethan? ¿Amy?

11. ¿Hay personas de tu entorno que necesitan un mentor? ¿Cómo podrías iniciar una relación de ese tipo?

12. Si pudieras reconectarte con una persona de tu pasado, ¿quién sería? ¿Qué querrías cambiar en esa relación?

13. El título *Vencedor* proviene de un versículo bíblico: «¿Quién es el que vence al mundo, sino el que cree que Jesús es el Hijo de Dios?» (1 Juan 5:5, RVR60). En tu propia vida, ¿hay algo que necesites vencer?

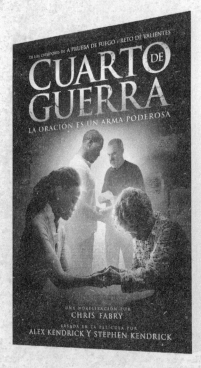